鄭《チョン》義《ウィ》信《シン》戯曲集　たとえば野に咲く花のように／焼肉ドラゴン／パーマ屋スミレ

リトルモア

鄭《チョン》義《ウィ》信《シン》戯曲集

たとえば野に咲く花のように／焼肉ドラゴン／パーマ屋スミレ

目次

カバー使用
「焼肉ドラゴン」模型制作　島次郎

たとえば野に咲く花のように

登場人物

安田満喜《やすだまき》　「エンパイアダンスホール」女給
珠代《たまよ》　女給
鈴子《すずこ》　女給
伊東諭吉《いとうゆきち》　支配人
安田淳雨《やすだじゅんう》　満喜の弟
菅原太一《すがわらたいち》　珠代のなじみ客
李英鉄《りえいてつ》　淳雨の仲間
安部康雄《あべやすお》　ダンスホール「白い花」支配人
竹内直也《たけうちなおや》　経営者、康雄の弟分
四宮《しのみや》あかね　康雄の婚約者

注：当脚本上、登場人物の会話の中で「朝鮮」、「朝鮮人」を使ったのは、歴史的事実を考慮してのことである。

一九四五年八月八日、日本に宣戦布告をしたソ連は、たちどころに朝鮮半島北部を制圧した。それに慌てたアメリカは、米ソ両国の軍隊が北緯三十八度線を境界に朝鮮半島を南北に分割占領し、日本軍を武装解除させようと提案し、ソ連はそれに同意した。

一九四五年十二月十六日、戦後処理をめぐってモスクワで外相会議が開かれ、その席上、米英中ソ四カ国が五年以内の期限で朝鮮の信託統治を行い、朝鮮の独立のための臨時政府を建てることが決定された。そして、それを援助しようと米ソ共同委員会を設置・運営することにした。しかし、米ソは互いに自国に友好的な政府を樹立しようとしたため決裂。

アメリカはソ連の反対にもかかわらず、朝鮮南北問題を国連にもちこんだ。それは南だけの政府樹立への国際的な非難を避けるためであった。国連小総会は南北総選挙を行うことができないとわかると、可能な地域で選挙を行うことを決定した。これは事実上、南の単独選挙と単独政府の樹立を認めるものであった。

一九四八年五月十日、ついに単独選挙が行われ、同年八月十五日、「大韓民国政府」が樹立された。

当脚本は、「大韓民国政府」が成立して間もない時代を背景としている。そのことを鑑みて、「朝鮮」、「朝鮮人」と表記することにした。

Ｆ県Ｈ港そば。

繁華街を一本はずれた袋小路の突き当たり、「エンパイアダンスホール」のネオンが見える。

女たちと男たち、生ぬるい潮風と、塵、紙屑……そのほか、あまり役に立たないものが、この袋小路に誘われて来る……。


戦前、「エンパイアダンスホール」は外国人船乗り相手の「チャブ屋」……いまで言うバー、キャバレー、スナック、喫茶店、洋食屋、ダンスホールをミックスして、ついでに売春も……であった。ビールを頼めば店の女と無料で踊ることができ、小腹がすけばオムライスを頼み、その気になったら別の汗もかけるといった具合である。

戦後ももっぱら進駐軍を相手に似たような商売を続け、そして、現在に至っている。


「エンパイアダンスホール」のネオンの下に、ガラス戸。

ガラス戸の横に、鉢植えが並び、水道管が通っている。

その隣に、積み上げられた酒瓶の木箱。

ガラス戸を開けるとバーカウンター、その奥に二階に通じる階段が見える。

階段脇に、裏口の扉。厨房につながっている。

野暮ったいレースがかかったローズウッドのスタインウェイが、隅に置かれている。ほとんど使われることがないのだろう、スタインウェイの上には蓄音機がのっかっている。

何十年もの間、善男善女が踏み続けてきたダンスフロアーは、傷みが激しい。ダンスフロアーの上に、埃をかぶったシャンデリア。

天井まで届く大きな窓からは、昼は陽の光がさんさんと差しこみ、夜はネオンライトが瞬くのが見える。

窓には、色あせたカーテンがかかっている。

ダンスで疲れたときのために、不揃いの椅子が数脚。

外国人の船乗りや進駐軍相手の商売のため、内装は洋風。しかし、どこか泥臭い。二階につながる階段も優美な曲線を描いているけれど、鉢植えが置かれ、垢抜けない。

二階は女たちの部屋。つまりは客とチョンの間、あるいは一夜をともにするための部屋である。

1

一九五一年（昭和二十六年、朝鮮戦争勃発の翌年）、盛夏。

昼過ぎ。
「エンパイアダンスホール」の女給・安田《やすだ》(安《あん》)満喜《まき》が団扇でぱたぱた煽ぎながら、階段を降りて来る。
首に手拭いをぶらさげている。

満喜　(大儀そうに)……。

満喜、窓を開ける。
飛行機が飛び去る轟音が響く。

満喜　……。

飛行機が去った後に、むっとする潮風と蝉の声。
満喜、窓辺に腰かけて、

満喜　(夏空を見上げて)……。

賑やかな笑い声が、厨房から聞こえてくる。
おなじく「エンパイアダンスホール」の女給の鈴子《すずこ》と、珠代《たまよ》の笑い声らしい。

厨房から淳雨《じゅんう》（満喜の弟、通称・淳しゃん）が西瓜をのせた盆を運んで来る。
その後ろから、鈴子と小太りの珠代。
珠代、西瓜にかぶりついている。
淳雨、満喜を見て、ばつの悪そうな顔をする。

満喜　（淳雨に）あんた、昨夜《ゆうべ》、どげんした？　帰って来たと？
淳雨　……。
満喜　どこ泊まったと？
淳雨　港の簡易宿……。
満喜　……。
珠代　あげなとこ、蚤の多うて、たまらんやろ？
淳雨　珠代姐さんのでかか、あえぎ声ば聞くよりましたい。
珠代　ありゃあ、あえぎ声やなか、便秘に苦しんどる声たい。

と、野太い声で笑う。

満喜　居候のくせに、えらそうなこつ言《ゆ》うんやなか。
鈴子　姐さん、食べんね？　昨夜《ゆんべ》、珠代姐さんの客が持って来たったい。

と、二階を見上げる。

珠代　ほんなこつ、あたしにべた惚れよぉ。西瓜一個で、三発やらせろって。

と、また野太い声で笑う。

満喜　（鈴子に）水ばちょうだい。今日も暑かねぇ。
淳雨　（鈴子に、自分が持って来ると頷いてみせる）

淳雨、厨房に入って行く。

珠代　女遊びしとるわけやなかでっしょ。
満喜　そのほうがなんぼかよか……うちに隠れて、なんやしらんこそこそやっとるったい、あん子。
鈴子　……。
珠代　心配の種がつきんねぇ……西瓜とおんなしたい。

珠代、ぺっぺっと西瓜の種を窓から吐きながら、

鈴子　姐さん、種ばそげんに……。
珠代　西瓜に黄色い花咲くんの、あんた、知っとると？　あたしの郷里であんた、西瓜ば植えとってね……いまも、目の奥に焼きついとる、黄色い、かわいか花……ここ、じぇ

んぶ、黄色い花になりよったら、そら、きれかろねぇ……早《はよ》う芽が出ますように。

と、種を吐きまくる。

鈴子 汚か～。

珠代 まんべんのう、まかんといかんばい。

また飛行機が通り過ぎて行く音。

見上げる珠代と鈴子。

鈴子 黒人の兄《あん》ちゃん、あん飛行機に乗っとるかもしれん……ジルバば教えてくれた。

鈴子、ジルバのステップを踏んでみせる。

鈴子 スロー、スロー、クィック、クィック……スロー、スロー、クィック、クィック……。

珠代 ベッドでぶるぶる震えとってくさ、ありゃあ、間違いのうくたばるばい。色が黒かのに、臆病もんばい。

鈴子 白黒、関係なかね。

珠代 黒きゃ、青か顔しとっても、わからん。

鈴子　（ステップを踏みながら）うちゃあ、やさ男のほうが好きばい。
珠代　（鼻で笑って）男はくさ、やりたかときは、み〜んなやさしか。
鈴子　……。
満喜　戦争が終わったちゅうに、また戦争……ほんなこつ、しろしか（鬱陶しい）……。

淳雨が水を持って、戻って来る。

満喜　あんた、仕事は？
淳雨　まぁだ見つからん……。
満喜　なんでんかんでんあろう。朝鮮特需で「金へん」「糸へん」、よりどりみどりたい。
淳雨　あやかるわけいかん……。

満喜、水をぐっとあおって、

満喜　なんが悪か。国がうちらになんばしてくれた？　なんもしちゃくれん。
淳雨　国がなかけん、僕らはさんざん苦い目におうたんばい。
満喜　あぁそうたい、あんたが憲兵やっとったおかげで、村八分たい。ありがたかね。
淳雨　……。
満喜　もう向こうには、帰れん。帰ったら、石ば投げられる。
淳雨　……。

鈴子　なして？　なして、村八分になると？

満喜　（珠代に）朝鮮人が朝鮮人、取り締まるのが気にくわんげな。

淳雨　そんでも、国は僕らの希望、未来……たとえたなら子どもんごたる。

満喜　阿呆らしか。子どももおらん人間が。

淳雨　やっと日本から解放されたっちゅうに、今度はアメリカが狙《ねろ》うとるんたい。植民地にしようとしとる。そいば見過ごすわけにいかん。僕らの希望、未来をかすめとろうとしとるったい。

満喜　あぁもううるさか、聞きとうなか。

淳雨　……。

満喜　うちらは、なーんもでけん。海のこっちで指くわえて見とるだけたい。

淳雨　……。

「エンパイアダンスホール」支配人の伊東諭吉《いとうゆきち》が、買い物籠を主婦がやるように腕にぶらさげ、入り口から入って来る。

諭吉、額の汗をハンカチで拭きながら、

諭吉　暑ぅ……汗、だらだら……。

お義理で、「おかえんなさい」と、声をかける鈴子。

満喜と珠代、無視する。

諭吉　あら、淳しゃん、いらっしゃい。

淳雨、ちいさく頭を下げる。

諭吉　ほんなこつ、暑か。表はかんかん照りばい……あたしのもち肌も、ほてっとる……。

と、ハンカチで煽ぎながら、厨房に入って行く。

諭吉、仕草と喋り方が女性っぽい。

淳雨　姉ちゃん……おれ、仕事ば探しに……。

満喜、財布から札を取り出し、淳雨に握らせる。

淳雨　（両手を合わせて）すんまっしぇん。

淳雨、行こうとする。

満喜　ちょっと待ちんしゃい。

満喜、淳雨のシャツの襟を直す。

満喜　だらしなか。足元見られるったい。
淳雨　……。
満喜　うちに意見ば言いたかったら、ちゃんとした仕事見つけるこったい。
淳雨　……。
満喜　わかったと？
淳雨　（頷いてみせる）
満喜　はい、行って。

淳雨、出て行く。
入り口まで見送る鈴子。

珠代　なぁんもまぁ、あげんガミガミ言わんでも……。
満喜　希望やら、未来やらで食うていけん。いつまでたっても、青臭かこつばっかり……仕事も決まらん、服もだらしなか……おまけに、うじうじして……誰に似たんやろ……ほんなこつ、腹ん立つ。
珠代　（笑って）弟やのうて、子どもんごたるね。心配でたまらんばい。
満喜　……。
鈴子　淳しゃんは、きっとやさしか男《ひと》なんたい。
珠代　まぁた始まった。
鈴子　なんが？

珠代　あんた、懲りんね、ほんなこつ。すぐ目ばハートにして……（鈴子の真似をして）
　「うちゃあ、やさしか男が好きば〜い」。
鈴子　……。
珠代　今度は、あれ？　淳しゃんに惚れたと？
鈴子　うちゃあ、ただ淳しゃんがかわいそう思うて……。
珠代　あれまぁ、そいが恋の始まりたい。臭か靴下がバラの匂いに変わる魔法たい。
鈴子　（満喜に）違う、違うばい。うちゃあもう純粋に……。
珠代　あれまぁ、純粋ときたばい。たまげたぁ。
鈴子　……。
珠代　かかっとる、完全に恋の魔法にかかっとる。あんたが魔法にかかって、くるくるワルツば踊る姿が見えるったい。

珠代、ワルツのステップを踏みながら、

珠代　恋、恋、恋……恋、恋、恋……。
鈴子　やめて！　姐さんはすぐ、そげんふうに……。
珠代　世の中、男と女。ほかになんがあると……（またステップを踏んで）恋、恋、恋
鈴子　……。
満喜　やめてって！
鈴子　（笑って）……。

諭吉が厨房から出て来る。

諭吉　ちょっと、あーたら、さっさと仕度しんさい。

満喜　今夜も、がらがらかねぇ。

諭吉　なになになに。いま、なんて言《ゆ》うた？

満喜　新しかダンスホール……表通りにでけた。

諭吉　「白い花」？……名前が悪かね。だめだめ。

鈴子　よか名前やなかと。

諭吉　白か花なら、なんでんよかとね？　ドクダミも白か花たい。ヘクソカズラも白か花たい。

満喜　あっちはダンサーが五十人からおって、生バンドも入っとるげな。

珠代　知っとったと？　ここ、辞めた女の子、ぜんぶ「白い花」に行ったげな。

鈴子　うそっ!?

珠代　引き抜きたい、引き抜き。

鈴子　お給金よかやろか。

珠代　心配せんでも、あんたには声かからんばい。

鈴子　……。

諭吉　ブルースしか踊れんような女ばっかし集めても、痛くもかゆくもなかかね。量より質の問題たい。

満喜　男運の悪か、年増のダンサー三人で？

鈴子　あたしら、客に使用前、使用中、使用後って、呼ばれとるったい。
満喜　ほんなこつ、客が逃げるったい。
鈴子　（大いに頷いて）
諭吉　そこは、ほら、あーたらの営業努力で埋めてちょうだい。
珠代　営業努力っちゅうてもねぇ……。
諭吉　ちーとは痩せるとか……。
珠代　水一杯でも太る体質やけん。
諭吉　おだまり。

パンツ姿の菅原太一《すがわらたいち》が、二階から顔を出す。

太一　珠代しゃ〜ん。おりゃあ、またむくむくきとるよ〜。
珠代　昨夜《ゆんべ》、三発もやったでっしょ。西瓜一個で三発たい。うちゃあ、もうへとへと……。
太一　おりゃあ、えろうたまりやすか体質なんよ。あんまりたまると、金玉が西瓜んごたる腫れあがるた〜い。

と、股間をおさえながら、階段を降りて来る。

満喜　太一しゃん、あんた、仕事は？　こげん昼過ぎまでよかとね？
太一　本日は休みばい。だけん、ばりやりまくると。

珠代　日本の海ば守るため、ばり働きなっせ……（満喜に）あんひと、あれで海上保安庁に勤めとるんたい。
太一　働いとるよぉ、ばり働いとるよぉ。毎日毎日、機雷拾いたい。あーたらは玉音放送で戦争が終わったて思うとろう。Ｂ29も飛んでこん、焼夷弾も落ちん……ばってん、日本の港っちゅう港には、いまも何万個も機雷がぷかぷか浮いとるったい。
珠代　危なか仕事やけん、よけいたまるとでっしょ。耳にタコでけた。
太一　おれの機雷も、爆発しそうた～い。

珠代、蓄音機をかける。
タンゴが流れる。

珠代　いま、営業時間やなか。音楽でも聴いて、気まぎらしんしゃい。
太一　いっしょに踊ってくれ、珠代しゃん。
珠代　嫌！

と、逃げる。

太一　なして～。
珠代　パンツしか穿いとらん男と、踊りとうなか。
太一　鈴子～。

鈴子　嫌です〜。
諭吉　あたしでよかなら……。
太一　満喜しゃ〜ん。
諭吉　（悔しい）……。

満喜、太一の尻を叩いて、

満喜　（笑いながら）ひとりで踊りんしゃい。

仕方なく、ひとりで踊りだす太一。
くねくねと珍妙な踊りである。
大笑いする珠代たち。

太一　なして、笑う？
満喜　そら、タンゴやなか。
珠代　タコ踊りたい、タコ踊り。

李英鉄《りえいてつ》が血相をかえて、飛びこんで来る。
英鉄、幼さの残る顔立ち。

英鉄　淳しゃんは？　淳しゃんはおりまっしぇんか！
鈴子　いまさっき出てったばっかり……。
満喜　どげんしたと？

太一が蓄音機を止める。
英鉄、窓の外を見て、

英鉄　助けてくれんね！　追われとるんです！
鈴子　顔、真っ青……。
英鉄　お願いします！
満喜　二階、行きんしゃい。
諭吉　ちょっと、ちょっと、厄介ごとはごめんば〜い。
満喜　鈴ちゃん、うちの部屋、連れてって。
諭吉　ちょっと待ちなっせ。
鈴子　（英鉄に）こっち、ほら。
珠代　早《はよ》う、早う。

鈴子、英鉄の手を引いて、二階に駆け上がって行く。

諭吉　あーたらは、いっちょん、あたしの言うこつ、聞かんねー。

隆とした身なりの安部康雄《あべやすお》と、竹内直也《たけうちなおや》が入って来る。
康雄、額から頬にかけて、ざっくりと大きな傷痕がある。

満喜　まぁだ開けとらんよー。準備中ばい。

太一、カウンターに入って、シェーカーをふるう。

康雄　客やなか。表通りで、おんなしダンスホールばやっとるもんです……安部康雄っちゅう……こっちは、店ば仕切っとる……。

直也　竹内です。

珠代　もしかして、「白い花」？

直也　（頷く）

珠代　あれま、商売敵の登場ばい。

諭吉、シナをつくって、

諭吉　（名前を強調して）「エンパイアダンスホール」……「エンパイアダンスホール」の支配人、伊東諭吉でござす。勇吉《ゆうきち》やなかですよ、福沢諭吉の諭吉たい。

康雄　突然にすんまっしぇん。いま、若か男が、ここに入ってきたでっしょ。

諭吉　福沢諭吉ゆうたら、「学問のすゝめ」たい、「学問のすゝめ」。「すゝめ」の真ん中の

直也　「す」は「す」やなかよ、こう……（書いてみせて）カタカナの「メ」ごたる……。
諭吉　そげんこつ、どうでんよか！
直也　……。
康雄　そん男がうちの店に火炎瓶ば投げたったい！
直也　あんまし興奮すんな、直也。
　　　誰やて興奮すっとでしょ！　じき消したけん、おおごつにならんかったばってん、許すわけいかん。ぼこぼこに、くらわしちゃる。

　　　直也、ずかずかと厨房に入って行く。

諭吉　ちょっと、あーた、なんばしよっとね、勝手に。
康雄　まぁ、気がすむまで、探さしてやってつかさい。

　　　椅子を引き寄せ、鷹揚に腰かける康雄。
　　　厨房でどたばた音がする。

諭吉　冗談やなか。うちん店ば潰すつもり！

　　　皿が割れる音がする。

諭吉　皿、皿が割れたと!?
康雄　あとで弁償するけん。
諭吉　高かよ！　伊万里もあると！

諭吉、厨房をのぞきこんで、

諭吉　（身をくねらせ）いや〜ん！　あたしの思い出の伊万里が〜！

また大きな物音。

諭吉　やめてー！　もうやめてちょうだい！

直也が出て来る。

直也　（康雄に）ここにはおらん……どこ行った、こらぁ！

あちこち、探しまわる直也。

康雄　（満喜たちに）すまんね、姐さんがた。あいつ、ちーと血の気の多うて……。
諭吉　いいかげんにして！　怒るばい！

論吉、阻止しようとするが、簡単に押しのけられてしまう。
倒れながらも、シナをつくる諭吉。

諭吉　ひどか〜。

直也、二階に行こうとする。
満喜が、その前に立ちふさがる。

満喜　こっから上は、うちらの部屋ばい。出入り禁止になっとると。

満喜を押しのけようとするのを、

満喜　（すごんで）おなごん部屋に土足で踏み入れる覚悟、できとるんやろね。
直也　（満喜をにらみつけて）……。

康雄、悠然と立ち上がって、

康雄　客なら、よかやろ。
満喜　……。

康雄、カウンターにぽんと札を投げる。

満喜　……。

黙って、ビールを出す太一。

珠代　なに勝手に、ビールば出しとるの、あんた？
太一　つい……。

諭吉、金を手にとって、

諭吉　ばんばんお出ししてちょうだい。
康雄　あんちゃん。
太一　はい。
康雄　栓ば抜いてくれ。

太一、栓を抜く。

康雄　あんちゃん。
太一　はい。

康雄　グラス。

太一、グラスを出す。

康雄　……。
太一　こん店のしきたりです。
康雄　なしてパンツ一枚ね。
太一　はい。
康雄　あんちゃん。

康雄、スタインウェイのところに行って、蓄音機をかける。
先ほどのタンゴが流れる。

康雄　（直也を呼んで）直也……飲め。ちーとは落ち着け。

直也、グラスではなく、ビール瓶を手にとって、ラッパ飲みする。

康雄　（笑って）……。
直也　なん笑《わろ》うとるとですか？
康雄　ゆっくり飲め。ビールは逃げんばい。

直也　のんびりしとる場合やなかです。
康雄　（太一に）あんちゃんも、飲むとね？
太一　いただきます。
直也　康雄しゃ〜ん。おれら、ここに飲みに来たんやなか。
康雄　あんまし騒ぐと、評判が悪うなる。
直也　……。

直也、ビールを飲みながら、珠代の手をとる。

直也　二階、連れてけ。
珠代　嫌ばい。

直也、珠代の手をぐいぐい引く。

珠代　痛か……ちょっと乱暴せんで……痛かって。
直也　連れてけ！
満喜　手ば放して！
康雄　あんまり手荒なこつすんな……（満喜に）おなごはやさしう扱わんといかんばい。
満喜　……。

直也、手を放して、

直也　さっさと、行け！

珠代、二階に上がって行こうとするが、

珠代　あたしん魅力に負けて、ベッドに押し倒さんでね。
直也　誰が。
珠代　（二階に向かって）いま、行くば〜い。
直也　誰に話しとると？
珠代　猫。びっくりすっといかんけん。
直也　……。
珠代　ついでに、猫の水ば……。

と、厨房に戻ろうとする。

直也　ええけん、さっさとせんか！

渋々、二階に上がって行く珠代。
追いかけて行く直也。

諭吉　ちょっと太一しゃん、あんた、止めんとね？
太一　パンツ一丁でどうせぇって……（小声で）下手に名乗ったら、海上保安庁の恥になるったい。
諭吉　役立たず……。
太一　下《しも》なら、自信はある。
諭吉　もうよか。

康雄が満喜の手をとる。
満喜、その手を払って、

満喜　うちゃあ、そげな相手はせん。
康雄　踊りだけなら、よかやろ。
満喜　……。

康雄、満喜の手を引いて、強引に踊り始める。

満喜　（康雄をにらみつけて）……。
康雄　（そんな満喜を愉快そうに見つめて）……。
満喜　……。
康雄　怖くなか？

満喜　なんが？
康雄　こん傷……。
満喜　別に……。
康雄　……。
満喜　勲章？
康雄　なんが？
満喜　自慢したかと？
康雄　（苦笑いして）勲章なんかやなか……（自分の傷痕をこつこつ叩いて）忘れられん記憶ば閉じこめてあるったい。
満喜　……。
康雄　あんた、名前は？
満喜　満喜。
康雄　うちの店に来んか。
満喜　お断り。
康雄　よっぽど金になる。
満喜　金の問題やなか。
康雄　好きな男でもおるんか。
満喜　なして、そげんこつ、あんたに話さなならん。
康雄　おりゃあ、あんたのこつば知りたか。
満喜　男はいらん……必要なか。

康雄 なして？

満喜 みんな戦争、行きたがるけん。

康雄 （笑って）……。

満喜 なん笑《わろ》うとると？

康雄 あんたんごたる女は初めてたい。

満喜 ……。

康雄 おれの女にならんね？

満喜 （鼻で笑って）……。

康雄 おりゃあ、あんたが気に入った。

満喜 うちゃあ、誰のもんにもなりとうなか。

康雄 （また苦笑して）……。

満喜 ……。

康雄 ……。

満喜 おしまいたい。

満喜、康雄から離れて行こうとする。
康雄、満喜を抱きしめ、強引にキスをする。
満喜、康雄を平手打ちする。

康雄 （にっと笑って）きつか女が、おりゃあ好きばい。

二階で大きな物音がする。
英鉄と直也のわめき声、珠代の金切り声がする。

鈴子の声　逃げて！

頭から血を流した直也が、二階から顔を出す。

直也　裏から逃げたー！

直也、階段を駆け降りて、裏口の戸を乱暴にこじ開けて、出て行く。

諭吉　血!?
太一　げな。
諭吉　血!?
太一　げな。
諭吉　あれ、血――!?
太一　げな、げな。
諭吉　絨毯に血つけたりしとら〜ん？　高いんばい……（身をくねらせ）いや〜んも〜、あたしの思い出のペルシア絨毯〜！

と、二階に上がって行く。

康雄　また来る。

満喜　……。

康雄、ぽんと財布をカウンターに置く。

満喜　なんね、そん金?

康雄　迷惑料たい。

満喜　……。

康雄、直也を追って、裏口から出て行く。

満喜　……。

満喜、西瓜を手にとって、窓辺に腰かける。
西瓜をかじって、珠代がしたように、ぺっぺっと種を吐き出す。
太一がカウンターから出て来る。

太一　ねぇ、満喜しゃん……おれ、いつ服着たらよかとね……。

急速に暗転。

闇の中で、ジュディ・ガーランドが歌う「OVER THE RAINBOW」が流れる。

2

二週間後、夜。

蓄音機から、ジュディ・ガーランドが歌う「OVER THE RAINBOW」が流れている。

諭吉が口ずさみながら、ひとりでステップを踏んでいる。

椅子に腰かけて、暇そうにしている珠代と鈴子。

珠代、大あくびをする。

諭吉、足を止めて、

諭吉　ちょっと、あーたら、表に立って、客呼びこむとか……営業努力は?

鈴子　暑かです〜。

珠代　風がぬるか。こげな夜は誰も歩いとらんよ。

諭吉　太か声ばあげたら、ここまで足ば運んでくれるったい。

珠代　冗談やなか。そげんこつしたら、痩せてしまうやなかかね。あたしの魅力は、こんふくよかな体にあるとよ。

諭吉　……。

四宮《しのみや》あかねと、額に包帯を巻いた直也が、揉めながら路地から来る。

仕立ての良い洋服のあかね。

入り口であかねを止めようとする直也。

直也　待って、待ってくれんね。やめたほうがよか。なんのためにもならん。

あかね　ほっといてちょうだい！　わたしにかまわないで！

と、持っていたバッグをぐるぐる振りまわす。

直也　あかねしゃん！

あかね　うるさ〜い！（あかねひとりだけ、東京出身と思われる言葉を喋る）

と、またバッグを振りまわす。

直也　頼むけん、わがまま言わんでくれんね。

あかね　婚約者に会いに行くだけでしょ、どこがいけないの？　当然のことじゃない。
直也　ばってん……おりゃあ、あかねしゃんが傷つくのが怖いんばい。あかねしゃんは、野菊のようなひとやけん……。
あかね　どこかで聞いたような……。
直也　おれの本心たい、嘘やなか。
あかね　確かめるだけ、それだけ。
直也　ばってん……。
あかね　もしも、もしも、あのひとがわたしのこと、愛してないって、わかったら……そのときは、きれいさっぱりあきらめてみせる。それでいいでしょ？　文句ないでしょ。
直也　ほんなこつ？　ほんなこつ、康雄しゃんと別れて、おれといっしょになってくれるとね？
あかね　（頷いて）開けて。

直也、ドアを開ける。
あかね、中に入って行く。
あかねの後ろをついて行く直也。

珠代　お兄ちゃん、元気ね？　もう大丈夫？

と、直也の包帯に触れる。

直也　触るな！
珠代　いつでん元気よかねぇ。

と、笑い声をあげる。

直也　……。
珠代　（あかねを見て）彼女？
あかね　（珠代と鈴子に）康雄、呼んで。
珠代　康代《やすよ》……？
鈴子　そげな名前のダンサー、ここにはおらんばってん……。
あかね　（いらついて）康雄！　安部康雄！
鈴子　安部しゃんね。

珠代、二階を見上げて、

珠代　いま、お取り込み中……わかる、お嬢ちゃん？
あかね　……。

あかね、蓄音機を止めて、階段の下から、大声で叫ぶ。

あかね　康雄！　康雄！　いるんでしょ、康雄！　出て来て！
鈴子　ちょっと、なんね、あんた……。
あかね　出て来ないんだったら、わたしが行きます！　……康雄！
諭吉　ちょっと、ちょっと、あんた、営業妨害たい。
あかね　康雄！
諭吉　そげん、でかか……なんも対馬まで聞こえる声出さんでん、うちの二階は、ほん目と鼻の先……。
あかね　（声を大きくして）康雄！
諭吉　玄界灘越えて、朝鮮まで聞こえたばい。

二階から、素肌にシャツを羽織りながら、康雄が顔を出す。

康雄　せからしか、でかか声出すな。寝とった、いま……。
あかね　……。
直也　……。
康雄　なんの用ね？
あかね　（むかむかして）……。
康雄　直也もいっしょか。
直也　（軽く頭を下げる）
康雄　上がれ、上がれ。

直也　（あかねをうかがって）……。
康雄　遠慮すな、来い。

あかね、バッグを康雄に投げつける。

康雄　なんばしよっと？
あかね　（康雄に）わたしは、あなたのなんなんですか？
康雄　なんが？
あかね　わたしはあなたのなんなんですかって、聞いてるんです！
康雄　婚約者ばい……。
あかね　その婚約者に、どんな仕打ちしてるかわからない？　あなた……こちらの言葉で言うところの、イカレポンチ……？
康雄　悪かった、あかね……。
あかね　……。
康雄　婚約ば解消しよう。
あかね　!?
直也　（ひそかに、ガッツポーズ）
あかね　本気……？　本気で言ってるの、それ？
康雄　本気たい。
あかね　ここ、降りて来て。それで、もういちど言ってみて。わたしの前で。

康雄、バッグを持って、階段を降りて来る。

康雄、あかねにバッグを渡して、

康雄　すまん、あかね。婚約は解消……。

あかね、康雄が言い切る前に、バッグでばんばん叩き始める。

あかね　この大嘘つき！　ろくでなし！　イカレポンチ！

康雄　痛か……やめ、あかね……やめ……えぇかげんにせんか！

あかね、手を止めて、

あかね　わたしの……わたしの気持ちはどうなるの？　あなたと結ばれる日、ずっと待ち続けてた、わたしの気持ちはどうなるの！

康雄　……。

あかね　答えて！

康雄　……。

あかね　そんな簡単に……まるで切符切るみたいに……別れるって言うなら、あなたと知り合う前の、わたしに戻してください！

康雄　……。

あかね　真珠みたいに、ぴかぴか輝いて……純真無垢で……ひとつも傷がない……あのころのわたしに戻して！　いますぐ！

珠代　そら、無理ばい。

鈴子　無理、無理。

珠代　真珠はいっぺん傷ついたらねぇ……。

鈴子　やわいけんねぇ……。

あかね　うるさい！

直也　黙っとれ！

珠代・鈴子　……。

康雄　おりゃあ、まぁだ、おまえに手ばつけとらん。傷もんにはしとらんぞ。

あかね　わたしの心の問題です！　生きるか、死ぬか……それが問題なんです！

康雄　（珠代と鈴子に）すまんな、こいつ、女学校で演劇部やったけん、いちいちオーバーたい。

あかね　まだ、話終わってません！

諭吉　ねぇ、痴話喧嘩なら、別んとこでやってちょうだい。うち、いま、営業中……。

あかね　口出さないで！

直也　黙っとれ！

諭吉　あのくさ……あたしは、ここん支配人たい。

あかね　関係ないです！

直也　あっち、行っとれ！

と、手で追い払う。

諭吉　（切れて）出てって！

満喜が二階から顔を出す。

満喜　なん揉めとるとね？
諭吉　話がややこしくなるけん、あんた、引っこんどってちょうだい。
あかね　相手はあれ？　あなたを、だまくらかした、相手はあれ？
康雄　……。

あかね、二階に上がって行こうとするのを、康雄が止める。

あかね　放して！
康雄　どげんするとな？
あかね　（バッグを握りしめ）樺太まで、ぶっとばす！
康雄　やめとけって。
あかね　放せ、この大嘘つき！　女ったらし！

バッグを振りまわすあかねを、康雄、直也のほうにやる。

満喜　誰ね……？
珠代　康雄しゃんの婚約者げな。
満喜　（康雄に、大仰に驚いてみせて）あれまぁ、そげなひとがおるのに、うちにさんざん甘かこつ……。
康雄　いま、婚約ば解消した。
あかね　してません！
満喜　さっさと帰りんしゃい。かわいか婚約者が待っとるばい。
康雄　夜はまだ長か。
満喜　今夜はもう相手せんけん。
康雄　冷たかこつ言《ゆ》うな、満喜。
あかね　わたしの前で、鼻の下、伸ばさないで！　このイカレポンチ！
鈴子　気に入っとるとね、イカレポンチ？
あかね　ぜんぜん！
鈴子　……。
満喜　うちゃあ、こんひとと関係なか。誤解せんでほしか。
あかね　誰が信じるもんですか……いまも、その二階で……。

と、顔を赤らめる。

珠代　お嬢さん、いま、すごかこつ、考えた？

あかね　ぜんぜん。
珠代　つやつけて（恰好つけて）くさ……。
満喜　ほんなこつ、なぁもなかて。爪の先ほども愛しとらんけん、心配せんでよかよ。
康雄　おりゃあ、心底、愛しとる。
満喜　やめて。冗談でも、そげんこつ、婚約者の前で言《ゆ》うもんやなか。
康雄　冗談やなか。本気ばい。
あかね　……。
康雄　おりゃあ、もう決めた。おまえといっしょになるけん。
満喜　……。
直也　（康雄に）そら、ほんなこつですか。ほんなこつ、こん女といっしょになるとですね。
康雄　（頷く）
直也　ほんなこつ、あかねしゃんとの婚約ば破棄するとですね。
康雄　（頷く）

直也、ガッツポーズ。

あかね　わたしは認めません！　ぜったい認めません！
珠代　玉の輿たい、満喜ちゃん。
鈴子　おめでと、姐さん。
諭吉　複雑よぉ、あたしは……。

あかね　ちょっと、あなたたち、わたしを無視する気!?
珠代　ここは、子どもが来るとこやなか。さっさと帰りんしゃい。

あかね、康雄の腕を引いて、

あかね　表行きましょ、康雄。ここじゃ、ゆっくり話ができない。
康雄　話やったら、ここで聞くたい。

康雄、ポケットから札を取り出し、カウンターに置く。
すかさず、カウンターに入って行く諭吉。

あかね　……。
諭吉　ビール？
康雄　きつか酒ばくれ。がっと飲んで、もうひと眠りするけん。
あかね　（諭吉に）わたしにも、お願い。
康雄　やめとけ。

あかね、カウンターに金を叩きつける。

あかね　（諭吉に）文句ないわよね。

諭吉　（曖昧に頷いて）……。
康雄　飲むな。
あかね　ほっといて！
康雄　（諭吉に）これに、飲ませたら、だめやけんな。

あかね、カウンターに入って行こうとする。

あかね　お酒、お酒、ちょうだい。
諭吉　ちょっと、こん中に入らんでちょうだい。

諭吉を押しのけようとする、あかね。

あかね　どいて。
諭吉　（困って）康雄しゃん……。
康雄　直也、つかまえれ。
直也　あかねしゃん……。
あかね　触らないで！

直也、あかねをつかまえようとして、断念する。

直也　……。
康雄　直也、早《はよ》う、つかまえれ。
直也　触らないでって……。
康雄　阿呆。

康雄、追いかけて行って、あかねを引きずり出す。

康雄　やめれ。やっとやめたばっかしやなかか。
あかね　わたしに指図しないで！　もう婚約者じゃないでしょ！　関係ないでしょ！　どうなったって、いいでしょ！
康雄　えぇかげんにせぇ！　捨て鉢な真似、するんやなか！

あかね、康雄に抱きつく。

あかね　愛してるの！　あなたのこと、愛してるんです！
直也　……。
康雄　やめんね、あかね……みんな、見とる……。
あかね　だから、なに？
康雄　……。

康雄、あかねをやんわりと引き離そうとするが、ますます力をこめて抱きつく、あかね。

あかね　（満喜をにらんで）誰にも渡さない。譲ったりするもんですか。

満喜　……。

あかね　わたしのどこがいけないの？　どこが嫌い？

康雄　……。

あかね　ね、教えて。

康雄　……。

珠代　自分勝手なとこやなかと？

あかね　（声を荒らげて）関係ないひと、口はさまないでー！

珠代　……。

康雄　そのまんまでよか。

あかね　気に入らないところがあるから、こんな女といっしょになりたがるんでしょ。そうでしょ？

康雄　そうやなか。

あかね　言って、どこ、どこがいけない？　直す。わたし、直してみせるから。

康雄　……。

あかね　ぜったい、この女より、わたしのほうが上等よ。格が違うの。康雄も、わたしといっしょになったほうがいいの、ぜったい。

珠代　（満喜の顔を見て）みごとに言い切ったばい。
満喜　……。
康雄　あかねのこつ、妹んごたる思うとる。
あかね　嫌！　わたしは女として……大人の女として、康雄に愛されたいんです！
康雄　おまえのこつは、これからも、ずっと見守っていくけん。
あかね　女として？
康雄　妹として。

あかね、康雄を平手打ちする。

あかね　死んでしまえ、イカレポンチ！

あかね、飛び出して行く。
追いかける直也。

鈴子　やっぱり気に入っとる、イカレポンチ……。
康雄　（頬を撫でながら、満喜に）ようくらわされる。おれの頬は、餅つく臼んごたる。
満喜　追いかけんとね？
康雄　ほっときゃよか。直也もついとる。
満喜　ひどかひと……。

康雄　なぁも答えてくれんほうが、ひどうなかか。
満喜　うちゃあ、あんたといっしょになる気はなか。
康雄　……。
珠代　あんた、こげなありがたか話、袖にすっと？……（康雄に）籍ば入れてくれるとでしょ？　そういうこつでっしょ？
康雄　（頷く）
鈴子　えぇ話たい、姐さん。断ったら、いかんて。
満喜　うちはこれっぽっちも結婚なんて望んどらん。
珠代　あんた、こげなしょむなかダンスホールで一生終わってよか？
鈴子　そうそう。
諭吉　……。
珠代　どぶに銭ば捨てるのとおなしこったい。
鈴子　どぶたい、どぶ。
珠代　こげなちんけなダンスホールで腐っちゃいけん。
鈴子　ちんけたい、ちんけ。
諭吉　あーたらくさ、えぇかげんにしなさいよ。
満喜　もうやめて。うちゃあ誰とも、いっしょになる気はなか……そう決めとる。
康雄　気が変わるまで、おりゃあ、気長に待つ。
満喜　あんた、おかしか。あんたと会《お》うて、まだ半月しかたっとらんばい。
康雄　惚れるのに、時間は関係なか。

満喜　（鼻で笑って）……。
諭吉　（目をきらきらさせて）康雄しゃん、素敵……あたしば嫁にして……。

珠代と鈴子、諭吉を押しのけて、

珠代　（満喜に）女冥利につきるったい、ここまで言われたら。
鈴子　早《はよ》う首ば縦に振って、姐さん。
珠代　なんなら、縦に振るのば手伝おうか。
満喜　あんた、うちのどこに惚れたとね？
康雄　……。
満喜　どこに、そげん惚れたとね。うちは、そいがわからんと。
康雄　おれにも、わからん……。
満喜　あきれた……。
康雄　わからんばってん……切なかもんが……あんた見とると、なしてか切なかもんが、おれん中にこみあげてくる……。
満喜　……。
康雄　あんた……おれとおんなじ目ばしとる……。
満喜　（康雄をじっと見つめて）……。
康雄　（も満喜をじっと見つめて）……。

諭吉、満喜と康雄の間に立って、

諭吉　熱か～、熱かもんが流れとるよ～。

と、身をくねらせる。
珠代と鈴子、諭吉を押しのける。

諭吉　あたしは、鞠やなかよ。そげん、ぽんぽんぽんぽんぽん突かんでちょうだい。

満喜　（康雄から目をそらして）好きにすればよか……ばってん、うちの気持ちは変わらんばい。

満喜、二階に戻って行く。
グラスをぐっと空けて、追いかけて行く康雄。

諭吉　はいはい、皆しゃん、楽しう踊りまっしょう。夜はまだまだ長いけん。楽しそうに踊っとると、客が寄って来るった～い。

と、ステップをまた踏み始める。
椅子にさっさと腰かける珠代と鈴子。

諭吉　（切れて）営業努力！

入り口でのぞいている、あかね……。
横でやきもきしている直也……。

あかね　悔しい……追いかけても来ない……。
直也　こいでわかってくれたと……。
あかね　追いかけるふりぐらいしてくれたっていいじゃない……。
直也　もう康雄しゃんのことはあきらめてくれるとね。
あかね　……。
直也　（照れながら）約束どおり、おれと……。
あかね　明日、もういちど、ここに来るわ。
直也　（素っ頓狂な声をあげて）なして？　なして、そげんなるとー！
あかね　明日になったら、気が変わってるかもしれない。
直也　ありえん、そげなこつ、ぜったいありえん。
あかね　そんな簡単に婚約、解消するわけない。ありえない、そんな馬鹿な話。一時の気の迷い。きっと、そう、そうに決まってる。康雄は、あの女にだまされてるのよ。明日になったら、きっと気づくはず。
直也　あのね、あかねしゃん、だめなものはだめたい。目ばこう……ぱっちり開けて……。
あかね　わたしのこと、幸福《こうふく》にするって、約束してくれたのよ。

直也　ほんのちょびっと冷静になって……頭ば変えてね……。
あかね　明日、もういちどだけ確かめる。
直也　あかねしゃ〜ん。頼む〜。
あかね　それで、あのひとがわたしのこと、愛してないのがわかったら……そのときこそ、きれいさっぱりあきらめてみせる。
直也　ほんなこつ？　ほんなこつ、康雄しゃんと別れて、おれといっしょになってくれるとね？
あかね　……。

西瓜二個をぶらさげた太一が来る。
あかね、走り去って行く。

直也　待って、待ってくれんね、あかねしゃ〜ん。答え聞いとら〜ん。

追いかけて行く直也。

太一　（見送って）……。

太一、中に入って行く。

珠代　いらっしゃい。

と、声をかけた途端に、西瓜に気づく。

珠代　西瓜が二個!?……あんた、あたしの体がもたんばい……。
太一　阿呆、たまたまばい、たまたま。西瓜二個で、玉、玉……。
珠代　つまらん……。
太一　……。
珠代　鈴ちゃん、お願い。

と、太一から西瓜を受けとり鈴子に渡す。

鈴子　いっつも、すんまっしぇん。

鈴子、西瓜を抱えて、厨房に入って行く。

珠代　ビールでよかと?
太一　(頷く)

珠代、諭吉にビールを持って来てくれるよう合図する。

珠代　今夜はもう来んかと思うとった。
太一　おれば待ちわびとったと？
珠代　ちょびっとね……。
太一　しばらく、あれたい……。
珠代　なんね？
太一　来られんかもしらん……。
珠代　なして？
太一　（声を落として）ここだけの話……朝鮮に行くことになった。
珠代　なして！　なして、そげんとこ、行くと!?
太一　でかか声出すな。
珠代　（声を落として）なして、そげな危なかとこ……朝鮮は、ほれ、戦争のまっ最中でっしょうが。
太一　朝鮮の海には、あれたい……ソ連がくれた機雷がようけ浮いとるげな……そいが、アメリカが上陸すんのに邪魔ばい……近々、大規模な上陸作戦ばするつもりでおる、間違いなか……ばってん、米海軍では手が足りん。だけん、おれら海上保安庁の掃海隊に白羽の矢が立ったったい。
珠代　誰か……ほかんひとにまかせられんと？
太一　誰に？
珠代　アメリカの……機雷ば始末する係の……スミスさん……そうたい、スミスさんに、まかせればよか。

太一　誰ね、それ？
珠代　誰でんよか、あんたが行くことなか。日本は戦争が終わったけん、関係なかでしょ。なして、すすんで、そげん危なかとこ……。
太一　おればば心配しとると？
珠代　……ちょびっとね……。
太一　海上保安庁長官の命令ばい。しょんなか。
珠代　……。
太一　長官は日本政府に命令されて、日本政府はアメリカに命令されて……。
珠代　……。
太一　そげな顔するな。給与も二倍にしてくれるそうやけん。
珠代　……。

論吉がビールを運んで来る。

諭吉　なんふたりこそこそ話して……あやしか〜。
太一　おれの嫁になれって、くどいとったばい。
諭吉　あっちでもこっちでも、恋の花が咲いとるねぇ〜……（身をくねらせ）あたしも恋がしたか〜。
珠代　（すげなく）あっち行って。

と、手で追い払う。

諭吉　（太一に）なんか食べるとね？
珠代　さっさと行って。
諭吉　（切れて）あんた、店ば潰すつもり!?
珠代　行って！

諭吉、ぷりぷりしながら、カウンターに戻って行く。

珠代　いつ、行くと？
太一　三日後……。
珠代　もしも……もしも、あんたが朝鮮の海で命落とすようなこつあったら……そんときは、どげんなると？
太一　おれが死んでも、きっと誰もなぁも言わん。黙っとる。
珠代　そげん阿呆な……誰もなぁも教えてくれんと？
太一　朝鮮に行くとは、秘密たい。ばれたら、まずか。大騒ぎになるばい。平和憲法がでけたばっかしで、なして外国の戦争に参加するとな？　海上保安庁法の第二十五条にも、海上保安庁は非軍事的部隊である、て明記されとると。
珠代　……。
太一　こっそり機雷ば始末に行くったい……機雷ば始末するっちゅうこつは、そいは……

珠代　（急に言いよどんで）戦争に……参加するっちゅうこったい。

太一　……。

　　　太一、黙って、ビールをあおる。

珠代　……。

太一　一週間……二週間かの……こん店に、おれが来なんだら、死んだて思うてくれ。

珠代　……。

太一　……。

　　　太一、ビールをぐっと流しこんで、

太一　踊るばい。

　　　太一、蓄音機をかける。

　　　太一と珠代、抱き合って踊り始める……。

　　　鈴子、厨房から戻って来る。

　　　表に淳雨が立っているのに気づく。

鈴子、表に出て行く。

鈴子　中に入らんと？
淳雨　……。
鈴子　うちん部屋、来る？
淳雨　……。
鈴子　どげんしたと？
淳雨　姉ちゃん……またあん男と……？
鈴子　安部しゃん？
淳雨　……。
鈴子　毎晩、来とるばい。
淳雨　あいつがどげな男か知らんやろ……元々は毛織物工場の経営者たい。米軍のために毛布ばつくって、ぼろ儲けして……「ガチャ万」たい、「ガチャ万」。そいでダンスホールばつくったったい。
鈴子　毛布なら、よかじゃなかね。銃やのうて……。
淳雨　よかなか！
鈴子　……。
淳雨　アメリカの侵略に、手ば貸しとる。朝鮮ば食いもんにしとるんばい。
鈴子　やけん、火炎瓶投げこんだと？
淳雨　……。

鈴子　こないだ港の操車場を襲うたのも、淳しゃんたちでっしょ。
淳雨　……。
鈴子　もうやめて、お願い。うちゃあ、怖い……なんや、どんどん激しうなってって……。
淳雨　朝鮮に送られる軍事物資の輸送ば妨害するためたい。実力行使はしょんなか。どげんしても、日本ば兵站基地にすっわけいかん。
鈴子　……。
淳雨　日本共産党も、武装革命ばめざす方針打ち出した。日本の労働者と朝鮮の労働者は連帯して、アメリカ帝国主義ば打ち倒すったい。
鈴子　うちは、むずかしかこつ、わからん……ばってん、淳しゃんは、ほんなこつ、やさしか男《ひと》たい。そげな乱暴なこつ、似あわん。
淳雨　鈴しゃんはなぁも知らんだけ。こいが、ほんなこつ、おれの姿ばい。
鈴子　無理しとる。
淳雨　……。
鈴子　淳しゃん、憲兵やっとったこつば後ろめとう思うとるんでっしょ。
淳雨　……。
鈴子　そやけん、無理して……。
淳雨　違う！　おれは危機に瀕しとる祖国ば救うつもりでおるったい。
鈴子　嘘……うちには、わかる。淳しゃん、自分で自分の言《ゆ》うとるこつ、ちーとも信じとらん
淳雨　……。

鈴子　信じとらんのに、自分で自分に一生懸命太鼓ば叩いて……笛ば吹いて……鈴ば鳴らして……。

淳雨　せからしか。

鈴子、淳雨を後ろから抱きしめる。

鈴子　もう危なかこつばせんで……。

淳雨　……。

鈴子　うちのために……お願い……。

淳雨　……。

淳雨、鈴子を払って、走り去って行く。

鈴子　淳しゃん！

鈴子、不安な顔で……。

溶暗……。

3

二週間後、夕。

蜩《ひぐらし》が鳴いている。

康雄が窓辺で椅子に腰かけている。

表で水をまいている諭吉。

満喜が二階から降りて来る。

満喜 なんね、そげんとこで……。

康雄 蟬の声ば聞いとった……。

満喜 ……。

康雄 蜩たい……。

満喜 （耳を澄ませて）……。

康雄 ……。

満喜　今夜も、自分の店に顔出さんと?
康雄　直也にまかせてある。
満喜　よか身分やね。
康雄　ここはなーんか落ち着くったい。
満喜　……。
康雄　そいに、ほら、おまえから、まぁだ返事も聞いとらん。返事聞くまで、どこにも行かれん。
満喜　なんぼ待っても、無駄ばい。
康雄　そいでん、待っとる。
満喜　……。

飛行機が通り過ぎる音が、蟬の声をかき消す。

満喜　しろしか……。
康雄　（満喜を見つめて）……。
満喜　なんね?　なん見とると?
康雄　あんたん男は……戦争で死んだと?
満喜　……。
康雄　図星ね……そげんやなかかと思うとった……。
満喜　……。

康雄　そん男と、結婚の約束でもしたとね？
満喜　……。
康雄　どこで戦死しんしゃった？
満喜　（明るく）どこやろか……お骨もなんも帰ってこん。戦死公報も送られてこん。三国人には、報せはこんらしか。お骨になっても、三国人は三国人げな。
康雄　……。
満喜　最後の手紙はフィリピンのミンダナオ島たい。たいしたこつは書いとらんかった。検閲されるったいね、きっと……。
康雄　……。
満喜　遺骨もなか。遺書もなか、誰もなんも知らせてくれん……やけん、うちは、まぁだどこかで生きとる気がするったい。
康雄　戦争が終わって……もう六年ばい。
満喜　ばってん、いまも、うちの心ば縛っとる……。
康雄　……。
満喜　ひりひりひりひりひり……蟬ん声んごたる、あんひとの声が、いまも聞こえてくる……。
康雄　……。
満喜　……。
康雄　よか男やったんやね。いまもあんたの心ば縛れるほど。
満喜　ふつうの男たい。なんのとりえもなか……。
康雄　……。

満喜　……。

蝉の声をかき消して、また飛行機が通り過ぎて行く。

満喜　わかったと？　そやけん、うちゃあ、誰ともいっしょになったりせん。
康雄　……。
満喜　早《はよ》うあきらめてくんしゃい。
康雄　ここ、来てくれ。
満喜　……。
康雄　おれんそばに。

満喜、康雄のそばに行く。
康雄、満喜の手をとって、自分の傷痕にあてる。

満喜　……。
康雄　ひんやりしとる……気持ちよか……。
満喜　うちん手は、氷枕やなかと。
康雄　すこしだけ……すこしだけ……こうしといてくれ……。
満喜　痛むとね……？
康雄　時々……ここに、爆弾の破片が埋まっとって、時々、こうじくじく痛みだしよる……。

満喜　……。

康雄　おりゃあ、戦争んとき、ガダルカナルにおった……。

満喜　……。

康雄　ガダルカナル島のルンガ飛行場ば奪い返すために、ジャングルば切り開いて……ほんなこつ、深かジャングルやった……地図もなか、あるのはツルハシだけ……ばってん、十日後に攻撃位置にたどりつけっちゅうのが至上命令やったけん、そらもう、昼も夜も必死でツルハシばふるうて……やっとこ、攻撃位置らしか場所にたどりつくこつができたったい……。

満喜　……。

康雄　そいから、闇夜ん中、なんの準備もなしに、やみくもに敵ば襲うて……作戦もなんもなか、武器は小銃に、手榴弾がふたつ……そいでも、敵の第一線、二線ば越えて……そこで、（頬を指して）ここに爆撃ば受けて……薬もなか、包帯もなか、ひと晩中、うめいて、うめいて、七転八倒たい……ようやっと夜が明けたら、あたりは、どこもかしこも死体の山……まるで地獄ばい……。

満喜　……。

康雄　ばってん、地獄のまだまだ入り口やったと……食料は、じき底ついて……ガダルカナルに上陸したとき、十日分の食料と米六升しか持たされとらんかったけんね……虫ば食ろうて、草の根ばかじって、泥水ばすすって……口に入れらるうもんは、なんでんかんでん口に入れて……そいもきりがあると……次から次に、飢え死にすっもんが出て……ありゃあ、ひどか……世の中でいちばんひどか死に方たい。

満喜　もうよかよ。
康雄　（明るく）おれらの間で、あと何日生きらるるか、あてるのが流行ったばい……立つこつでけるもんはひと月、座るこつがでけるもんは三週間、寝たきりは一週間、もの言わんようになったんは二日、まばたきせんのは……その日かぎり……。
満喜　……。
康雄　こいがようあたるったい……百発百中。
満喜　もうよか、言わんとって。聞きとうなか。
康雄　あんジャングルには、まだ死体が……仲間の屍がさらされたまんまたい……苦しんで、苦しんで、苦しみぬいて……。
満喜　……。
康雄　おれは生きとるのが……ここで、こうして自分が生きとるこつが、申し訳なか……。
満喜　……。
康雄　（歯がみして）なして、自分は生きとる……なして……。
満喜　……。
康雄　傷が、じくじく痛むたんびに……生きとるこつば……責められとる気がして……。
満喜　……。
康雄　（自分の顔を両手で覆って）あんとき、いっそ自分も……。
満喜　……。
康雄　……。

満喜、康雄の傷を撫でる。

康雄　……。

満喜　死んでよか人間は、ひとりもおらんばい……。

康雄　……。

満喜　……。

康雄、満喜を抱きしめる。

康雄　……。

満喜　……。

ふたりを盗み見している諭吉。

諭吉　……。

むすっとした顔の珠代が帰って来る。

諭吉　おかえり。

珠代、中に入って行こうとする。

諭吉　いま、入っちゃいけん……。

止めようとするが、珠代、諭吉を無視して、中に入って行く。
珠代、康雄と満喜に気づいて、

珠代　あら、お楽しみ中やったと？

離れる康雄と満喜。

満喜　また港に行ってきたと？
珠代　……。
満喜　おったと？
珠代　（首を振って）……。
満喜　どこ行ったとね、太一しゃん？
珠代　遠いような、近いような場所……。
満喜　遠いような、近いような場所って、どこ？
珠代　近いような、遠いような場所。
満喜　やけん、どこね？

珠代　言えんばい。
満喜　なして？
珠代　約束やけん。
康雄　場所がわかっとるなら、心配することなか。
珠代　そいが違うんたい……。
康雄　……？
珠代　場所が場所だけに……遠いような、近いような……近いような、遠いような……遠いような、近いような……。
満喜　どっちね？
珠代　言えん……言いたかばってん、言えん……もどかしかぁ……。
満喜　……。
珠代　ちょっと、水ばちょうだい。喉がからから。

満喜、厨房に入って行く。

珠代　進んどる？
康雄　なんが？
珠代　決まっとるやろ、結婚話。
康雄　（首を振って）……。
珠代　なして？　もうひと月にもなるばい。

康雄　……。

珠代　熱意の足りんのやなかとね？

康雄　なんべんも頼んどる。ばってん、なかなか……。

珠代　雰囲気がいかんかねぇ……あんた、こうまっすぐっちゅうか、不器用そうやけん。

康雄　どげんすればよかと？

珠代　攻めて攻めて、攻めまくるんばい……女は押しの一手に弱いけん。

康雄　……。

珠代　言《ゆ》うてみて。

康雄　……？

珠代　あたしば満喜と思うて、ほら。

康雄　なんば？

珠代　結婚ば申し込むの……（早口で）「愛しとる。君を一生、離さない。僕は君を守るために、生まれてきた。君は僕と巡り合うために生まれてきた。やけん、僕らはいっしょになる運命たい」……ほら、言《ゆ》うて。

康雄　そげん恥ずかしかこつ……。

珠代　思い切りが大切たい。

康雄　……。

珠代　あたしは目ばつぶっとるけん。

珠代、目を閉じて……。

康雄　（言おうとして、やめる）……。
珠代　まぁだ？
康雄　（言おうとして、やめる）……。
珠代　まぁだ？
康雄　（言おうとして、やめる）……。
珠代　まぁだ？
康雄　（言おうとして、やめる）……。
珠代　さっさと言《ゆ》うて！
康雄　満喜しゃん……。
珠代　（かわいい声で）なんね？
康雄　（もごもごと）……生まれてきた……。
珠代　そいじゃ、意味わからんばい。

鈴子と英鉄が血相を変えて、小走りで来る。

諭吉　（英鉄を見て）あれ、あんた、あんときの……。
英鉄　（頭を下げる）

鈴子と英鉄、中に入って行こうとする。

諭吉　ちょっと待って、いま、まずか、康雄しゃんが……。

鈴子と英鉄、中に入って行く。

諭吉　あーたら、いっちょん、あたしの言うこつば、聞かんねー。

鈴子と英鉄、中に入って行って、康雄がいることに気づく。
鈴子の後ろに隠れる英鉄。

鈴子　姐さん、満喜姐さんはおらんと?
珠代　(厨房を顎で指して)
鈴子　(厨房に向かって)姐さん!

満喜が水を持って、出て来る。

満喜　なんね?
鈴子　淳しゃんが逮捕されたばい。
満喜　!?

諭吉も興味津々で、店の中に入って来る。

鈴子　（英鉄に）説明して。
英鉄　……。
鈴子　早《はよ》う。
英鉄　（もごもごと）ＧＨＱが「新朝鮮」やら「朝鮮女性」やら、僕らの雑誌ば禁止しおって……僕ら、そいでもこっそりつくっとったと……ばってん、そいが家宅捜索されて、押収されたったい……そいで、僕ら、弾圧に抗議するため、警察署に抗議デモばやって……そいで、そこに予備隊が来て……そいで、僕ら……。
鈴子　前置きはよか。淳しゃんが逮捕されたときんこつだけ話して。
英鉄　そいで、石やら、唐辛子やら投げて……。
珠代　なして、唐辛子ね？
英鉄　目に痛かろうと思うて……。
珠代　そら、痛かろうねぇ。
英鉄　ものすごう痛か。
珠代　そら、ものすごう痛かろう。
英鉄　死ぬほど痛か。
珠代　痛かろう、痛かろう。
鈴子　姐さん、話が進まん。
英鉄　そいで、三人ばかり逮捕されたったい。そん中に、淳しゃんが……。
満喜　どこの警察署？
英鉄　港んそばの……。

満喜　ちょっと待ってて、着替えて来るけん。

満喜、二階に上がって行こうとする。

康雄　おまえが行っても、どげんもならん。
満喜　……。
康雄　おれが行ってくる。あそこん署長と、懇意にしとるけん。
鈴子　釈放されるとね？
康雄　行ってみんと、わからん……ばってん、鼻薬ばかがしたら、放免してくれるかもしれん。
満喜　そこまでせんでも……（英鉄を顎で指して）仲間んひとらに、合わせる顔のなかやろ。
康雄　公務執行妨害なら、三年はくらわさるるぞ。
満喜　……。

康雄、出て行こうとして、

康雄　おまえ、うちん店に火炎瓶投げつけたガキやな。
英鉄　……。

英鉄の首を絞めて、

康雄　今日んところは見逃してやる。
英鉄　……。

康雄、英鉄を突き飛ばして、出て行く。

鈴子　うち、様子ば見てくる。

と、康雄を追いかけて行く。

諭吉　あたしも……買い物ばしてこようかいな……。

と、いそいそ出て行く。

珠代　ありゃあ、ぜったい高みの見物たい。ほんなこつ、好かん。
満喜　……。
珠代　（英鉄に）あんたは？　行かんとね？
英鉄　……。
珠代　なんぼここにおっても、飴玉はあげんよ。
英鉄　せからしか！

英鉄、出て行く。

珠代　まだあげん子どもが……。

飛行機が飛んで行く音がする。

満喜　海ひとつ越えたら、朝鮮やけんね……毎日毎日、飛行機が飛んどったら、そら、子どもでんぴりぴりするったい。

満喜、蓄音機をかける。
「OVER THE RAINBOW」が流れる。
珠代、カウンターに腰かけ、水を飲み始める。

珠代　好いとぉね、あんた、これ……。
満喜　姐さん、歌詞、知っとると?
珠代　(首を振って)……。
満喜　虹の向こうのどこか高か空の上に、子守歌で聞いた国があって……虹の向こうの空は真っ青で……どげん夢もかなえられる……。
珠代　……。
満喜　ほんなこつ、夢んごたる話……。

珠代　どこん男から、教わったと？
満喜　……。
珠代　死んだ、あんひと？
満喜　……。
珠代　英語と踊り、上手やったもんねぇ……。
満喜　どっちも、なぁんの役にも立たん。
珠代　やけん、好いとぉやったんでしょ、あんた。
満喜　……。
珠代　店の女の子、みーんな惚れとったの知っとったと？　鈴子も……（真似て）「やさしかひとた〜い」。
満喜　（笑って）……。
珠代　やさしかひとやけん、戦争で死んでしまうばいね……。
満喜　……。
珠代　……。

また飛行機が飛んで行く。

珠代　せからしか。
満喜　……。

珠代、窓を閉めながら、

珠代　こん戦争、終わったら……あんた、向こうに帰ると？
満喜　（首を振って）向こうに、だぁれもおらん……帰る場所もなか……。
珠代　……。
満喜　国ば捨てて、日本へ渡ったとき、うちは国に見捨てられたかもしれん。
珠代　……。
満喜　ばってん、うちは時々、思う……うちらのいまの苦しみ、哀しみは、十年、二十年……五十年先には、きっと嘘みたいにのうなって……五十年先に生まれたひとらに、うちらのいまの苦しみや哀しみは、とるにたらん、どうでんよかこつになっとる……そいできっと、そんひとらは、こげんふうに思うんよ……五十年前の、うちらの苦しみ、哀しみがあるけん、五十年先の自分らが幸福《しあわせ》なんやって……。
珠代　阿呆らしか。五十年先は死んどる。あたしはなるんやったら、いますぐ幸福《しあわせ》になってみたか～。
満喜　……。

あかねと直也が入って来る。

珠代　また来た、お笑いふたり組。
直也　誰がね？　誰がお笑いふたり組ね？

あかね　康雄は？
珠代　ここにはおらん。
あかね　どこ行ったんですか？
珠代　さぁね、あたしは乳母やなかけん。
あかね　隠すつもり？

満喜、蓄音機を止めて、

満喜　二階ば勝手に探したら、よかね。
あかね　……。
満喜　どうぞ。
あかね　えらそうに……。
満喜　……。
あかね　うれしい？　わたしから、康雄とりあげて……。
満喜　……。
あかね　得意満面ってわけ？
珠代　ちょっと、あんた、自分がふられたけん、からむのはやめてくれんね。
あかね　張り合うつもりなんて、ありません。わたしは、もうこれっぽっちも、康雄のこと愛してないんです。
珠代　あらぁ〜、心変わりが早かねぇ〜。

あかね　いまは憎んでるぐらい……。
満喜　阿呆らしか。
あかね　なにが。
満喜　愛しとるとか、憎んどるとか……うちは、そげなわずらわしかこつ、お断りたい。
あかね　だったら、返して！　わたしに、康雄、返してよ！
直也　……。
あかね　（直也に）違う、誤解しないで……返してもらって、あのひとをあざ笑うの。だって、そうでしょ、あのひと、わたしの顔に泥を塗ったのよ。許さない……ちょっとやそっとのことで許してたまるもんですか。
満喜　（珠代に）うちゃあ、弟のこつが心配やけん、やっぱり、ちょっと見てくる。
珠代　あたしもひと眠りするったい。朝早かったけん。

満喜は表に、珠代は二階に上がって行こうとする。

あかね　ちょっと、あなたたち、まだ話、途中ですけど！
満喜　おやすみ〜。
珠代　いってらっしゃ〜い。
あかね　わたしの話、聞きなさいよ、イカレポンチ！

満喜と珠代、さっさと去って行ってしまう。

あかね　悔しい……また無視された……。
直也　もう康雄しゃんの尻ば追いかけまわすのはやめんね。おれは空しうなってきた……。
あかね　嫌なら、さっさと帰ったら?
直也　……。

直也、出て行こうとする。

あかね　(慌てて)嘘、嘘よ、嘘。

と、直也をつかむ。

直也　……。
あかね　わたしには、あなたが必要なの。
直也　……。
あかね　(直也の瞳の奥をのぞきこんで)わかるでしょ?
直也　……。
あかね　お願い……もうすこしだけ付き合って。
直也　……。
あかね　もう少ししたら……明日になったら、きっとなにもかも、嘘みたいに解決してるはず。
直也　どげんふうに?

あかね　……。
直也　康雄しゃんの気持ちが、明日になったら、取り返せるとね？
あかね　……。
直也　もう結果ははっきりしとる。康雄しゃんは、ここにいりびたり。店もずっとおれに任せっきり。あん女にどっぷりはまっとるんばい。

カウンターに入って行くあかね。

あかね　それが、あの男の手なのよ。わたしのほうから愛想つかせようとしてるの。わかってる……見え見えよ。そんな手に誰が乗るもんですか。
直也　飲まんほうがよか。
あかね　一杯だけ。どうってことない。
直也　……。
あかね　一杯飲めば、勇気が湧いてくるの。泉みたいに、こんこんとね……。
直也　……。
あかね　だって、ほら、すぐにあきらめそうになるでしょ。自分で自分の弱い心をね、鞭打つの。
直也　……。

あかね、グラスに酒を注ぐ。

あかね　そんな簡単に別れてあげるもんですか……そう、もっともっと、憎しみを、燃え上がらせるのよ……あの男を嫌って、嫌って、嫌いぬいてから、別れてあげるの。

直也　まぁだひどか目にあいたかと。

あかね　どうせなら、あのふたり、めちゃめちゃに引っかきまわして、邪魔してやる。自分たち、ふたりだけ、幸福《しあわせ》になろうだなんて……そんなこと、許さない。ぜったい許さない。

直也　……。

あかね　あの男に、そんなこと、許されるわけないのよ。

直也　……。

あかね　なに？

直也　……。

あかね　言いたいことあるなら、言ってちょうだい。

直也　そいは、あれね……やっぱり、康雄しゃんのこつ、愛しとるけん……。

あかね　（激しく否定して）愛してない！

直也　……。

あかね　憎んでる……たまんない……殺してしまいたい……。

あかね、グラスの酒をぐっとあおる。

あかね　（けらけら笑って）いい気分……胃のあたりに、ぽっと灯《ひ》がともったみたい……。

直也、いらいらと歩きまわって、

直也　おりゃあ、もうくたびれはてた……こげん馬鹿馬鹿しかこつ、終わりにしたか……。
あかね　座ったら？
直也　茶番たい、茶番。どげんしても、あかねしゃんの心はおれのほうには向いてくれん……おれのこつ、なんとも思うとらん。
あかね　そんなことない。

直也、カウンターを叩いて、

直也　わかっとる、あかねしゃんの気持ちは、康雄しゃんに向いとる。言わんでも、わかるったい。
あかね　……。
直也　ばってん、おれの心は、あかねしゃんに向きっぱなしたい……。
あかね　……。
直也　あー、情けなか……あー、自分で自分が情けなか……。
あかね　……。
直也　あー、おれは康雄しゃんになりたか……。
あかね　やめて！　憎んでるって言ったでしょ、殺したいぐらい憎んでるの！
直也　あー、そいは、おれには殺したいぐらい愛しとるって、聞こえるったい！

あかね　……。

あかね、グラスにまた酒を注いで、あおる。

直也　あかねしゃんを初めて見たとき……康雄しゃんの尻にくっついて、東京に行ったときたい……そんとき、おれは……心ばぎゅっと鷲づかみにされて……あかねしゃんは、ほんなこつ、真珠ごたる、野菊ごたる輝いとったと……手が届かんと思えば思うほど、切のうて……胸ばかきむしられて……ばってん、どげんすることもでけん……あきらめよう、あきらめなならん、康雄しゃんの婚約者や、おれには無縁の女や……なんべんも、なんべんもそげん自分に言い聞かせて……ばってん、あきらめきれん……。

あかね　いまは、がっかりしてるんじゃないの。アル中で、どうしようもなくわがままで……。

直也　いまも、いまも愛しとる……。

あかね　……。

直也　胸にマッチの火ば押しつけられたごたる、こう胸が……ひりひりしとる……。

あかね　……。

直也　康雄しゃんが婚約ば解消して、あかねしゃんが、おれといっしょになるって約束してくれたとき……おれは……天にも昇る心持ちやったばい。こげん幸運が舞いこんでくるとは夢にも思わんかった。

と、ガッツポーズ。

あかね　……。
直也　ばってん、そいはおれひとりだけの思いこみ……あかねしゃんの心は……どげんしても……。

直也、カウンターを拳で叩く。

直也　部屋ば掃除するのとわけが違う！
あかね　いまは、余裕がないの。ただ、それだけ。なにもかも、すっきりしたら……片づいたら……直也のこと、きっと愛せる。

グラスを揺すって、

あかね　直也の愛情だって、わからない……。
直也　……。
あかね　わたしのこと、愛してる、愛してるって、口で言うばっかりで……。
直也　ほんなこつ、おれは……。
あかね　ちゃんと証明してみせてちょうだい。
直也　どげんすればよかね……？
あかね　康雄、痛めつけて。
直也　……。

あかね　足腰立たないぐらい……。

直也　そげん真似……でけん！

あかね　（きっとなって）わたしのこと、愛してるんでしょ！

直也　愛しとるばい……。

あかね　だったら、やって！　痛めつけて！

直也　おれは康雄しゃんば尊敬しとる……。

あかね　あのひとは、もう昔のあのひとじゃない！　戦争でなにもかも変わってしまったの！……知ってるでしょ！

あかね、またグラスの酒をあおる。

直也　もうやめたほうがよか……。

あかね、かまわず一気に飲んで、

あかね　戦争から帰って来たら、まるでボロ雑巾か、蚤がたかった南京袋……がりがりに痩せこけて、薄汚れて、目も空ろで……別人……康雄の皮をかぶった他人……。

直也　……。

あかね　ぞっとした……まるで、道ばたに転がってる石かなにか見るみたいに、わたしのこと……。

直也　……。

あかね　なんで、なんでなの？　あんなにかわいがってくれたのに、なんで冷めてしまったの……？　愛がなんで冷めてしまったの？　……もともと、愛なんてなかったの……？　なんで、なんで、あんな年増の朝鮮女に入れこむの？　わたしのどこがいけないの？……あの女と、わたしと、どこが違うの？　……わからない……さっぱりわからない……そんな仕打ちってある？　わたしは婚約者なのよ。

直也　……。

あかね　苦しい……切ない……苦しい……切ない……いつになったら、この思いから、抜け出せるの……？

直也　……。

あかね　いっそ戦死してくれたほうがよかった。

直也　……。

あかね、また飲もうとして、直也が酒瓶を取り上げる。

直也　もうやめんね！

あかね　飲まないと、心が引き裂かれそうになるの！

直也　……。

あかね　ちょうだい……お酒、ちょうだい。

あかね、直也に抱きつく。

直也　やめ……やめてくれんね……。

床に倒れこむ直也とあかね……。

あかね、直也に馬乗りになって、酒瓶を奪い、ラッパ飲みする。

直也　……。

あかね、ちいさく笑う。

直也　なして、笑う……？

あかね　なんで、こんなことになっちゃったんだろ……。

直也　……。

あかね　戦争のせい？　康雄のせい？　それとも、わたしが悪いの……？

直也　……。

あかね　（空に向かって）教えて、誰か、教えて！

直也　……。

あかね　このままだと、頭がおかしくなりそう……胸が……胸が押しつぶされる……。

直也　……。

あかね　あいつを懲らしめて！　みんな、あいつのせいよ！
直也　でけん……おれには、でけん……。
あかね　……。
直也　あかねしゃんのこつは愛しとる……ばってん、康雄しゃんは、おれにとって、父親で、兄貴で……そい以上で……。
あかね　……。

あかね、直也の体を起こす。

直也　（どぎまぎして）……。
あかね　……。

あかね、直也の頭を抱いて、

あかね　ねぇ、あなたはわたしのこと、裏切ったりしないわよね……？
直也　……。
あかね　わたしを、ひとりぼっちにしたりしないよね……。
直也　……。

直也、たまらず、あかねに口づけしようとする。

あかね、直也の口を手で押しとどめる。

直也　あか……あかねしゃん……？

あかね　やってくれる……？

直也　……。

あかね　康雄、ぼこぼこにしてくれる？

直也　（頷いて）……。

直也、またあかねに口づけしようとする。

あかね、また押しとどめて、

直也　あか……あかねしゃん……？

あかね　待って。

直也　おりゃあ……もう我慢でけん……。

あかね、グラスの酒をぐっとあおり、口移しで直也に飲ませる。

だっとふたりの間をこぼれていく琥珀の酒が光って……。

溶暗……。

4

一週間後、昼。

蓄音機からジルバが流れている。
諭吉が例によって、ひとりでステップを踏んでいる。
鈴子が、カウンターの中でグラスを拭いている。
カウンターにもたれて立っている珠代。

諭吉 スロー、スロー、クィック、クィック……スロー、スロー、クィック、クィック……
ねぇ、こん店、気のせいかしらん、あたしばっかり踊っとらんと?

珠代と鈴子、無視。

諭吉 あたしの、ニューヨーク仕込みのステップば、よう見んしゃいって。
珠代 黒人の兄《あん》ちゃんに、教えてもらったんやなかとね? 店に来とった……。
諭吉 おだまり。

康雄と満喜、淳雨が来る。
むすっとした顔の淳雨……。
諭吉、手を振って、

諭吉　おかえんなさ〜い、淳しゃ〜ん。

諭吉、蓄音機を止める。
鈴子、カウンターから出て来る。

鈴子　（胸がいっぱいになって）……。
淳雨　……。
鈴子　おかえんなさい。
淳雨　……。
鈴子　（康雄に、深々と頭を下げて）ありがとうございました。
康雄　そげなたいそうな挨拶はいらん。
淳雨　（むすっとした顔のまま）……。
諭吉　おめでとう。
珠代　こげん場合、おめでとうって言《ゆ》うとね？
諭吉　いちいち、うるさか。
満喜　ほれ、あんたからも、ちゃんと、お礼ば言《ゆ》うて。

淳雨　……。
満喜　なんしとると、早《はよ》う。
淳雨　……。
満喜　助けてもらっとって、あんた、礼も言えんとね。
淳雨　余計なお世話ばい。こげん男に助けられても、うれしかなか。
満喜　康雄しゃんが、あちこち走りまわって、骨ば折ってくれたけん、出て来れたったい。
淳雨　頼んどらん！　いつ、助けてくれって言《ゆ》うたと！
満喜　せからしか。子どもっぽいこつば言うんやなか。
康雄　もうよかね。
満喜　よかなかよ。
康雄　おりゃあ、礼でん……そげんためにやったんやなか。
満喜　ひとの好意ば踏みにじる真似、うちゃあ、許さんばい。
淳雨　なして、こん男の肩もつとね？　こん男に惚れとると？
満喜　……。
淳雨　いつから、そげん尻軽になったと。
満喜　……。
淳雨　僕はぜったい、こげな男といっしょになるの賛成せんけん！
満喜　えぇかげんにしんしゃい！
珠代　淳しゃん、ほら、ひと言、ありがとうって……。
鈴子　そうそう、ありがとう。

淳雨　（激昂して）こん男はな、アメリカのお先棒ばかついどるんばい！　アメリカの手先たい、手先！
満喜　そいなら、あんたはなんね？　日本のお先棒ばかついで、憲兵になったとでしょ。
淳雨　望んだわけやなか！
満喜　拒んだわけでもなか。
淳雨　国ばなかった僕らに、ほかにどげな道があったと！
満喜　憲兵になって故郷に帰ったら、諸手ば上げて歓迎してくれるとでも思ったとね？
淳雨　なんぼ姉弟《きょうだい》でん、言《ゆ》うてえぇこつと、悪かこつがあると！

満喜、淳雨の前に進み出て、

満喜　なんぼでん言えるばい。あんたがいまやっとるこつは、みんな嘘っぱちたい。
淳雨　なんがわかる！　姉ちゃんに、なんがわかると！
満喜　うちもあんたも自分から、すすんで日の丸ば振ったんたい。
淳雨　……。
満喜　そいが、あんた、今度は赤旗ば振っとるだけたい。
淳雨　やめれ！
満喜　うちは見たばい。あんたがおんなし朝鮮人の……朴《ぱく》しゃんの鉄工所ば襲うて、旋盤機やらモーターやら、ばんばん壊して……工場《こうば》ば滅茶苦茶にして……。
淳雨　（激昂して）あれは……あそこでつくっとるネジやピンは爆弾になるったい！

満喜　あん家《うち》はオモニ（母親）ひとり、息子ひとりで細々とやっとる……知っとるとね。
淳雨　そん爆弾が朝鮮で……僕らの祖国で、たくさんの命ば奪っとるんばい！
満喜　だけん、あんたが朴しゃんちの工場《こうば》ば潰してよかね？　だけん、あんひとらの食い扶持ば奪ってよかね？　だけん、あんひとらはどげんなってもよかね！
淳雨　……。
満喜　そいが、あんたの革命ね！

淳雨、叫び声をあげて、満喜に向かって行く。
淳雨、満喜の首を絞める。
満喜、抵抗しない……。

満喜　（淳雨をにらみつけて）……。

淳雨、叫び声をあげるが、ある程度以上、絞められない。

康雄　もうやめとけ。

康雄、淳雨を満喜から引き離そうとする。

淳雨　せからしか！

淳雨、康雄に殴りかかる。
康雄、軽くかわして、淳雨の腹に膝蹴りを入れる。
淳雨、なおも殴りかかろうとする。
康雄、軽くパンチを入れる。
淳雨、ふらふらになりながらも反撃しようとするのを、

鈴子　やめて！　もうやめて！

と、淳雨を抱きとめる。
淳雨、ずるずると床にうずくまる。

淳雨　やったら……やったら……僕はどげんして生きたらよか？　……僕が生きてく道はどこにあるとね……？

満喜　……。

淳雨　なんば信じて……なんばすがって生きていけばよかね……。

満喜　……。

淳雨　誰でん、なんか信じて、なんかすがって、生きとるんやなかね……そうやなかね……違うか!?　僕が間違《まちご》うとるか!?

満喜　……。

淳雨　（嗚咽して）僕はどっかで……希望ば……生きていくのに、大切な希望ば失《うし》のうてし

満喜　もうたんばい……。
鈴子　……。淳しゃん、うちの部屋で休もう。疲れたでっしょ。

淳雨、鈴子の手を払って、二階に駆け上がって行く。
鈴子、淳雨を追いかけて行く。

満喜　すんまっしぇん。
康雄　あやまることなか。
満喜　ビールでん飲みんしゃると？　うちのおごりたい。
康雄　一本、もらおうか。
諭吉　冷えたの、奥にあるけん。

満喜、厨房に入って行く。
珠代、康雄に追いかけるよう、手で合図する。

康雄　……？
珠代　あぁもう、鈍か男たい、追っかけて、ほら。
康雄　なして？
珠代　いま、いまが女心ばとらえる絶好の機会ばい。恋の魔法は、こげなときに、かかりやすか。

康雄　ほんなこつ？

珠代　統計学にも出とるばい。

康雄　あん狭か厨房で、どげんすっとね？

珠代　練習したでっしょ。さっさと、行きんしゃい。

と、康雄の背中を押す。
厨房に入って行く康雄。

珠代　ほんなこつ、世話のやける……。

諭吉　（しみじみと）好きな男と結ばれるのが、女のいちばんの幸せたいね……。

珠代　わかるとね、女の幸せ？

諭吉　わかるとよ、女の幸せ。

珠代　（頷いて）

諭吉　（頷き返して）

珠代　ばってん、結婚してくれっちゅう男がおっても、断る馬鹿もおる……なんば考えとるんやろか、ほんなこつ……。

諭吉　あんたは？

珠代　なんが？

諭吉　太一さんと、ほれ……。

珠代　あたしらは……大人の関係……体だけの付き合いたい。
諭吉　強引に結婚……せまったんやなかと？
珠代　なして、あたしが、そげんこつ……死んでも言わんばい。
諭吉　あたしは、てっきり……やけん、太一しゃん、恐ろしゅうて、店に近づかんようなったと思うたばい。
珠代　お化けんごたる言《ゆ》うてから……船が港に帰って来んだけ。そんだけたい。
諭吉　いつ、帰って来るとね？　売り上げ、がた落ち、痛手たい。早《はよ》う帰ってほしか……もう
　　　あんた、港に行ったりせんとね？
珠代　火炎瓶ば投げた、クソガキがおったやろ。あんガキに毎日、見に行かせとるったい。
諭吉　（店の外を見て、顎で指して）あんガキ……かいね？

英鉄が店の中をのぞきこんでいる。

珠代　……。

珠代、表に出て行く。

珠代　船は？　入港しとったと？
英鉄　掃海艇やったよね？　ＭＳ14？
珠代　名前はようわからん。

英鉄　今朝、入って来とる。木造の老朽艇だけん、じきわかったと。
珠代　太一しゃんは？　太一しゃんはおったと？
英鉄　パンツのひと？
珠代　（頷く）
英鉄　ずっと待っとったばってん、パンツのひとは姿が見えなんだ。
珠代　そん船……なんか変わったこつは？
英鉄　変わったこつって、なんね……？
珠代　半分壊れとったとか……。
英鉄　そしたら、沈むばい。
珠代　なんでんよか、なんか変わったこつなかったと？
英鉄　棺んごたるもんが……船から下ろされとったと。
珠代　……。
英鉄　みんなずらっと並んで……えらかひとも来て……敬礼ばしとったばい……あら、なんやろかいな……。
珠代　……。

珠代、英鉄に金を渡す。

珠代　明日っから、もう港、行かんでよか。
英鉄　……。

珠代　もう必要なか……。
英鉄　またなんかあったら、呼んでくんしゃい。
珠代　早《はよ》う帰りんしゃい。おっぱい、ほしかろ。
英鉄　せからしか。

英鉄、去って行く。

珠代　……。

珠代、中に入ろうとして、哀しみが突き上げてくる。
珠代、しゃがんで、顔を押さえ、すすり泣き始める。
声をあげて泣き始める珠代……。

西瓜をぶらさげた太一が来る。

太一　なして、泣いとる……。
珠代　いま、あんたんこつ思うて、泣いとるんたい……。
太一　なして？
珠代　あたしにかまわんでぇ……。

珠代、太一に気づいて、

珠代　（驚いて）あんた、生きとったと？
太一　ぴんぴんしとるばい……。

珠代、太一に抱きつく。

珠代　あんたぁ……よかったぁ……。
太一　なんね、突然……。

珠代、太一の頬をひねる。

太一　痛か……なんばしよっとね、あんたは……。
珠代　夢やなかか確かめようと思って。
太一　自分の頬っぺたで確かめんか。

諭吉が店から出て来る。

諭吉　お久しぶり、太一しゃ〜ん。
太一　ご無沙汰しとります。

諭吉　さびしかったば〜い。

と、珠代を押しのけて、太一を抱きしめる。

珠代　……。

長い抱擁。

珠代　ちょっと、ちょっとちょっと、長すぎるばい。

珠代、諭吉を引き離して、

珠代　さっさと、入って。

と、太一がぶらさげていた西瓜を諭吉に手渡す。
中に入って行く諭吉。
ビールを持って、満喜が厨房から出て来る。
黙って、後ろからついて来る康雄。

満喜　（怪訝な顔で、康雄を見て）……。
康雄　……。
諭吉　満喜ちゃん、太一しゃんにビール。冷えたの出してちょうだい。

と、西瓜を持って、カウンターに入って行く。
満喜、表をのぞいて、

満喜　あらまぁ、いらっしゃい。お久しぶり。

太一、満喜に手を振ってみせる。
満喜、厨房にまた入って行く。
黙ってついて行く康雄。

珠代　（じっと太一を見つめている）……。
太一　なん、じっと見つめとると。
珠代　あたし、魔法にかかったごたる……。
太一　……。
珠代　あんたが、ものすごう男前に見えるったい。
太一　おれは、おまえん顔が……産気づいた狸んごたる見える。
珠代　好かん。

太一　（笑って）……。

中に入って行く珠代と太一。

諭吉、カウンターにグラスを並べて、

諭吉　（太一を手招きして）ここ、ここ、ここ、座って、早《はよ》う。

珠代と太一、カウンターに行く。

ビールを持って、満喜が厨房から出て来る。

後ろを黙って、ついて来る康雄。

満喜　なんね……？

康雄　……。

満喜　おかしかひと……。

康雄、珠代の隣に行って、

康雄　（珠代に）やっぱぁ言われん、あげん恥ずかしかこつ……。

珠代　不甲斐なかねー、ほんなこつ……。

康雄　……。

諭吉、蓄音機をかける。
陽気な音楽が流れる。

諭吉　太一しゃんが久しぶりにいらっしゃったば〜い。乾杯するば〜い。
太一　（諭吉に）おごりね?
諭吉　つけとくけん。
太一　久しぶりに来たのに、それかー。
諭吉　はい、乾杯、乾杯。

太一、グラスを掲げ、

太一　ひとこと挨拶させてくれんね……不肖菅原太一、無事、この「エンパイアダンスホール」に戻ってまいりました……ここにまた戻って、皆様の顔ばまた見て……またうまかビールば飲んで……こげん……こげん幸せなこつは……。

感極まって、泣き始める太一……。

珠代　……。

諭吉　なに、なに、なに泣いとると？
太一　……。
珠代　ほら、あんた、乾杯しまっしょ。
太一　（うんうんと頷いて）

全員、グラスを持って、「乾杯！」と声をあげ、乾杯する。
康雄、ビールをぐっと飲みほして、

康雄　おりゃあ、帰るばい。
諭吉　これから、盛り上がるのにぃ……。
康雄　たまには、店に顔ば見せんとな。
太一　よし、おれが踊りば見せちゃる。
諭吉　脱いで～、脱いで～！

諭吉たち、拍手する。

珠代　満喜ちゃん、ほら、送って、送って。

珠代、康雄に目くばせする。

康雄　……。

康雄、出て行く。
入り口で、見送る満喜。

満喜　（頭を下げて）ほんなこつ、ありがとうございました。
康雄　よかって、そげんこつ……。
満喜　……。
康雄　……。
満喜　なんね？
康雄　……。
満喜　言いたかこつあるなら、はっきり言いんしゃい。
康雄　おれが毛織物の工場《こうば》ばやっとるの、知っとろう。
満喜　……。
康雄　弟さんの言《ゆ》うとおり、朝鮮特需で、濡れ手に粟ばい。ガチャンって機《はた》ば織ったら、万と儲かる「ガチャ万」たい……儲けた金で、家ば買《こ》うて、車ば買うて、工場《こうば》ば大きうして、ダンスホールも買うて……湯水んごたる金ば使《つこ》うて……そいでも、まぁだ金が入ってくる。いままで鈍行列車に乗っとったのに、突然、特急列車に乗りかえたごたるたい。
満喜　……。

康雄　誰も彼も、目の色変えて、狂うたごたる……おれもそうやったばい。
満喜　……。
康雄　ばってん、どげん儲けても、空しか……こん傷が、おれに戦争ば忘れさせてくれん……こん傷の痛みは消えん……。
満喜　……。
康雄　あんたが望むんやったら、おれは……工場《こうば》やめてもよか……。
満喜　……。
康雄　従業員がおるけん、工場《こうば》自体はやめるこつはでけん……ばってん、おれが社長ば辞めるのは簡単たい。
満喜　やめた後……どげんすっと？　ダンスホールだけやるとね。
康雄　直也にまかす。でけるんやったら、どっか田舎で、あんたといっしょに野菜でんつくって……静かに暮らしたか。
満喜　……。
康雄　そげな暮らしは、嫌か？
満喜　……。
康雄　……。

蟬の声がする。

満喜　夏ももう終わりたいね……。

康雄　……。
満喜　虹の向こうに国が、あんた、あると思うと?
康雄　なんのこつね……?
満喜　「OVER THE RAINBOW」ばい……。
康雄　……?
満喜　うちゃあ、あんたについて行くったい。
康雄　ほんなこつ?
満喜　(頷く)

康雄、満喜をぎゅっと抱きしめて……。

満喜　……。
康雄　ふたりで、静かに暮らすばい。
満喜　……。
康雄　だんだん、戦争のこつば忘れて……だんだん、おれのこん傷も、痛まんようになるはずたい……。
満喜　……。

太一がパンツ一丁で踊って、盛り上がる店内……。

路地の隅で、あかねと直也が、満喜と康雄を見つめている……。

あかね　……。

直也　……。

直也、決心を固めて、康雄に近づいて行こうとする。

あかね、直也を引き止める。

直也　（あかねを見て）……。

あかね　……。

蟬の声が激しく鳴いて、溶暗……。

5

深夜。

雨が窓を叩いている。

窓の向こうに、点滅するネオンが滲んで見える。

鞄を持った淳雨が、そっと降りて来る。

淳雨　……。

出て行こうとすると、鈴子が二階から顔を出す。

鈴子　どこ、行くと？

淳雨　……。

鈴子、だっと階段を駆け降りる。

鈴子　どこ行くとね。

淳雨　ここにおるのは、針のムシロばい……。

鈴子　逃げると？

淳雨　姉ちゃんと、あん男がくっついとるとこ、指ばくわえて見とればよかね。

鈴子　どっこも行くとこなかでっしょ。

淳雨　仲間んとこ、行く。

鈴子　嘘！

淳雨　……。

鈴子　仲間んとこ行って、どげん言い訳すると。

淳雨　……。

鈴子　警察署から、あんたひとり釈放された訳は？　下手な言い訳したら、あんた、スパイと間違われて、殺されるばい。

淳雨　……。

鈴子　そいでのうても、あんたんごたる肝っ玉のこまか男は……。

淳雨　せからしか！

鈴子　ちゃんと答えられると？

淳雨　……。

鈴子　あんた、もうどっこも行く場所なかよ……わかっとる？

淳雨　どこかにあるばい……ここでもなか……向こうでもなか……僕の生きる場所が……。

鈴子　あんた、まさか、死ぬつもりやなかでっしょね。

淳雨　……。

淳雨、出て行こうとする。

鈴子、淳雨にすがって、

鈴子　そげな阿呆らしか真似せんとね……？　そうでっしょ？

淳雨　……。

鈴子、淳雨を叩いて、

鈴子　情けなか……あんたっちゅうひとはどこまで情けなか……。
淳雨　痛か……やめ……痛かて……。
鈴子　涙が出てくるほど、情けなか……。
淳雨　死んだりせん！
鈴子　そいなら、どこ行くと？
淳雨　……。
鈴子　金もなかでっしょ。
淳雨　なんとかするばい。
鈴子　なんともでけん！
淳雨　そげんこつなか！
鈴子　ここにおって。うちのそばにおって！
淳雨　ここにはおられん！
鈴子　うちと、お腹ん子のためにおって！
淳雨　……。
鈴子　……。
淳雨　嘘やろ……。
鈴子　……。
淳雨　僕ば引き止めるために、そげな嘘……。

鈴子　嘘やなか。ちゃんと、お医者さんに調べてもろうた。
淳雨　（顔を歪め）……。
鈴子　喜んでくれんと……？
淳雨　信じられん……。
鈴子　なんが？
淳雨　……。
鈴子　あんた、もしかして、ほかん男の子どもやと思うとると？
淳雨　……。
鈴子　ほんなこつ、最低たい！

と、また淳雨をばんばん叩く。

淳雨　痛か……やめんか、こら……。

傘もささずに、康雄が走って来る。
追いかけて来る直也。

直也　ちょっと待ってくれ、康雄しゃん。
康雄　なんね？
直也　いきなり、店ばまかすっちゅうても……。

康雄　あかねとふたりでやっていけばよかね。
直也　……。

カウンターに隠れる淳雨と鈴子。
康雄と直也、中に入って来る。

康雄　おまえが、あかねにぞっこんなんは、よう知っとる。おまえがあれといっしょになってくれたら、おれも安心たい。
直也　そいで、あん朝鮮女といっしょになるとね?
康雄　やめ、そげな言い方……。

康雄、厨房に入って行く。

直也　康雄しゃん……あんた、ふぬけになったったい。
康雄　……。
直也　前はもっとぎらぎらしとった。
康雄の声　おれは、こいから先は、満喜とふたり、静かに暮らしていくつもりたい。悪う思わんでくれ。
直也　楽隠居ね?　笑わすばい。

康雄、ビールとグラスを持って、出て来る。

康雄　ま、飲もうや。
直也　……。

康雄、グラスにビールを注ぎながら、

康雄　おれがおらんほうがよかやろ。
直也　……。
康雄　あかねに、おまえだけのこつ、見とってほしかろう。
直也　そいとこいとは別ばい。おれはもともとダンスホールなんちゅうもんは、性にあわん。あんたに言われたけん、いままでやってきただけばい。
康雄　そろそろひとり立ちすりゃよか。
直也　勝手なこつ言わんでくれ！
康雄　……。
直也　五十人も女はよう扱わんたい。それでのうても、白粉《おしろい》の匂いがぷんぷんして、おれには我慢がでけん。
康雄　おっかしゃんのこつば思い出して、嫌になると？

直也、カウンターをどんと叩いて、

直也　母親ん話はせんでくれ！
康雄　そげん嫌か……。
直也　あん女は、親父ば殺した。当然の報いたい。
康雄　そん報いは、自分に振りかかってくっぞ。
直也　もうやめんね！

直也、ぐっとビールを飲みほす。

康雄　……。
直也　今夜……おれは、あんたんことばくらわすつもりやった……。
康雄　……。
直也　あんたば一発くらわして、そいで、こん町ば離れるつもりやったと。
康雄　ここ、離れて、どこ行く？
直也　……。
康雄　どっこも、おまえんこつ、受け入れてくれんぞ。
直也　あかねしゃんがそばにおってくれたら、なぁもいらん。どげん暮らしも、平気ばい。
康雄　ふぬけになったんは、おれやのうて、おまえやなかね。
直也　……。
康雄　あかねに言われるまま……恋に狂うとるごたる。
直也　せからしか。けじめばつけんと、始まるもんも始まらんばい。

康雄　店ば継げ。

直也　でけん！

康雄　ふたりで野垂れ死ぬつもりね。おまえらふたりで、どげな生活がでける？

直也　康雄しゃんの下で、働くことはもうでけん！

康雄　おれはおらんようなるって言《ゆ》うとるやなかか。

直也　そいで、すべてが片つくわけやなか！

路地に傘をさしたあかねが立つ。
あかね、片手にはバッグ。

康雄　（気づいて）なして、呼んだ？

直也　呼んどらん……。

康雄　ふたりだけで話そうちゅうたやなかか。

直也　ほんなこつ、呼んどらん。

康雄　……。

直也　ちょっと待っててくれんね。

康雄　……。

直也、表に出て行く。

直也　うちで待っとるんやなかったと……？
あかね　……。
直也　帰れ。
あかね　嫌。
直也　約束ば、ちゃんと守る。だけん、帰ってくれんね。
あかね　嫌。
直也　……。

康雄が出て来る。

康雄　ほんなこつ、出て行くとね？
あかね　……。
康雄　決心は変わらんと？
あかね　せいせいするでしょ、わたしがいなくなって……。
康雄　……。
あかね　別れの挨拶は？　なんもないの？
康雄　……。
あかね　あるでしょ……たとえば、ほら、「イカレポンチ、さっさと消えろ」とか……。
康雄　……。
あかね　なんか言ってよ！

康雄　（頭を下げて）すまん、あかね……このとおりたい。おれば許してくれ。
あかね　なんで、あの女なの……？
康雄　……。
あかね　なんで、わたしじゃだめなの？
康雄　……。
あかね　教えて！
康雄　でかか声ば出すな。みんな寝とる。
あかね　雨で聞こえたりしない。
康雄　ほんなこつ、すまん。
あかね　土下座して。
康雄　……。
あかね　わたしと別れたかったら、ここで土下座して、あやまって。
康雄　……。
あかね　あなたが無茶苦茶にしたの！　そうでしょ！
康雄　……。
あかね　わたしの心、踏みにじったの！　それぐらいできるでしょ！

康雄、あかねの前に土下座する。

あかね　……。

康雄　すまん。
あかね　（あざ笑って）ぜったい別れてあげない。
康雄　……。
あかね　別れてなんかやるもんですか……一生、あなたたちにつきまとってやる。
康雄　……。

あかね、ポケットから銀の酒瓶を取り出し、あおる。

康雄　酒か？
あかね　（かまわず、飲んで）……。
康雄　やめ！

康雄、あかねから酒を取り上げようとする。
あかね、身を翻して、店の中に入って行く。

康雄　直也、止めれ！
直也　……。

康雄、中に入って行く。
直也、そのまま雨に打たれている。

直也　……。
康雄　あかね！
あかね　あの女、どこ？　寝てるの？
康雄　こっち、よこせ！
あかね　こんばんはー、元婚約者《いいなずけ》が挨拶にきましたー。

と、またあおる。

康雄　やめれって。

あかね、階段を上がって行こうとする。
康雄、あかねをつかまえる。
激しく抵抗するあかね。

あかね　嫌！　放して！
康雄　あかね！
あかね　放して！　ほっといて！
康雄　自分で自分、傷つけてどげんすっと！
あかね　あなたの……あなたのせいです！

あかね、康雄の胸に顔を埋めて、嗚咽する。

あかね　わたしのこと、幸せにするって言いましたよね……信じてる……いまも、信じてる……。

康雄　おまえにふさわしい男はほかにおるったい。

あかね　信じてる！　康雄はわたしを捨てたりしない！

康雄　……。

あかね　東京には、帰れない……帰りたくない……あそこには、鬼が……知ってるよね……？

康雄　……。

あかね　帰さないで……お願い、わたしをあそこに帰さないで……。

康雄　……。

あかね　鬼にぶたれながら、蹴られながら……わたし、祈ってた……ずっと祈ってた……きっといつか、わたしのこと、迎えに来てくれるひとがいる……きっといつか、わたしを救ってくれるひとがいる……。

康雄　……。

直也が静かに入って来る。

あかね　康雄といるときだけ……そのときだけ、人生はすばらしいものだって、わかるの……遠くで……まるっきり関係ないって思ってた人生が、わたしのそばに舞い降りて来て

康雄　……すぐ隣に来て……人生は、あたたかくて、やわらかいもんだって、初めて知ったの……。
あかね　……。
康雄　わたし、なんでもする……酒もきっぱりやめてみせる。だから、お願い。
あかね　……。
康雄　結婚しなくてもいい。あなたのそばにいるだけでいい……なんなら、女中になって
あかね　……。
康雄　許さないから……わたし、捨てたら、許さないから……拾い上げて……希望持たせて
あかね　……見捨てるような真似……ぜったい、許さないから……。
直也　……。
あかね　（やりきれない）……。
康雄　……。
あかね　……。

カウンターで物音がする。

直也　誰ね？　……出て来い！

淳雨が顔を出す。

直也　なんばしとったと、そげなとこで。
淳雨　喉が渇いたけん……水ば……。
直也　おまえ、うちに火炎瓶ば投げたガキの仲間やろう。
淳雨　……。
直也　こっち、出て来い！

淳雨、おずおずとカウンターから出て来る。
いきなりパンチをくらわす直也。
床に倒れこむ淳雨。

直也　うちに火炎瓶ば投げて、ただですむと思うたんか！

直也、淳雨を蹴りつける。

直也　調子にのんな……こんイカレポンチ！

カウンターから鈴子が出て来る。

鈴子　やめて！
直也　なんね、油虫んごたる、ちょろちょろちょろちょろ……。

鈴子　淳しゃんに、手ば出さんで。
直也　女はへっこんどれ！

直也、鈴子を突き飛ばす。
鈴子、転んで、うめき声をあげる。

康雄　おい、やめ、直也！
淳雨　なんばしよっと！

淳雨、直也に体当たりする。
どっと床に倒れこむ淳雨と直也。
淳雨と直也、床を転げまわって……。
直也、淳雨に馬乗りになって、殴り始める。

鈴子、カウンターにもたれて、

鈴子　やめてぇ……もうやめてぇ！

直也、我を忘れ、淳雨を殴り続ける。

康雄　おい、やめんか、直也！　……やめ！

康雄、必死になって、直也を淳雨から引き離す。

鈴子　淳しゃん！

と、淳雨に駆け寄る。

直也　（荒い息で）なして……なして……こげん男に加勢すると……。
康雄　それ以上やったら、死ぬぞ。
直也　（爆発して）なしてね！
康雄　落ち着け、直也……。
直也　（興奮したまま）あんた、自分がなんばやっとるか、わかっとると？　……わかっとるとね！
康雄　……。
直也　犬にエサば与えて……知らんふりするごたる……。
康雄　……。
直也　あんたんこつば信じとったのに、そいば裏切って……そうたい、おれが裏切ったんやなか。あんたが裏切ったんたい！
康雄　おれはおまえんこつ、裏切ったりはしとらん……。

直也　なら、なして、こん男ば味方すると！
康雄　もうひとば殺めたら、いかん。
直也　母親んこつは、言《ゆ》うな！
康雄　……。

直也、ビール瓶を割る。

康雄　やめ、直也。
直也　……。
康雄　こっちに、そいばよこせ、直也。
直也　……。
康雄　そいで、ゆっくり話そう……。
あかね　（固唾を呑んで）……。

康雄、直也に手を伸ばす。

康雄　後生やけん……。
直也　……。

満喜が二階から顔を出す。

満喜　なんしとると……？
康雄　……。
満喜　なんしとると、そこで!!
あかね　（かっとなって）刺して、直也！　刺して！
直也　……。
満喜　やめて！

満喜、階段を降りて行こうとする。

康雄　来るな！
満喜　……。
康雄　そこでじっとしとれ。
あかね　殺して！
直也　……。
あかね　康雄が生きてるかぎり、わたしたち、いつまでたっても、宙ぶらりんのまんま！　地獄よ、地獄！
満喜　やめて！　お願い！
康雄　心配せんでよか。じっとしとれ。じき終わるけん。
満喜　……。
あかね　早く、刺して！

直也　黙れ！
あかね　……。
直也　刺す！　いま、刺すけん！
あかね　……。
直也　刺す！
あかね　……。
直也　刺す！
あかね　早く刺して！
直也　（ぶるぶる震えて）……。
康雄　やめれ……震えとるやなかか……。
直也　康雄しゃん……頼む……いまからでも遅うなか……あかねしゃんといっしょになってくれんね……。
康雄　……。
直也　あかねしゃんは、ほんなこつ、康雄しゃんのこつば愛しとる……。
康雄　おまえは……おまえはどげんする？　あきらめられると？
直也　（泣きながら）あきらめてみせるったい……。
康雄　おれは、満喜ば愛しとる……おまえには、あかねが……おれには、満喜が必要たい……
わかってくれ……。
直也　おれはいま、気づいたと……あんたがおらな、おれはなんもでけん……あかねしゃんも、そうたい……。

康雄　……。

直也　頼む、康雄しゃん……おれらば捨てんでくれんね……。

あかね　早く刺して！　けりつけて！

直也　……。

康雄　おまえはおまえで、もう十分、生きていけるはずたい。

直也　……。

康雄　さ、こっちに、そいばよこして……。

ナイトキャップをかぶった諭吉が、二階から顔を出す。

諭吉　（金切り声をあげる）

直也、叫び声をあげて、康雄にビール瓶を振りかざす。
康雄、身を翻して、階段に逃げる。
叫び声をあげて、康雄を追いかける直也。
康雄、満喜の手をとり、逃げる。

諭吉　やめてー！　床ば血で汚さないでー！　高かよー！

直也、我を忘れて、叫び声をあげながら、ビール瓶を振りまわす。

康雄、満喜、淳雨、鈴子、逃げまどう。
諭吉が階段を降りて来る。

諭吉　もうやめてー！

鈴子が諭吉を前に押し出して、

鈴子　刺すなら、こんひと、刺して！

諭吉　いやー！

と、逃げる。

康雄　もうやめれ、直也。

直也　おれたちば捨てんね？　そやろ、康雄しゃん？

康雄　……。

直也　あかねしゃんとよりば戻して、またおれら……元の生活に戻ればよか……。

康雄　おれは、こん女と暮らす。

直也　……。

あかね　早く刺して！

直也　……。

あかね　早く、わたしを地獄から救って！　お願い！

直也、叫び声をあげて、割れたビール瓶で、淳雨の腹を衝く。

淳雨　なして……？　なして、僕ね……？

淳雨、卒倒する。
悲鳴をあげる鈴子。

康雄　……。

康雄、床にへたりこんで……。

満喜　（凍りついたように立っている）……。
直也　（あかねを見つめて、さびしそうに笑ってみせて）こいで、許してくれんね……。
あかね　……。
直也　……。
康雄　（絞り出すように）直也ぁ……。

直也、振り返らずに、雨の中を叫んで、走って行く。

あかね　……。

鈴子、淳雨を抱きしめ、

鈴子　淳しゃん……淳しゃん……いま、救急車、呼ぶけん……しっかりして、淳しゃん……。
満喜　淳！　淳！
諭吉　淳しゃん！

鈴子、淳雨を叩いて、

鈴子　死んだらいけん……死んだらいけん……ほら、しっかりして……目ば開けて……情けなか、情けなかよ……ほら、目ば開けて……もう叱ったり、ぶったりせんけん……お願いいやけん……お願い、淳しゃん……うちんこつ、見て！

鈴子、わっと泣き伏して……。
むっくり起き上がる淳雨。

鈴子　……!?
淳雨　あんまり耳元でぎゃんぎゃん言わんでくれ。耳が痛か。
鈴子　なんともなか……？

淳雨、腹から「朝鮮女性」を取り出す。

淳雨 「朝鮮女性」に助けられた。

鈴子 ……。

淳雨 警察にまた見つからんよう、腹に隠しとったったい。

鈴子 阿呆！

鈴子、淳雨の頬を平手打ちする。

淳雨 なして、くらわされななならんとね……。

鈴子、淳雨の胸にすがって、わっと泣く。

淳雨 ……。

満喜 ……。

諭吉 血だらけ……早《はよ》う手あてばしまっしょ。

諭吉、淳雨に肩を貸して、二階へ上がって行く。

ついて行く鈴子。

康雄　直也、追いかけぇ。
あかね　……。
康雄　追いかけてって、無事やと知らせてこい。
あかね　……。
康雄　なんばするかわからんぞ。

あかね、ふらふらとカウンターに入って行く。

康雄　おまえが行かんのなら、おれが行ってくる。
あかね　追いかけて、どうするの？　なんて言うの？
康雄　……。
あかね　（笑って）元気、出せって？
康雄　……。

あかね、酒をあおり始める。

康雄　やめ！
あかね　（無視して）……。
康雄　命ば削る真似はやめ！
あかね　……。

康雄　もうたくさんばい！　見とうなか！
あかね　ほっといて！
康雄　あかね！
あかね　うんざりなの！

康雄とあかね、もみ合う。
あかね、康雄の傷痕を手で払う。
康雄、傷痕を押さえて、

康雄　痛か……雨のせいか……まぁた、痛みよる……じくじくじくじく痛みよる……。
満喜　……。
あかね　（あざ笑って）報いよ、報い。
康雄　……。
あかね　許されるわけない、あんな真似して……。
康雄　やめ……そん話は……。
あかね　あんた一人、幸福《しあわせ》になれると思った？　ひとでなし！
康雄　やめ！
あかね　ぜったい許されるわけない！
康雄　いいかげんにせんか！
満喜　なんの話？

あかね　ガダルカナルの話……聞いてない……？
満喜　……。
あかね　（康雄に）もしかして、打ち明けてないの、このひとに？
康雄　……。
あかね　ずるいひと……なんで、なんでなの？
康雄　……。
あかね　あなた、このひと、愛してるんでしょ？　なんで、話さないの？
康雄　……。
満喜　なんの話？
康雄　聞かんでよか。つまらん話ばい。
あかね　（満喜に）大事な話なんです、安部康雄っていう人物がほんと、よくわかる。
康雄　やめれって言《ゆ》うとるやろが！

康雄、拳を振り上げる。

あかね　殴れるの!?　あなたに、わたしが殴れるの!?
康雄　……。
あかね　……。
康雄　（あかねをじっと見つめ）……。
あかね　（もじっと見つめ返し）……。

康雄　話すな……。
あかね　このひとの前ではきれいぶるつもり!?　わたしには、ゲロ吐いて！
康雄　話すな、ぜったい！
あかね　ガダルカナルで……あの地獄で……このひとは米を奪うために、仲間を襲ったんです！
康雄　あかね！
満喜　……。
あかね　自分が生き残るために……仲間襲って、米頬ばって……。
満喜　……。
あかね　さぞ、おいしかったでしょうね。

康雄、拳をおろす。

康雄　……。

あかね、声に出して、笑い始める。

康雄　やめれ！
あかね　（笑いやめない）……。
康雄　そいなら、おればば戦争に追い立てた連中は悪くなかかね！　……あげん無謀な作戦で二万の兵士ば見殺しにした連中は……身動きができん傷病兵ば自決させたり、処分したやつらは……あいつらは、おれより罪深くなかね……おれだけやなか……おれだけやなかばい！

あかね　鬼！　ひとでなし！

康雄　やめてくれ……。

満喜　……。

あかね　あなたが殺したのよ！

康雄　やめれ……もうやめれ……。

あかね　仲間と……それから……自分を……殺したの！

康雄　（口を押さえ、むせび泣いて）……。

満喜　……。

あかね　（冷たい目で、康雄を見て）……。

康雄　許されんとね……おれには、静かに暮らすこつ、許されんとね……。

満喜　……。

あかね　……。

康雄、行こうとする。

満喜　どこ、行くと？

康雄　（涙を拭いて）直也……探しに行ってくる……。

満喜　帰って来るとね……？

康雄　……。
満喜　見つけたら、きっと戻って来るやろ。じき戻って来るやろ。
康雄　（満喜を見つめて）……。
満喜　（も康雄を見つめて）……。

康雄、満喜に深々と頭を下げる。

満喜　……。

康雄、雨の降る中、出て行く。

満喜　（切ない）……。
あかね　追いかけないの？
満喜　（小さく首を振って）……。
あかね　……。

満喜、カウンターの前に立って、

満喜　ねぇ、うちにも、一杯ちょうだい。

あかね、カウンターに顔を突っ伏して、静かに泣き始める……。

あかね なにも怖くない……わたしには、酒がある……なにも怖くない……。

満喜、あかねの頭をやさしく撫でて……。

満喜 うちは知っとったと……虹の向こうに国はなかって……。

あかね ……。

満喜 ……。

雨が容赦なく降り続く。

溶暗……。

6

半年後、初春。

昼過ぎ。

路地をリヤカーを引っ張って、太一が来る。
太一、店の前に、リヤカーを止めて、中に入って行く。
入り口脇に、荷物が積み上げられている。
太一、階段下で、

太一　珠代しゃ〜ん。用意できたと？
珠代の声　すぐ行くけん。

お腹の大きい珠代が荷物を抱えて、二階から現れる。
珠代、階段を降りて行きながら、

珠代　挨拶まわりは？　終わったとね。
太一　（頷く）
珠代　みんな、さびしがっとったでしょ。
太一　別に……。
珠代　あんた、人望なかね。
太一　辞めてあたりまえて思うとるったい。
珠代　……。

太一　目の前で、機雷が爆発して、一人死んだったい。
珠代　……。
太一　おれは小便ばするために、便所に入っとった……そんとき、ドーンちゅう、ものすごか音がして……煙がもうもうとなって、真っ暗になって、前後左右に揺すぶられて、もうわけがわからん……甲板からどんどん海水があふれて、もうどげんしたらえぇか……誰かの、「早《はよ》う飛びこめ！」ちゅう声がして、そいで、無我夢中飛びこんで、油の海ば必死で泳いで……ようやっと助けられたったい……ばってん、ひとり死んだこつば聞かされて……別ん船ば用意してくれるか、安全が確保でけんのやったら、日本に帰るっちゅうても、許してくれん……脱走やてぬかしおった。アメリカも、日本も、おれらの命ば使い捨てにするつもりやったとね。アメリカ海軍の少将さんがなんば言いおったか、知っとると？　「日本掃海隊は掃海を続行せよ。しからずんば日本に帰れ。十五分以内に出航しなければ、砲撃するぞ」……。
珠代　長か話。いつ終わると？
太一　珠代しゃ～ん。
珠代　愚痴はよかけん、さっさと運んで。

珠代、太一に荷物を渡す。

太一　よか天気ばい。引越し日和たい。生きとるこつが、うれしうなるごたる……。
珠代　ずいぶんあったこうなったね、ほんなこつ……。

太一　村に帰ったら、桜が咲いとるかもしれんばい。ここより、ずいぶんあたたかかけん。

珠代　花見しとる余裕はなかよ。やるこつ、山ほどあるばい。

太一　ちーとはのんびりしたか〜。

珠代　だめだめ。こん子のために、ばり働きなっせ。

太一　こら、ほんなこつ、妊娠ね？　ただ太ったんやなかとね？

珠代、太一の尻を叩いて、

珠代　そげん冗談、許さんばい。

太一　籍ば入れたら、あんた、途端にきつかね〜。

珠代　夜はまた恋人に戻るけん……。

太一　珠代しゃ〜ん、好いとぉば〜い。

と、珠代を抱きしめる。

厨房から、蒸かし芋が入った鍋を持ったお腹の大きい鈴子と、諭吉が出て来る。

諭吉　あらまぁ、お熱かこつ……。

離れる珠代と太一。

鈴子 ひと休みしまっしょ。

諭吉 あたし、お祝いに特別にコーヒーばいれたげる。

諭吉、カウンターに入って行く。

珠代 安か豆で、恩着せがましか。

諭吉 なになになに？　いま、なんて言いよった？

太一 ありがたか、いただきます……（珠代をにらんで）よけいなこつ、ぬかすな。おまえはひと言多いばってん……。

珠代 黙っとったら、黙っとった分、太るけん。

太一 そいがひと言多いんたい。

珠代と太一、椅子に腰かける。

諭吉 まさか、珠代しゃんにねぇ……。

太一 おれも、たまげたばい。

珠代 あんたが毎晩、西瓜ば持って来るけん……。

諭吉 大丈夫？　そん歳で出産はきつかでしょ。

珠代　あれ、嫌味？　嫌味ね？
太一　（黙ってろと）……。
珠代　どうぞご心配のぅ。元気な子どもば、ぅんって、ひり出してみせるばい。
鈴子　そげんぅんこごたる言《ゆ》ぅてから。
珠代　（声に出して笑って）西瓜が出て来るかもしれんと。
鈴子　（も笑って）……。
諭吉　（笑いながら）ほんなこつ、潰れる……。
太一　……。
諭吉　あたしも、よかひと、現れんかねぇ……。

珠代、蒸かし芋をかじって、

珠代　きっとおるばい。
諭吉　そやろか……。
珠代　おならんごたる男が……。
太一　やめんか、もぅ。
珠代　淳しゃんは？
鈴子　日雇いに行っとる。帰りは遅なるけん、よろしぅって。
珠代　額に汗しとるんやねぇ……。
鈴子　いつまで続くやら……あんひと、甲斐性なしやけん。

珠代　……。
鈴子　いつまた理由つけて逃げ出すかわからん……うちがぎりぎりネジ巻かんといかんばい。
珠代　あんた、変わったねぇ……。
鈴子　そやろか？
太一　女は子どもがでけると強くなるったい。

お腹がせり出した満喜が、風呂敷包みを持って、階段を降りて来る。

満喜　姐しゃん、すぐ行くと？
珠代　荷物積んだらね。
太一　気つけんしゃい。危なかよ。
満喜　大丈夫、大丈夫。
珠代　日に日に、大きうなるったい……。
諭吉　あんたもね。
珠代　いちいち角のある……。
太一　珠代。
珠代　はいはい。
諭吉　子どもがでけたら、また手がかかるとね。
鈴子　ふたりとも、まだまだ、こん店で働くけん。
珠代　ダンスホールに達磨は二個もいらんばい。

諭吉　（大きなため息）
太一　どげんしたと？
諭吉　こん店……潰れるかも……。
太一　……。

満喜、階段をふーふー言いながら、降りて来る。

満喜　きつか～。
珠代　丈夫な子産むために、ほれ、がんばって。
満喜　はい、到着。

満喜、風呂敷包みを太一に差し出す。

太一　なんね？
満喜　お祝いたい。
太一　すまんね、気つこうてもろうて……。

太一、風呂敷包みを開けると、パンツが入っている。

太一　（苦笑して）ありがとね……。

満喜　そいば見て、たまには、こん店とうちらのこつば思い出して。
太一　（頷いて）さっそく、これでひと踊り……。
珠代　もういらん！

飛行機が通り過ぎる音がする。

満喜　……。
鈴子　いつまで続くんやろね……二年になるたい。
諭吉　ばってん、おかげで景気はよかね。
太一　何十万も死んどるんたい……喜ばれん。
満喜　……。
太一　海の向こうは戦争ばい。目の前で、ばたばたひとが死んでいくったい……ほんなこつ、悲劇ね……ひとの命は蟻の命んごたる……。
満喜　……。

満喜、窓を開ける。
春風がカーテンを揺らす。

満喜　気持ちよか……もう春たい……。

鈴子が満喜のそばに来る。

鈴子　ほんなこつ、気持ちよか……。

満喜、鈴子のお腹を撫でて、

満喜　春が来たら、つぎは夏が来て……一年なんて、あっちゅう間ばい……。
鈴子　安部しゃんも、子どもが生まれるころには、戻って来ると。
満喜　どやろ……。
鈴子　きっと戻って来るって。
珠代　期待せんほうがよか。
鈴子　また姐さん。
珠代　あんひとらは魔法にかかっとるんばい。
鈴子　なんの？
珠代　自分たちが特別やっちゅう……やけん、やれ愛だ、恋だ、生きるだ、死ぬだっちゅうて大騒ぎすっとね。
鈴子　なして、うちらは、そん魔法にかからんとね？
珠代　あたしらはそげんこつ考える余裕はなか……（小声で、太一を顎で指して）なんせ、相手はあの程度……。
鈴子　（笑って）

珠代　貧乏人にそげな魔法は効かんばい。
満喜　愛やら、恋やらで、食うてけんもんねぇ……。
鈴子　そげん生き方も、ちょびっとうらやましか……マッチんごたる激しか人生……。

珠代、お腹を撫でて、

珠代　あたしらには、あたしらの喜びがあるったい。
満喜　……。
鈴子　……。
珠代　しょむなかこつで、泣いたり、笑《わろ》うたり、腹立てたり、くよくよしたり……ばってん、そいが人生たい。
満喜　……。
鈴子　……。
満喜　あれ、あそこ……。
鈴子　……？
満喜　花が、ほら……。
鈴子　ほんなこつ……なんの花ね……（珠代を手招きして）姐さん、ほらほら……。

珠代、立ち上がって、窓の外をのぞく。

珠代　あら、ほんなこつ、あげんとこに、こまか花が……。

満喜　いつのまにやろね……。

珠代　いつのまにやろ……ちーとも気づかんかったと……。

鈴子　気づかんかったばい……。

太一　花ひとつで、えろう盛り上がって……幸せたい……。

諭吉　幸せそうな達磨が三個並んどる。

太一　達磨三人姉妹たい。

諭吉　（笑って）……。

太一　（も笑って）……。

諭吉　（笑いながら）ほんなこつ、潰れる……。

太一　……。

満喜　あそこに、なんか芽も出とる……。

珠代　どこ？

満喜　ほら、あそこ……。

珠代　あぁ、あげん隅に……。

満喜　なんの芽やろかいね、あれ……？

鈴子　珠代姐しゃんがまいた西瓜の種やなか？

珠代　西瓜がなったら、そら、あたしんもんたい。あたしの許しなしで、食うたらいかんよ。

鈴子　ここまで、食べに来ると？

珠代　そげん遠くに行くわけやなし、いつでん遊びに来れるばい。

鈴子　……。
満喜　ほんなこつ、よか天気……うららかに晴れて……。
珠代　……。
鈴子　……。
満喜　春はかならず来るとね……。
珠代　あたりまえばい。
満喜　海ん向こうにも、やっぱり春は来るんやろか……花も咲きよるんやろか……。
珠代　……。
鈴子　……。
太一　……。
諭吉　コーヒーでけたばい。運んでちょうだい。
太一　おれが運ぶけん。

太一がコーヒーを運ぶ。
珠代と鈴子、よっこらしょっと、椅子に腰かける。
満喜、蓄音機をかける。
「OVER THE RAINBOW」が流れる。
満喜、窓のそばに行って、外をながめる。

ひとひらの花びらが窓の外を舞っていく……。

満喜　（空を見上げて）……。

うららかな春の日差しが差しこんで……。

「OVER THE RAINBOW」が高鳴って……。

ゆっくりと暗転……。

（幕）

『たとえば野に咲く花のように』
（二〇〇七年十月十七日、新国立劇場）
撮影＝谷古宇正彦

右から
梅沢昌代
大石継太
佐渡稔

田畑智子
山内圭哉
永島敏行

永島敏行
七瀬なつみ

田畑智子
永島敏行

公演記録

『たとえば野に咲く花のように　アンドロマケ』

二〇〇七年十月十七日（水）～十一月四日（日）
新国立劇場中劇場［ＰＬＡＹＨＯＵＳＥ］

新国立劇場開場十周年の節目にあたり、鵜山仁新芸術監督の就任企画第一弾として「三つの悲劇　ギリシャから」が企画された。ギリシャ悲劇「アンドロマケ」に材をとった本作のほか、異なる作家・演出家が、アンドロマケ、クリュタイメストラ、アンティゴネの三人をそれぞれ取り上げ、妻・母・娘という女性の三つの側面を三様に表現した。

作＝鄭義信
演出＝鈴木裕美

美術＝島次郎
照明＝原田保
音響＝友部秋一
衣裳＝宮本宣子
ヘアメイク＝西川直子
殺陣指導＝川原正嗣、前田悟
振付＝前田清実
方言指導＝明石良
演出助手＝城田美樹
舞台監督＝村田明
総合舞台監督＝矢野森一

キャスト
安田満喜＝七瀬なつみ
安田淳雨＝大沢健
珠代＝梅沢昌代
鈴子＝三鴨絵里子
伊東諭吉＝佐渡稔
菅原太一＝大石継太
李英鉄＝池上リョヲマ
安部康雄＝永島敏行
竹内直也＝山内圭哉
四宮あかね＝田畑智子

焼肉ドラゴン

登場人物

金龍吉《きんよんぎる》（56）　「焼肉ドラゴン」店主

高英順《こうよんすん》（42）　龍吉の妻

金静花《きんしずか》（35）　長女

金梨花《きんりか》（33）　次女

金美花《きんみか》（24）　三女

金時生《きんときお》（15）　長男

清本《きよもと》（李《り》）哲男《てつお》（40）　梨花の夫

長谷川《はせがわ》 豊《ゆたか》（35）　クラブ支配人

尹大樹《ゆんてす》（35）　静花の婚約者

呉信吉《ごしんきち》（40）　常連客

呉日白《おいるべく》（38）　呉信吉の親戚

高原美根子《たかはらみねこ》（53）　長谷川の妻

高原寿美子《たかはらすみこ》（50）　美根子の妹・市役所職員

阿部良樹《あべよしき》（37）　アコーディオン奏者

佐々木健二《ささきけんじ》（35）　太鼓奏者

亡き父・鄭栄植と朱源実兄、金久美子に捧ぐ

注：朝鮮民主主義人民共和国と大韓民国成立直後という歴史的背景を考慮して、「朝鮮」という言葉を使っています。

台本上、舞台は「関西地方都市」という設定にしているため、登場人物たちはもちろん関西弁で会話する。全体の統合性を出すため、（韓国語で）と書かれた部分も大部分、関西弁にしている。

日本語を韓国語に翻訳する場合もできるだけ地方（済州島《さいしゅうとう》）の匂いがするものにしたいが、難しいようなら、ソウルの言葉でもかまわない。ただし、日本語での字幕はあくまでも関西弁にこだわりたい。


関西地方都市。

I空港そばの朝鮮人集落N地区。


N地区は戦時中、軍用飛行場の建設のための工事宿舎があり、多くの朝鮮人労働者が集められた。戦後、I空港は米軍に接収され、国有地であったN地区も当然接収されるはずであったが、そこに居ついた人々は立ち退きに応じなかった。そして、戦後の混乱の中、行き場を失った朝鮮人たちが同郷の知

人や親類を頼りに、日本各地からN地区に集まってきた。そんなわけで、N地区は一大朝鮮人集落となったのだ。朝鮮人のほかにも沖縄、奄美の人たちが住んでいるが、それはほんのひとにぎりにすぎない。

N地区は元は河川であったため、雨になると、たいがい水浸しになってしまう。下水が完備されていないため、時にはうんこがぷかぷか浮いていることもある。国有地を理由に、電話も引かれていない。N地区の真上を通り過ぎる飛行機の騒音もたえない。それでも、人々は長年住み慣れたN地区を去ろうとはしない。

路地角に「焼肉ドラゴン」。

店の前には、煙と脂と雨風と年月と、そのほかさまざまなものが染みついた暖簾と、破れかけた提灯が風に翻っている。

店内は、カウンターと一段上がって板張りの座敷。カウンター前にテーブルひとつと、椅子が数脚。

座敷には折り畳みの座卓と、韓国カラーの座布団。隅にチョゴリを着た人形のケースが、ずいぶんと埃をかぶっている。

カウンターの上に棚。お札やお守り、熊手、誰のものともわからないサイン色紙、マスコット人形……そのほかご利益があるのか、ないのか、わけのわからないものが飾られている。棚の隅には神棚、その前に榊と盃が置かれている。

カウンター奥に調理場。テーブル席の脇に便所、座敷後ろに擦りガラスの引き戸。その奥が、金《きん》家の住まいになっている。

「焼肉ドラゴン」の前に、共同水道。そこで、長屋のおばさんたちは洗濯をしたり、炊事をしたり、噂話に大いに花を咲かせるのだ。

路地の両側には、トタン長屋が続いている。狭い路地には植木鉢やら長椅子やら、物干し、自転車……等々が無理やり置かれ、おまけに鶏小屋まで置かれている。

路地奥の鄭《ちょん》さん家は寄せ屋（屑鉄屋）を営んでいるので、家の前には鉄屑、ドラム缶、空き缶、空き瓶……等々が積み上げられている。その向かいの朴《ぱく》さん家からは、時々、旋盤の音が大きく響く。

その路地は、そんなわけで朝から晩まで騒がしい。

そして、路地にはいつも子どもたちがあふれ、いつも笑い声と泣き声、わめき声、怒鳴り声があふれ、それから、いつももうもうと煙があふれている……。

1

一九六九（昭和四十四）年、万国博覧会の前年。

春。夕暮れ。

「焼肉ドラゴン」の店内では開場したときには、すでに常連客の呉信吉《ごしんきち》（40）と、信吉の親戚の呉日白《おいるべく》（38）、作業着の阿部良樹《あべよしき》（アコーディオン奏者・37）と佐々木健二《ささきけんじ》（太鼓奏者・35）が、座席でマッコリ（どぶろく）をあおっている。

カンテキ（七輪）から、もうもうと煙があがっている。

日白、場違いな背広姿で、苦手なのか、舐めるようにして酒を飲んでいる。

これから出勤のため、酒ではなくコーラを飲んでいるカウンターの長谷川豊《はせがわゆたか》（35）。

金美花《みか》（24）が店の雰囲気にそぐわない飾りつけをしている。

阿部と佐々木、焼肉を裏返す合間合間に、演奏。マッコリを飲む合間合間に、また演奏。

飾りつけをしながら、鼻歌を歌ったり、合いの手を入れる美花。

向かいの長屋のトタン屋根に、梯子がかかっている。

金家の一番下の息子、金時生《ときお》（15）がトタン屋根の上にいる。

時生、「少年サンデー」を読みながら、かっぱえびせんをつまんでいる（ファンタを飲んでいるかも……）。


開演ベルがわりの飛行機の轟音。

トタン屋根の上を桜がひらひら散り始める。


時生、立ち上がって、空を見上げる。

時生　飛行機が僕の町の上を通り過ぎて行きよります。ほん目と鼻の先に飛行場があるんです。飛行機が通るたんびに、僕の町の空を震わせ、家《うち》を震わせ、桜の花びらが散っていきます……赤錆びたトタン屋根をピンク色に埋め尽くしていきます……ここは、僕がかつて住んどった町です。僕はこの町が嫌いでした。この町に住む人々が嫌いでした……時代は高度成長の特急列車に乗って、なんもかんもすっ飛ばして、なんもかんも置き去りにして、そんで、なんもかんもがぴかぴかに変わっていって……けど、この町だけは昔のまんま……おっちゃんらは、昼まっから、べろべろで……そんで、おばちゃんらは、ろくでなしの亭主をこきおろしながら、共同水道のまわりで一日過ごして……路地には、子どもらの笑い声と泣き声とわめき声があふれ、おっちゃんとおばちゃんが怒鳴りあう声が、きゃんきゃん響いて……とにかく朝から晩まで騒がしい て……僕の実家の「焼肉ドラゴン」は、そんな路地の一画にありました……。

美花 （信吉を手で払って）邪魔、邪魔。どいて、どいて。

信吉 客やぞ、わしら……。

美花、椅子に上り、「梨花姉さん　哲男さん　結婚おめでとう」の垂れ幕を下げる。

信吉 パンツ……見えそうや……。

美花 のぞいたら、金とる。

時生 あれが……店の中を、ちょこまか動いとるのが、三番めの……僕のすぐ上の美花姉ちゃんです。

日白 （韓国語で、信吉に）なんて言っていますか？

信吉 （たどたどしい韓国語で）パンツの中は……大事な……お宝。

美花、信吉の頭を叩く。

美花　スケベ！

阿部　静《しず》ちゃん、マッコリ、もう一杯！

と、調理場に声をかける。

静花の声　はーい。

金静花《しずか》（35）がマッコリの入った薬缶を運んで来る。

時生　そんで、これが一番上の静花姉ちゃんです。

静花、足を少し引きずっている。

信吉　まだか、哲男のぼけは……何時間、待たせる……できあがってまうぞ、わしら。

阿部、アコーディオンを弾いて、

静花　もうそろそろ来るし……遠慮せんとじゃんじゃん食べて、じゃんじゃん飲んでちょうだい。今夜はおごり。

阿部　静ちゃん、最高！

阿部と佐々木、賑々しくアコーディオンと太鼓で盛り上げる。
信吉、マッコリを注いでまわる。

信吉　（長谷川に）一杯、どうでっか。

長谷川　すんません。飲めませんのや。

と、頭を下げる。

美花　これから、出勤なの……（長谷川に）わざわざ顔出してくれたんよねぇ。

長谷川　（頷いて）

美花、クラッカーを取り出して、信吉たちに配る。

美花　はい、お願い……はい、そっちも……。

信吉　（韓国語で、日白に）それ（クラッカー）……梨花……来たら……（日本語で）パン……（韓国語で）わかった？

日白　（頷いて）

信吉　（ちいさなため息をついて）わしは韓国語、苦手や……おまえら、知っとるか？　わしの子どものころは、日本語教育……「内鮮一体」「皇民化政策」「日本と朝鮮はひとつ」……。

阿部　はいはい、なんべんも聞かされました。

信吉　アボジ……親父に連れられて、こっち渡ってきたのが、戦前の話……わしは美花ちゃんより、こんまかった。

阿部　聞くも涙、語るも涙……。

と、「アリラン」を弾き始める。
佐々木も合わせて、太鼓を叩く。

信吉　茶化すな、こら！

佐々木　（日白を指して）こっちは？　日本語は？

信吉　ぜんぜん、あかん。一週間前に、来たばっかし……プジャ（金持ち）や、プジャ……金持ち。ホルモンになんか手つけよらん。キムチばっかり、つつきよる。

佐々木　おれら、毎日、食うてまっせ、ホルモン。

信吉　ホルモンはなんでホルモンって言《ゆ》うか、知っとるか？

阿部　ほうるもん……ホルモン……でっしゃろ。

佐々木　酔うてきましたで、信吉さん、話がくどい、くどい。

信吉　酒に酔わんで、人生、なんの楽しみがある……（韓国語で、日白に）ほれ、飲め。

と、マッコリの薬缶を持ち上げて、日白に勧める。

日白　（韓国語で）もうこれ以上は……僕……酒はあんまり飲めへんのです……。

信吉　（韓国語で）韓国人やのにか？

日白　（韓国語で）叔父さんが韓国語でけんのとおんなじ……。

信吉　（日白をにらんで）……。

日白　……。

静花、店先に出て、外をうかがう。
誰もやって来る気配がない……。

静花　時生！　そろそろ中入り！

時生、頷いてみせるが、降りて来ようとしない。
「少年サンデー」を読みながら、かっぱえびせんを頬ばっている。
静花、店に戻って来て、

静花　嫌やわぁ、なに、黙って食うて、黙って飲んで……もっと賑やかにしてて。

信吉　主役の新婦と新郎がおらん。（日白を顎で指して）こいつは下戸……（長谷川を指して）あっちは飲まん……おもろいことあるか。

静花　（信吉は）クンナボジ（日白の父の兄）なんの？
信吉　チャグナボジ（日白の父の弟＝叔父さん）や。頼って来られても、どないもでけん……。
日白　（韓国語で）なんて……？
信吉　（韓国語で）大した仕事はない。
日白　……。
信吉　世間は高度成長じゃ、万博じゃって、浮かれとるけど、この町には貧乏神が居座っとる。
阿部　（信吉を指して）目の前にもおりまっせ、でっかいのが……。

佐々木と阿部、大笑い。

静花　滑走路づくりは？　来年、万博あるから、もう一本増やすんでしょ？
信吉　炭鉱潰れて、坑夫がぎょうさん流れこんできよった……人があぶれとるわ。
阿部　おまけに手配師のおっさんがピンはねしよる……やってられん。
佐々木　日雇いやから、文句言《ゆ》うと、即、首です。
美花　辛気臭い話、やめて……景気づけに、あたし、一曲歌うわ。

信吉、拍手。
美花、阿部に頭をさげて、

美花　（ＮＨＫの「のど自慢」風に）三番……金田美花……青江三奈の「伊勢佐木町ブルース」……一生懸命、歌います。

信吉が美花を囃す。
阿部たち、演奏を始める。
美花、長谷川に流し目を送りながら、歌い始める。
カウンターの中に入って、洗い物を始める静花。

歌の途中で、金梨花《りか》（33）と清本《きよもと》（李《り》）哲男《てつお》（40）の言い争う声。

美花、歌いやめる。
阿部たちも演奏をやめる。

梨花と哲男が喧嘩をしながら、路地を歩いて来る。

梨花　最低！　最悪！
哲男　なにがじゃ！
梨花　なんで、婚姻届出しに行って、喧嘩するわけ？
哲男　あの職員の態度が横柄やったからやろがっ。
梨花　あんたが横柄！　輪かけて横柄！　世界一、横柄！

哲男　やったぁ！

と、ガッツポーズをしてみせる。

梨花　阿呆！

梨花、店の中に入って行く。

静花　おかえり。
梨花　この人な、結婚届、破ってみせたんよ……信じられる？
美花　嘘!?
静花　……。
梨花　最低やろ、最低！
哲男　あいつ、おれらのこと、馬鹿にしてけつかんねん。我慢でけるか。造反有理じゃ、造反有理！

信吉たち、拍手とかけ声。

梨花　（かっとなって）うるさい！　めでたい日、目茶目茶にしたんよ！　阿呆んだら！
哲男　そやから……それは、もうあやまったやろ。悪かったって……。

梨花　あやまってすむ話やないわ！　死んでしまえ！

梨花、座敷に上がりこむ。

哲男　日改めて、また出しに行ったらえぇやないか。そないつんけんすな。
梨花　もうえぇ！　もう結婚せん！

日白ひとりだけが事態がわからず、クラッカーを鳴らす。

日白　（韓国語で）おめでとうございます！
梨花　（日白をじろりとにらんで）……。

梨花、「あー、もう！」と叫んで、奥に入って行く。

日白　（韓国語で）なんで？　なんで腹を立てているんですか？
信吉　（韓国語で）梨花は……いま……（日本語で、美花に）なんて言《ゆ》うたらえぇ……う
まいこと、説明できん……。
美花　（韓国語で）別れるって。
日白　（韓国語で）一日で、離婚したんですか？
美花　（韓国語で）結婚してないの、まだ。

日白　（韓国語で）結婚してないのに、離婚するんですか？
美花　（韓国語で）いつものことなの。
日白　（韓国語で）……日本は謎が多い……。
信吉　（哲男に）一杯いくか。

哲男、どかっと座敷に腰かけ、マッコリをぐっとあおる。
梨花がガラス戸をがらっと開けて、

梨花　さっさと帰れ！　あんたに飲ます酒、ないわ！
哲男　えぇかげんにせんか！

梨花、また乱暴にガラス戸を閉める。

時生　あの騒がしいふたりが、二番目の梨花姉ちゃんと、梨花姉ちゃんの旦那さんの哲男さんです。

高英順《こうよんすん》（42）が、渋い顔で路地をやって来る。

時生　それから、これが僕のお母ちゃんです。

英順、店の中に入って来て、垂れ幕を引きおろす。

美花　（韓国語で）なにするのぉ……。

英順、調理場に向かって、

英順　（韓国語で）あんた！　あんた！　……あんた！　あんた！　あんた！

金龍吉《よんぎる》（56）がのそっと調理場から顔を出す。

時生　そんで、我らが「焼肉ドラゴン」の店主……僕のお父ちゃんです。お父ちゃんの名前の龍吉《りゅうきち》の龍から、いつの間にか店は「焼肉ドラゴン」と呼ばれるようになったんです。

龍吉の片袖がひらひら舞っている。
戦争で片腕を失ってしまっている。

龍吉　（韓国語で）いっぺん呼んだら、わかる。

英順　（韓国語で）この大事なときに、なにしとったんですか。

龍吉　（韓国語で）裏で、ホルモンの仕込みや。

英順　（韓国語で）娘より、ホルモンが大事ですか。

龍吉　（韓国語で）大きい声、出すな。
英順　（韓国語で）この男（哲男）がなにしたか、聞きましたか。
龍吉　（哲男を見て、頷いて）
哲男　……。
英順　アイグ（感嘆をしめす韓国語）、（日本語になって）なんで、こんな男と、大事な娘、結婚させようと思うたんやろ。
哲男　……。
英順　（韓国語で）アイグ、なんで、こんな目に……うちの八字《パルチャ》（運命）のせいやろか……きっとそうや……うちの八字のせい……。
美花　（韓国語で）また始まった。
龍吉　（韓国語で）なんでもかんでも、八字のせいにすな。

英順、神棚に手を合わせ、

龍吉　（閉口して）……。
哲男　あのですね、オモニ（お義母さん）……。
英順　（韓国語で）うるさい。

英順、ぶつぶつお経を唱え続ける。

哲男　おれは横柄やないです……態度がちょっとでかいだけです。

信吉　それを横柄って言《ゆ》うんや。

英順　もうええ。もう、あんたみたいな狂犬と関わりとない……（韓国語で、哲男に）市役所は、あんたが吠える場所やないわ。吠えたかったら、保健所行って、保健所。犬といっしょに好きなだけ吠えたらええ。

哲男　（美花に）なんちゅうてる？

美花　保健所に行けって。

哲男　なんで？

美花　犬でも飼えって。

英順　違う！　ちゃんと訳して！

美花　自分で言《ゆ》うて。あたしは通訳やないわ。

哲男　オモニ、これこのとおり、頭下げます。堪忍してやってください。

英順　知らん、知らん。

龍吉　明日、もういっぺん、市役所、行ったらええ。それですむ。大げさにすな。

英順　（韓国語で）自分の血がつながった娘でしょ！

龍吉　……。

英順　（韓国語で）心配やないんですか！

龍吉　（韓国語で）大きい声出すな。

と、調理場に戻ろうとする。

英順　（韓国語で）ちょっと、あんた、話まだ終わってませんで。

と、袖をつかむ。

龍吉　（韓国語で）仕込みの途中や。
英順　（韓国語で）あんたの頭はホルモンしかないんですか。脳みそまで、ホルモンですか。
龍吉　（韓国語で）いま、忙しい。怒鳴るのは、後にせんかい。

龍吉、英順を振り払って、さっさと調理場に入って行く。

英順　……。

英順、表に出て行こうとする。

静花　どこ、行くの。
英順　韓国、帰る。
美花　帰れんよ、そんな簡単に。
英順　もう、あんな冷たい人とは、よう暮らさん……うちはずっと我慢してきた……もう辛抱たまらん……。
静花　お母ちゃん、ほれ、そこ、座って、落ち着いて。

英順　ほっといて！　韓国、帰る！

英順、出て行く。

静花　いつものこと……そこら、ぐるっとまわって、一時間もしたら、帰って来る。
美花　一時間で韓国旅行かいな……お手軽やなぁ……。
英順　（韓国語で、大仰に）アイグ、うちは不幸のかたまりや……死んでしまいたい……アイグ、不幸のせいで、こんなにやつれてしもうた……（時生に気づいて、日本語で）時生、時生！　そんなとこ、のぼっとるんやないよ！

飛行機が通り過ぎる。

英順　（飛行機に向かって、韓国語で）うるさい！

英順、路地のあちこちにあたりながら、去って行く。

時生　言い忘れたんですけど、お母ちゃんは後妻です。お父ちゃんもお母ちゃんも再婚で……静花姉ちゃんと梨花姉ちゃんは、前の奥さんの子どもで……美花姉ちゃんは、お母ちゃんの連れ子、僕はお父ちゃんとお母ちゃんの間に生まれた子ども……そんなわけで、僕ら家族はちょっとずつ血がつながってて、ちょっとずつ血がつながっとらんのです……。

長谷川、立ち上がって、

長谷川　ちょっと失礼します。

と、ショルダーバッグから歯ブラシと歯磨き粉を取り出す。
長谷川、几帳面な性格らしく、上着も脱いで、きちんと折り畳む。

哲男　出勤ですか。
長谷川　（頷いて）はい。
美花　あたしも、いっしょに行こかな……。
長谷川　今夜、出番ないやろ、美花ちゃん。
美花　（もじもじして）……。
信吉　（美花を真似て）美花、長谷川さんのそばにおりたいのぉ……。

アコーディオンと太鼓で、美花を冷やかす阿部と佐々木。

美花　うるさい。

長谷川、共同水道で歯を磨き始める。
美花、長谷川のそばに立つ。

カウンターに入って行く哲男。

哲男　ビール、もらうで。

美花　あたし、歌手になれると思う?
長谷川　(歯を磨きながら)ステージの美花ちゃんは、ほんま輝いとる……ぴっかぴかや。
美花　(うれしい)……。
長谷川　(歯を磨きながら)もっと出番増やしてくれるよう、マネージャーに言《ゆ》うとく。出番増えたら、ほれ、プロの目にとまる機会も増えるやろ。
美花　長谷川さんだけ……あたしのこと、本気で考えてくれるの。
長谷川　……。
美花　あたしね、どんだけ反対されても、歌手になりたいの。
長谷川　(歯を磨きながら、頷いて)
美花　今度の日曜……長谷川さんち、遊びに行ってえぇ?
長谷川　(歯を磨きながら)日曜は……あかん……先約がある。
美花　レコードいっぱいあるんでしょ、ロカビリーの……聞かせてほしい。
長谷川　(歯を磨きながら)また今度。

美花　（不満）……。
長谷川　タオル……貸してくれんか。

美花、店の中に入って行く。

美花　タオル、どこ？
静花　（便所を顎で指す）
美花　あかん、あかん、あんなん長谷川さんに渡されへん。おっちゃん菌、うつる。
信吉　なんや、その……おっちゃん菌って……。
美花　おっちゃんらのばい菌。略して、おっちゃん菌。
信吉　略すな！
静花　調理場の棚んとこ、新しいのある。

美花、調理場に入って行く。

哲男　（長谷川をにらんで）いけすかん……歯磨かなならんほど、ニンニク臭いか。
静花　やめて。誰かれのう噛みつかんといて、もう。
哲男　涼しそうな顔しとるけど、あれはぜったい裏で、なんか悪いことやっとる。
静花　またすぐ決めつける。
哲男　おれの勘はようあたんねん。

静花、カウンターの椅子に座って、足をさする。

哲男　痛むんか……。
静花　メリヤス工場……立ちっぱなしやから。今日は夕方からカウンターの中おるし……。
哲男　さすったろか。

と、手を伸ばす。

静花　やめて。

と、哲男の手を払う。

哲男　義理の姉の足、さすったる、心やさしい弟やないか。
静花　（鼻で笑って）……。

哲男、静花の隣に座る。

哲男　いっそ、このままずうっと独身でおろか……。
静花　明日、きちんと婚姻届け、出してちょうだい。
哲男　あれや……あれ……。

静花　なに……。
哲男　そやから、あれや……。
静花　なにぃ？
哲男　もしも、もしもや……静ちゃんの足が折れなんだら、おれら……いっしょになっとったか……。
静花　ない、ない。ありえん話。
哲男　なんでや？　なんで、そないにきっぱり言える？
静花　うちといっしょになってたら、きっと、飽きてしまう……哲ちゃん、昔っから、飽き性やもん。
哲男　おれは飽き性やないぞ。ただ続かんだけや。
信吉　それを飽き性ちゅうんじゃ。
哲男　一生懸命やればやるほど、結局、阿呆見ることになる。おれら「在日」のやっとることは、ぐるぐるぐるぐる底辺、這いずりまわっとるだけじゃ……このドブ臭い町が嫌で嫌で、飛び出して、あっちこっち転々として……九州の炭鉱まで……けど、結局、閉山で放り出されて……そいで、誘われたんが、ここの飛行場の滑走路づくり……振出しに戻るや。笑《わろ》うてまうわ、ほんま。
信吉　似たりよったりじゃ、「在日」のリョクサ……歴史なんてもんは……おまえが特別っちゃないわ。
哲男　おれの話にいちいち口はさむな、ぼけ。
信吉　おまえの身世打鈴《シンセタリョン》（苦労話、愚痴）を誰が聞きたがる？

哲男　いつもは、おのれがお涙ちょうだいやないか。
信吉　わしの話は、ためになる。
哲男　阿呆くさ、ごたく並べんのも、たいがいにせい。
信吉　あんな、なんぼ静ちゃんに迫ったかて、おまえは梨花ちゃん、選んだ。いまさら、未練がましいこと、ぬかすな、阿呆んだら。
哲男　うるさい、黙れ！　しばきあげっぞ！
信吉　痛いとこつかれて、吠えよる、吠えよる。

哲男、信吉に向かって行こうとする。

静花　やめて！

と、哲男を止める。

静花　うちと哲ちゃんが、いっしょになることない。それで、話、終わり……わかった？
哲男　……。
阿部　梅に桜は咲いたりせん。
佐々木　その心は？
阿部　木が合わん……気が合わん……。

佐々木、太鼓を叩く。

佐々木　うまい！

阿部もアコーディオンを弾いて、

哲男　やかましわ！

美花がタオルを持って、調理場から出て来る。

信吉　わしは……どないや、静ちゃん？
静花　……。
信吉　わしも、ほれ、独身。
静花　ごめんなさい。信吉さんはえぇ人やと思うけど、結婚はないです。
信吉　……。
佐々木　早っ、即答やぁ。
阿部　秒殺やの……。
哲男　（笑って）ゴルゴ13《サーティーン》より、すご腕やのぉ……。
美花　お姉ちゃん、意外にはっきり、きっぱりしてはるもん。

阿部と佐々木、葬送行進曲を演奏する。

信吉　やめ！　うっとおしい！

日白　（韓国語で）なにがあったんですか？　彼女になんて、言われました？

信吉　（韓国語で）わしが……好きやて。

美花　（韓国語で）嘘。きっちりふられたんです、いま。

日白　（ほくそえんで）……。

信吉　（韓国語で）いま、笑《わろ》うたな……。

日白　（慌てて、首を振る）

長谷川が店の中に入って来る。
美花、長谷川にタオルを渡す。

美花　……。

静花、奥に向かって、

静花　梨花！　梨花！　……いつまでも拗ねとらんと、出て来て、ほら、仲直りして。

梨花がおずおずとガラス戸を開ける。

梨花　……。
静花　ほら、こっち来て。

美花が梨花の手を引っ張る。

美花　ほら、お姉ちゃん、さっさと。
梨花　……。
静花　（哲男に）あやまって。
哲男　さっきあやまったやろが。
静花　もういっぺん、ちゃんと。
哲男　……すまなんだ……おれが悪かった。反省してます。

と、頭を下げる。

梨花　……。
静花　……。
哲男　……。
美花　仲直りっちゅうことで、三番、金田美花、また歌わせていただきます。
信吉　待ってました！
美花　森山良子の「今日の日はさようなら」。

阿部　そら、あかん。
美花　美空ひばりの「悲しい酒」。
佐々木　あかん、あかん。
阿部　ここは、ほれ、韓国民謡やろ、やっぱし。

阿部と佐々木、演奏し始める。

美花　嫌やぁ……ぜったい、歌わん……民謡、嫌い……あたし、クラブ歌手やもん……歌わんよ、ぜったい……。

と言いながらも、韓国民謡を歌いだす。
手拍子をする信吉たち。
日白が踊りだす。
日白、信吉の手を引いて、いっしょに踊りだす。
尹大樹《ゆんてす》（35）がのぞきこむ。

静花　すみません、今夜は臨時休業なんです。

と、声をかける。

大樹　（日本語がわからない）……。
静花　（たどたどしい韓国語で）韓国の人……ですか……。
大樹　（頷く）

信吉、日白と踊りながら、

信吉　（韓国語で）本日、休業！
大樹　（立ち去りがたそうな顔で）……。

静花、大樹の腕を引く。

静花　（韓国語で）入ってください。
大樹　……。
静花　（韓国語で）今日は結婚祝い……しています。
大樹　（韓国語で）あなたの……？
静花　（韓国語で）妹。
大樹　（梨花を見て）……。
静花　（韓国語で）いっしょに……祝いましょう。

大樹、頭を下げて、中に入って行く。

哲男　（いまいましそうに見つめて）……。

龍吉が一服するために、裏口から顔を出す。
いつの間にか、外は暗くなっている。

龍吉　（時生に）暗なってきたぞ。降りて来んのか。
時生　……。
龍吉　そこからの景色はえぇか。
時生　……。
龍吉　どないや、時生。
時生　（指さして）あー……。

時生、モノローグ以外は、「あー」としか、発語しない。

龍吉　どないした？
時生　あー……。

龍吉、梯子をのぼって行く。
トタン屋根の上に立って、

龍吉 えぇ眺めや……ほんま、きれいや……。

時生 ……。

龍吉 トタン屋根がずっと続いて……桜がトタン屋根に降って……（笑って）ボロ長屋が桃色長屋や……。

時生 （も笑って）……。

龍吉、時生の頭を撫でながら、

龍吉 （韓国語で）えぇ春の宵や……えぇ心持ちや……こんな日は、明日《あした》が信じられる……たとえ、昨日《きのう》がどんなでも、明日はきっとえぇ日になる……。

桜がまたはらはらと散っていく。

時生と龍吉、暮れかかる空を見つめて……。

店内、大いに盛り上がって、溶暗……。

2

夏。昼。

深刻な顔で座卓で顔を寄せている哲男、信吉、阿部、佐々木。
実は将棋をしているのだ。
哲男VS信吉。
阿部と佐々木は横から見ている。

扇風機が首を振っている。
ラジオから大学紛争のニュースが流れている。
共同水道で、時生が焦げた網をたわしで洗っている。

蝉時雨が聞こえてくる。

信吉 むしむししよる……おまけに、どぶの匂いが土の下から、ぷんぷん臭うてくる……たまらん。

佐々木 ひと雨、来てほしいです。（信吉に注文して）ペプシでお願いします。

阿部 降れば降ったで、ここら水浸しや。うんこが、ぷかぷか浮いてきよる。

信吉 どぶの上に町があるようなもんやからな、ここは……ほんま、たまらん。

哲男 そない嫌なら、さっさと出てけ。

信吉 こんな町でも、わしの故郷や。

佐々木 済州島《さいしゅうとう》は？

信吉 あら、生まれ故郷。

阿部 違いがようわからん。

信吉 生みの親より、育ての親……。

と、将棋の駒を置く。

首にぶらさげたタオルで汗を拭きながら、龍吉がリヤカーを引っ張って路地を来る。

龍吉、店の前にリヤカーを止める。

時生 あー（おかえりなさい）。

龍吉 （店内に向かって）ヨボ（韓国語で夫婦間など親しい間柄での呼びかけ）！　ヨボ！

信吉、団扇をぱたぱた煽って、

哲男　おれは、こっから出てくぞ。明日にでも、おさらばや。

信吉　おまえの明日なんか、将棋の歩といっしょじゃ、すぐ裏返りよる。

哲男　おれは、こんなとこで終わるような人間やない。

信吉　どこ行ったかて、おんなじや。おまえも、結局、戻って来たやないか。

哲男　ちょっとひと休みしとるだけじゃ。

信吉　えらい長い休みやの。

哲男　うっさいわ。

龍吉　ヨボ！

哲男　（調理場に向かって）オモニ！　呼んでます！

調理場から、英順が団扇で煽ぎながら、出て来る。

英順、哲男たちをにらみながら、ラジオを消す。

哲男　王手。

信吉　ちょっ……ちょっと待ってくれ。

哲男　とめてくれるな、おっかさん。背中のいちょうが泣いている……と来たもんや。

英順、団扇で将棋の駒を蹴散らす。

阿部と佐々木、「あーあー」と、ハモる。

英順 昼間っから、遊んどるんやないわ。

英順、表に出て行って、龍吉が肉をおろすのを手伝う。

哲男 （表に向かって）おれら、将棋しながら、立ち退きの話し合いしとるんです！　遊んでるわけやないです！

阿部 先週、また市役所から、立ち退きの話があったんですわ。

佐々木 聞いてませんか。

龍吉 毎年のことや。なんも心配いらん。

英順 うちらは、ここ、買《こ》うた。なんで、立ち退かなならん。

哲男 あのね、オモニ、ここ、国有地ですよ。国有地買えるわけないですわ。国有地やさかい、電話はあかん、下水はあかん……五年前に、やっとそこの共同水道つけてもろたんやないですか。

英順 うるさい。

龍吉 わしはこの土地、買うた。終戦後すぐの話や……。

哲男 その頃、ここは米軍の管轄下のはずですけど……。

信吉 不法占拠や、不法占拠。戦時中は飯場が建っとった、軍用飛行場建設のための……よう覚えとる……朝鮮人がようけおった……わしら家族も、その飯場で寝泊りして……戦後は米軍に接収されるはずやった。けど、誰も出て行かんと、バラック建てて、不法占拠や……それから、行くとこない朝鮮人があっちゃこっちゃから集まって、またたく間にバラックでぎっしりや……。

龍吉 わしは、ちゃんと買うた、この土地。

信吉 ここは、わしらの土地であって、土地やあらしませんのや、龍さん。

龍吉 醤油屋やっとった佐藤さんに、ちゃんと金払《はろ》うた……たしか……六万……。

信吉、得々と話しながら、将棋の駒を並べている。

哲男 それが、まさに不法占拠やないか、信吉さん。

信吉 なにが。

哲男 王手やったでしょ、おれが。

信吉 元のまんまやないか。なにが文句ある。

哲男 こうです。

と、駒の位置を変える。

信吉 こうや、こう。

と、駒の位置を変える。

龍吉　ここに来たとき、まわりはまだ畑だらけや……飯場が二棟に、バラックがぽつぽつあるぐらいで……。

英順　美花！　どこ行った！　美花！

哲男　ちゃいます。

信吉　いいや。これで合《お》うとる。

龍吉　わしは初め、マッコリつくって、売っとった……。誰も聞いとらんな……。

美花、あくびを嚙み殺しながら、座敷の奥から出て来る。

美花　（韓国語で）なに？

英順　（韓国語で）寝とったんか？

美花　……。

英順　（韓国語で）おまえに（網洗いを）頼んだやろ。なんで、時生がやっとるの？

美花　（韓国語で）手が荒れるもん……マイクつかむ手ががさがさやったら、白けるやろ、客が……。

英順　（韓国語で）ゴム手袋はめたら、すむこっちゃ。なにをたいそうに……。

美花　（韓国語で）腰も痛む……今夜、ステージがあんの。腰かがめて、歌うわけにいかん。

英順　（韓国語で）弟に押しつけて……アイグ、やさしい姉さんやな。

美花（韓国語で）どうせ学校も行かんと、ふらふらしてるやん。かまわんやろ。

英順（韓国語で）時生はしゃあない。事情がある……あんたもようわかってるやろ。

美花（韓国語で）母さん、母さんが腫れもんみたいに扱うから……甘やかすから、よけい学校行かんようになんのよ。

英順（韓国語で）時生の気持ち……考えたげ。

美花（韓国語で）ひとり息子は得やな。あたしも男に生まれたかった。

英順（韓国語で）くどくど言《ゆ》うとらんと、（時生と）さっさと替わり。

美花（韓国語で）あたしは？　あたしの気持ちは？　あたしのこと、なんも考えてくれてへん。

英順（いらついて）……。

美花（韓国語で）あたしがプロダクションに入りたいっちゅうときも、頭ごなしに反対して……。

英順（韓国語で）あんな怪しい……なんで、あんなとこに、何十万も納めなならん。そんな阿呆な話あるかいな。

美花（韓国語で、龍吉に）お父さんはあたしがほんまの娘やないから、どうでもえぇんやろ。そやろ？

龍吉……。

英順（韓国語で）あんなとこに金を渡すのは、どぶに捨てるようなもんや。

美花（韓国語で）あたしは歌手になりたいの！　どうしても、なりたいの！

英順（韓国語で）しょむない夢見てんやないわ。あんたは騙されてたの。

美花　（韓国語で）お母ちゃんは、なんもわからん！
英順　（韓国語で）アイグ、イノムチャシ……おまえのこと、心配して言《ゆ》うてるのが、わからんのか。
龍吉　（韓国語で）もうやめとけ……見とるぞ。

哲男たち、視線をそらす。

英順　（韓国語で）どうせ韓国語、わからしません。馬鹿ばっかり。
信吉　わし、ちょこっとわかります……。
哲男　パボ（馬鹿）は、おれかて、わかりまっせ。
英順　（韓国語で、美花に）自分勝手なことばっかり言《ゆ》うんやないよ。いつから親に口答えするようになった……あれか？　あの日本人のせいか？
美花　……。
英順　（韓国語で）日本人にちやほやされて、いい気になってるのか？
美花　（韓国語で）お母ちゃんが、あたしを日本に連れて来たんやろ。あたしが望んだわけやないわ。

英順、美花を平手打ちする。

美花　（韓国語で）なにすんの、大事な顔に！

英順　（韓国語で）出てけ！　気に入らんのやったら、ひとりで韓国帰れ！

美花、大泣きで表に飛び出して行く。

英順　……。

英順、団扇でせっかく並べた将棋の駒を蹴散らす。
阿部と佐々木、「あーあー」と、ハモる。

英順　（韓国語で、龍吉に）すみません……。
龍吉　（韓国語で）おまえがあやまることはない……。
英順　（韓国語で）なんで、あんな子に……やっぱり、うちの八字《パルチャ》のせいやろか……。
龍吉　……。

英順、神棚に向かって、「南無阿弥陀仏《ナムアミタブル》……南無阿弥陀仏……」と、唱え始める。

龍吉　（時生に）わしがやる……遊んどれ。
時生　……。

時生、黙って、梯子をのぼって行く。

龍吉　……。

トタン屋根の上で、空を見上げる時生……。

蟬時雨。

龍吉　今日もごっつ暑なりそうや……暑ないか、時生。

時生　アー。

龍吉　明日は学校、行け。

時生　……。

龍吉　わかったな。

時生　……。

静花と大樹が笑いながら、来る。

大樹、龍吉に頭を下げる。

龍吉、大樹に軽く頭を下げて、ゴシゴシ網を洗い始める。

静花と大樹、中に入っていく。

大樹　（韓国語で）こんにちは。

英順　（韓国語で）こんにちは……。
静花　お昼は？
英順　（表に向かって）今日はお昼、もうやらんでしょ、あんた。
龍吉　（網を洗いながら、頷く）
静花　（韓国語で、大樹に）あたしが……つくります。
大樹　（にこにこ笑って、韓国語で）はい。
英順　工場《こうば》は？
静花　ひま、ひま。夏場はメリヤス売れんもん。
英順　このひと、少しは日本語、わかるようになった？
静花　ぜんぜんあかん。
大樹　（にこにこ笑って）……。
英順　あんな、静花……あんた、あのひとと、つきおうてるのんか。
静花　（笑って）……。
哲男　……。
英順　あんな、あんたは美人なんやから。いっくらでも男はおる。
静花　えぇひとよ、大樹《てす》さん。どこが気に入らんの？
英順　こんなてるてる坊主みたいな男はあかん。軒下に吊り下がっとるような男は出世せん。
静花　……。
英順　あんたなら、金の草鞋《わらじ》履いて、訪《たん》ねて来る男がぎょうさんおる……うちの若いときといっしょ。

静花　結婚するなら、ぜったい韓国人。日本人は許さんって言《ゆ》うてたやないの。
英順　あんたが気づかんだけで、えぇ男はまわりに、ようけおる。早まったら、あかん。
静花　信吉さん？
英順　あかんあかん、デブは出世から遠い。
信吉　……。
静花　阿部ちゃん？　佐々木さん？
英順　もっとあかん。
阿部・佐々木　……。
英順　この町の男はみんな、どうしようもない。なまけもんが服着て、なまけとるようなもんや。
静花　……。
英順　あのひとらには言《ゆ》うたら、いかんよ、そんなこと……。
信吉　オモニ、さっきから、まる聞こえでっせ。
静花　心配せんかて、うちみたいな片端、誰も本気でほしがらへん。
英順　やめなはれ！　そんなこと、口が裂けても、言《ゆ》うもんやない！
静花　……。

英順、静花の手を握りしめて、

英順　きっとえぇ男があらわれる。まちがいない。

静花　……。
英順　冷たいお茶、出したり。昼飯、お母ちゃん、つくったげる……おいしいボンカレー。
静花　（韓国語で、大樹に）ここ……座ってください……待っててください。

大樹、にこにこして、カウンターに腰かける。
静花、調理場の中に入って行く。

信吉　てるてる坊主、砂利屋でえらい儲けとるらしい。
阿部　日本語がでけんのに？
信吉　トラック一台あったら、明日っからでも商売始められる。川原の砂利はただやさかい、元手はいらん。
英順　……。
大樹　（韓国語で）オモニ……この町はどぶの臭いがしますね……。
英順　……。
大樹　（韓国語で）焼肉やるには、不向きではないですか。
英順　（韓国語で）よけいなお世話。
大樹　（韓国語で）わたしが住んでいた町に似ています。ごみごみして、朝から晩まで、うるさくって、どぶ臭くて……。
英順　（韓国語で）あんた、故郷はどこ？
大樹　（韓国語で）釜山の近くの港町です……小さな……。

英順　（韓国語で）陸地人（本島出身者、済州島でないという意味）ね。
大樹　（韓国語で）済州島ですか。
英順　（韓国語で）ここに来るひとたちは、ほとんど済州島の出身者やがな。
大樹　（韓国語で）済州島のどこですか？
英順　（韓国語で）言《ゆ》うたかて、わからんやろ。
大樹　（韓国語で）わたし、よく知ってますよ。
英順　（韓国語で）うちも、お父ちゃんも帰る村はのうなってしもた……身内は誰もおらん
……わかるか？
大樹　……。
英順　（韓国語で）あんた、なんで、韓国出て来た？
大樹　（韓国語で）いろいろありまして……。
英順　（韓国語で）くわしう話せんわけでもあるの？
大樹　（韓国語で）語るほどのことはないだけです。
英順　（韓国語で）密入国やないやろな？
大樹　（韓国語で）ちゃんと外国人登録証持ってます。
英順　（韓国語で）金さえ出せば、なんでも買える。信用でけんわ。
大樹　（首をすくめて）……。

英順、調理場に入って行く。

大樹　……。

哲男が大樹の隣に腰かける。

哲男　（大樹をにらみつけて）……。

大樹　……？

哲男　おい、おのれ、静花にちょっかい出したら、承知せんぞ。

大樹　（韓国語で）なんですか？

哲男　直輸入やからって、えらそうにすんな、ぼけ。

大樹　（韓国語で、信吉に）なんて言ってますか？

信吉　（韓国語で）友だちになろう……。

大樹、哲男の手を包むようにして、握手する。

その手を払う哲男。

哲男　なにしてけつかる。気色悪い。

大樹　（怪訝な顔で）……。

信吉　（知らんふりで）……。

場違いな和服の高原美根子《たかはらみねこ》（53）が来て、店の中をうかがう。

美根子　……。
龍吉　うちに、なんぞ、ご用ですか……？
美根子　（曖昧に笑って）……。
美根子、逃げるように去って行く。
龍吉　……。
自転車に乗って、梨花が来る。
梨花　（怪訝な顔で、美根子を見送って）誰？
龍吉　知らん……。
梨花、中に入って行く。
大樹　（韓国語で）こんにちは。
梨花　（軽く頭を下げる）
哲男、座敷に戻って行く。

梨花　暑い、暑い……汗びっしょりや……。
哲男　……。
梨花　あたしが外で汗流して、必死で働いとるのに、どこかの誰かは、えぇ身分やな。
哲男　（信吉に）続き、続き。
梨花　（哲男をにらんで）……。
信吉　（阿部と佐々木に）そろそろお開きにしよ。

と、片づけ始める。

哲男　もうひと勝負、いこやないか。
信吉　また明日《あした》。
哲男　立ち退きの話は？
信吉　今日、明日《あす》の話やないやろ。

信吉、立ち上がって、

信吉　ほな、またの。

と、阿部と佐々木を促す。

阿部　失礼します。
佐々木　お邪魔しました。

信吉と阿部、佐々木、出て行こうとする。
信吉たちについて行く哲男。

梨花　どこ、行くの？
哲男　おれの勝手やろ。
梨花　仕事は？
哲男　（信吉たちに）おい、待ってくれよ。

さっさと去って行く信吉たち。
哲男、追いかけて行こうとする。
梨花、立ちふさがって、

梨花　仕事はどないしたの？
哲男　また小言か……うんざりじゃ。
梨花　見つかった？　どないやの？
哲男　そんな簡単に……あるわけない。わかっとるやろ。
梨花　見つけようとせんだけでしょ。探したら、なんでもあるわ。パチンコ屋でも、それこ

哲男　そ、あたしとおんなじヘップ（ヘップサンダル）でも……。
　　　月にロケットが飛ぶ時代やぞ。なにかっちゅうたら、パチンコ、焼肉、ヘップ、屑鉄
　　　……それしかないのか？「在日」かて、もっと職業選択の自由があってもえぇやろ。
梨花　たとえば？
哲男　宇宙飛行士とか……。
梨花　阿呆らし。
哲男　可能性はごまんとある。
梨花　ほな、なんでもえぇから、「在日」らしからぬすばらしい仕事についてください……
　　　（頭を下げて）お願いします。
哲男　就職差別の壁は厚いんです……（頭を下げて）ごめんなさい。
梨花　（かっとなって）なんで、あたしがあんたの遊ぶ金のために、必死で働かなならん
　　　の！
哲男　済州島《チエジユド》の女は働き者やそうや。
梨花　ここは日本、済州島《チエジユド》やないわ！

　　　調理場から、静花がお茶を持って、出て来る。

哲男　（静花を気にして）たいがいにしとけ。
梨花　滑走路の仕事はどないしたの？
哲男　……。

梨花　またしょむないことで喧嘩したんやろ？　そやろ？
哲男　ここで、ごちゃごちゃ言《ゆ》うな……。
梨花　なんで？　なんで、いっつも、そやの？
哲男　やめとけって。
梨花　ほんのちょっと我慢したらえぇでしょ。それだけの話でしょ。
哲男　おれらが、このかんかん照りの中で、必死こいて稼いだ金、ピンはねされとるんやぞ。腹立つやろ。誰かがいつか言わんとならんかった。日雇い労働者を代表して、ちょっと文句つけただけや。
梨花　（皮肉）立派なひとやわな。あんた、何様？
哲男　おい、えぇかげんにせぇ。話、終わりや。
梨花　終わってません。
哲男　あんまりしつこいと、おれもしまいに怒るぞ。
梨花　生活かつかつなんよ。わかってる？　ぜいたく言《ゆ》うてる余裕ないの。
哲男　大学出て、おれに豚の世話せぇってか？
梨花　学歴なんか勲章にはならん。あたしらは頭の先からつま先まで、韓国人。日本人とおんなじ顔してたかて、中身はキムチ。
哲男　おれは瓶詰めキムチや。ちょっと高級や。
梨花　（ますます逆上して）キムチはキムチ！　あんた、自分だけが特別やって思ってるでしょ。見下してんのよ、ほかの韓国人のこと……馬鹿にしてんのよ。
哲男　もう黙っとけ！

梨花　図星？
哲男　おのれになにがわかる！
梨花　えらそうに言《ゆ》うのは、ちゃんとした仕事見つけてから言うて！

哲男、どんとカウンターを叩く。

梨花　なに？　文句ある？
哲男　（梨花をにらみつけて）……。
梨花　（哲男をにらみ返して）……。
静花　（梨花に）もうやめとき……あんまり責めたらんときて。
梨花　……。
静花　哲ちゃん、ほら、飽き性やから……けど、きっと哲ちゃんに向く仕事が見つかるはず
……辛抱したりて。
梨花　お姉ちゃん、関係ない！　口はさまんといて！
静花　……。
梨花　これは、あたしらの……あたしら夫婦の問題やの！
哲男　やめ！　静ちゃんに、やつあたりすんな、阿呆！
梨花　（ヒステリックに叫んで）あたしが悪者？　みんな、みんな、あたしが悪いの？
静花　……。
哲男　……。

静花　ごめんな、梨花ちゃん……気に触ったら、許して……。
梨花　やめて！
静花　……。
梨花　あたしが、ますます惨めになる……。
静花　……。
哲男　みっともないぞ、おまえ……。
梨花　……。
哲男　なんも、そこまでヒステリーなることあんねん……恥ずかしわ……。
梨花　ひどいひとやな……。
哲男　なにが？
梨花　どんだけ、あたし……落としこめたら、気がすむの……。
哲男　なんや、それ……なに、寝言ぬかしとる……。
梨花　そんなにお姉ちゃんのことが忘れられん？
哲男　やめとけ。これ以上、恥さらすな。
梨花　言《ゆ》うとくけど、お姉ちゃんがびっこになったんは、哲男さんのせいやないからな。
哲男　おい！
梨花　なるべくしてなったんやから。
哲男　梨花！
静花　わかってるよ……。

哲男、梨花につめよる。

哲男（怒りに歪んで）……。

梨花（哲男をきっと見て）……。

龍吉が入って来る。

龍吉（無言で梨花を見つめて）……。

梨花……。

静花……。

哲男……。

龍吉（韓国語で、大樹に）すまんけど、外で食べてきてください。

大樹（頷いて）……。

静花……。

大樹（日本語で）行きましょう。おごります。

静花……。

大樹、静花を促して、外に出て行く。

哲男も追いかけて行こうとする。

梨花　行かんといて……。
哲男　おまえ、どうかしとるぞ……。
梨花　……。

哲男、出て行く。

梨花　……。

梨花、カウンターに顔を伏せる。

龍吉　疲れとるんや……疲れると、ひとは意地悪い気持ちになりよる……。
梨花　意地が悪いんは、お姉ちゃんや……いつまでも、古傷で、あのひとの心、縛っとる……。
龍吉　座敷でちょっと横になっとれ。ほら、早《はよ》う。

龍吉、梨花を立たせる。
梨花、のろのろと座敷に行き、倒れこむように寝転がる。

龍吉　お父ちゃん、リヤカー返してくる。
梨花　……。

龍吉、表に出て、暖簾をはずす。

蟬時雨がまた聞こえてくる。

龍吉、リヤカーを引っ張って、路地を歩いて行く。

時生、リヤカーを押す。

入れ替わりに、日白が来る。

汚れたYシャツと綿パン。

ずいぶんくたびれた様子。

日白、店の中に入って行って、カウンターに腰をおろす。

日白、めそめそ泣き始める。

梨花、日白に気づいて、顔を上げる。

梨花　どないしたの……?

日白　……。

梨花　なんで泣いとるの……?

日白　(韓国語で)すみません……誰もいないと思って……。

梨花　あたし、韓国語、わからん……あんた、わかる?　……日本語……できる?

日白　(顔をしかめて)……(韓国語で)なんて言いました?

梨花　（呼んで）美花！　美花、おらん？　……困ったわね……。
日白　……。

梨花、便所にかかっているタオルを日白に渡す。

梨花　ほら、これで涙、拭いて。

梨花、ジェスチャーしてみせる。

日白　ありがとうございます……。
梨花　できるやない、日本語。
日白　ちょっとだけ……。

梨花、日白の隣に座る。

梨花　あとは？
日白　……？
梨花　日本語。
日白　（頭をぺこぺこ下げて）どうも、どうも……。
梨花　（笑って）……。

日白　（も笑って）……。
梨花　あんた、養豚場で働いとるんやろ。

と、またジェスチャー（豚の真似をしてみせる）。

日白　（うんうんと頷いて）……。
梨花　わかる？　わかる？
日白　（笑って）……。
梨花　笑わんといて……一生懸命、やっとるのに……。
日白　（韓国語で）毎日、リヤカーに四斗樽をふたつのせて、豊中までうどん汁をもらいに行くんです。
梨花　豊中……？

日白、ジェスチャーをしてみせる。

梨花　リヤカー……？　ここから、二、三時間かかるのと違う？
日白　（頷いて、韓国語で）二、三時間かかります。行きは空です……帰りは四斗樽いっぱい……。
梨花　……。
日白　（韓国語で）坂道がずっと続いていて……太陽が照りつけて……汗がだらだら流れて

梨花　……とても、つらい……きついです……そして……今日……樽をひっくり返してしまいました……。
日白　ひっくり返したの……？
梨花　（頷いて）……。
日白　……。
梨花　（韓国語で）苦労して詰めた汁が乾いた道に広がって……どんどん染みこんで……どうしようもなくて……ただ見てるしかなくて……それから、空しくなってきました……哀しくなってきました……。
日白　なに……？　わからん……。
梨花　（韓国語で）なんのために、ここで働いているのか……故郷を捨ててまで、なぜ日本で働いているのか……わからなくなって……。

日白、顔を押さえる。

梨花　……。
日白　……。

梨花、日白の背中をさすってやる。

梨花　……。

日白　（顔をあげて）……。
梨花　きつい仕事やね……。
日白　……。
梨花　ご苦労さまです。
日白　……。
梨花　……。

日白、がばっと梨花を抱きしめる。

梨花　……。
日白　ちょっとだけ……ちょっとだけ……ごめんなさい……。
梨花　……。
日白　……。

日白、梨花の胸に顔を埋めて……。
梨花、日白の頭をやさしく撫でる……。

梨花　汗の匂いがする……。
日白　……。
梨花　それから、日なたの匂い……草の匂い……小川の匂い……小川を渡る風の匂い……。

日白　……。
梨花　遠い、遠い故郷の匂いがする……。
日白　……。
梨花　……。

梨花と日白、激しく求め始める……。
ボンカレーを持って、英順が出て来る。
英順、梨花と日白に気づいて、

英順　!?

英順、ボンカレーを落としそうになる。
英順に気づかない梨花と日白……。

英順　……。

英順、物音をさせないように、そっと調理場に戻って行く。
飛行機が通り過ぎる音がする。

飛行機が通り過ぎた後、沈黙していた蟬たちがいっせいに鳴きだす。
蟬時雨、高まって、溶暗……。

3

秋。夜。

座敷でラフな服装の長谷川が落語を話している。
カウンター側から聞いている美花、信吉、阿部、佐々木。
少し離れて、哲男が丼でマッコリをあおっている。
カウンターの中に、静花。
表で、龍吉がカンテキの炭火を掻き出している。
共同水道で米をといでいる英順。

一席話し終えて、頭を下げる長谷川。
拍手する美花たち。
信吉、阿部、佐々木、マッコリの入った薬缶を抱えて座敷にうつって行く。

信吉　長谷川さんに、そんな才能あるやなんて、びっくりしましたわ。まるでほんまの落語家みたいです。

と、マッコリを勧める。

長谷川　昼間、暇してるもんで、趣味で……お恥ずかしい……。
信吉　顔はえぇ。
阿部　背は高い。
佐々木　落語ができる。
信吉　怖いもんなしですな。
長谷川　（照れてみせて）……。
哲男　いちばん友だちになりたないタイプやの。
美花　妬いてんの？
哲男　阿呆らし。
美花　オッパ（兄さん）、このところ、頭も薄なってきたし……。
信吉　ちょっと待った！　進入禁止や、そこ。
阿部　入ったら、いかんよ。
佐々木　その話題は触れたら、あかん、あかん。
信吉　タブーや、タブー。
哲男　じゃかまし！　ずけずけ入りこんどるわ。

顔に青痣、口の端が切れた時生が路地を来る。

英順 アイグ、どないしたの、それ……。

龍吉 ……。

時生、足早に店の中に入って行く。

追いかけて行く英順。

英順 時生! 時生!

哲男が時生の首根っこをつかむ。

哲男 またやられたのか……。

時生 ……。

哲男、拳を固めて、軽くジャブ。

哲男 やられたら、やりかえさんかい。

英順 この子は、やさしい子なんや。そんな真似でけん。

哲男、黙ってじたばたする時生を、椅子に座らせる。

哲男 やさしいだけでは生きてけませんで、オモニ。

英順 （韓国語で）うるさい。

哲男 ……。

英順 誰や？　誰がやった？

時生 ……。

英順 言《ゆ》うてみ。お母ちゃん、いますぐねじこんだる。怒鳴りつけに行ったる。

美花 そんなことしたら、よけいいじめられる。

英順 （声を張り上げて）うちら家族が守らんで、誰が守る？　学校か？　警察か？　どっこも信用でけん！

時生、さっと立ち上がり、アーと叫びながら、信吉たちをかきわけて、奥に入って行く。

英順 時生！

美花 あたし、見てくる。

美花、時生を追って、奥に行く。

龍吉が入り口から、のぞいている。

龍吉　……。
信吉　時生が通うとるの、有名私立でっしゃろ？
英順　……。
信吉　たまにしか行かんのやったら、金……もったいない。
英順　お金の問題やない。
阿部　朝鮮学校入れたらどないです？　友だち、でけるんやないですか。
英順　あんなペリゲェ（赤）の学校……入れられるかいな。
阿部　建国（中学校）……あれ、たしか韓国の学校でっしゃろ。あそこは？
信吉　おまえ、よう知っとるな。
阿部　……。
龍吉　わしらはこれから先、ずっと日本で暮らしていく。そやから、日本の教育が一番や。
哲男　アボジ（お義父さん）の腕……戦争でのうなってしもたんでしょ。それでも、日本の教育、受けさせるんですか？
龍吉　……。

龍吉、答えずに、カンテキを片づけ始める。

哲男　矛盾のかたまりじゃ、「在日」は……差別と偏見にまみれ、日本憎んで、韓国に恋こがれて……それでも、こっから離れられん……。
信吉　あたりまえや。韓国帰って、わしらになんの仕事がある？　言葉もろくにしゃべれん

哲男　……。

英順　結局……（指で輪をつくって）これや、これ……これに縛られとる……片手に金《かね》、片手に涙、涙の「在日」物語や。

哲男　あんたのごたくはどうでもえぇ。問題は時生のことや。

英順　行かさんかったらえぇですやん、学校なんて……。

哲男　そんなわけにいかん。

英順　通信教育もありまっせ。

哲男　まじめに考えて！

英順　教育がなんかしてくれると思うたら、大きな間違いですわ、オモニ。それのえぇ見本が、おれや、おれ。

哲男　あんな、哲男さん。

英順　なんですか、あらたまって……。

哲男　くどくどくどくど言《ゆ》うとらんと、ちゃんとした仕事ついたら、どないや？

英順　梨花とおんなしようなこと言わんでください。

哲男　しまいに、あんた……。

英順　なんですか……。

哲男　……やめとこ……。

英順　……。

哲男　言《ゆ》うたかて、どうもならん……。

英順　……。

英順、表に戻って行く。

哲男　……。

哲男、マッコリをぐっとあおって、

哲男　おかわり、くれ。

と、丼をさし出す。

静花　飲みすぎやない？
哲男　これぐらい、どうってことあるか。

龍吉、失った腕の付け根をしきりにさすっている。

英順　（韓国語で）疼くんですか……。
龍吉　（韓国語で）このところ冷えてきたからな……。

英順、龍吉の腕をさすり始める。

英順　（韓国語で）学校……変わったらどないですやろか……韓国学校に通わせるとか……。
龍吉　（韓国語で）いまのままでえぇ。
英順　（韓国語で）時生のこと、ちゃんと考えてくれてます？　誰もなんもしてくれんのですよ。うちら家族がなんとかせんと……わかってます？
龍吉　（韓国語で）わかっとる。
英順　（韓国語で、声を大きくして）わかってません！
龍吉　（韓国語で）大きな声出すな。近所迷惑じゃ。
英順　（韓国語で）あの子が話せないからって……いじめをうけるほどじゃあないのに……そやないと、あんな明るかった子が、言葉失くすわけない……。
龍吉　……。
英順　（韓国語で）アイグ、胸が引き裂かれる……代われるもんやったら、代わってやりたい……。
龍吉　（韓国語で）おまえがやきもきしても、どうもならんやろ。
英順　（韓国語で）うちは気が気でなりませんのや……時生の身になんかあったら……。
龍吉　（韓国語で）逃げても、なんの解決にもならん。
英順　……。
龍吉　（韓国語で）わしらには、ここしかない……どっこも行くとこない……。
英順　……。

和服にバッグをぶらさげた美根子が来て、店の中をのぞく。

美根子　……。

怪訝な顔の龍吉と英順……。
美根子、意を決して、中に入って行く。

静花　すみません……もう店じまいなんです。
美根子　どうぞ、おかまいのう。
静花　（怪訝な顔で）……。

「誰や？」と、これまた怪訝な顔の信吉たち……。

長谷川　（顔が曇って）……。
哲男　（長谷川を見つめて）……。

美根子、椅子に腰かける。

美根子　（見まわして）汚いホルモン屋……脂でべとべと……。
長谷川　……。
美根子　匂いが染みつきそう……。

美根子、煙草に火をつける。

美根子　ちょっと灰皿なぁい？
静花　（無視）……。
信吉　あります、あります。

と、恭しく灰皿を運んで行く。

美根子　おおきに。
信吉　おたくさん、どちらさまで……？
美根子　（長谷川に）みなさんに紹介してちょうだい。
長谷川　……。

信吉たち、長谷川に注目して……。

美根子　早《はよ》う。
長谷川　……。
美根子　（かっとなって）うちの口から言おか！
長谷川　僕の……嫁はん……です。
信吉たち　!?

美根子　（微笑んで）みなさん、よろしうお願いします。

英順が入り口から、中をうかがっている。

英順　……。

哲男が声をあげて、笑い始める。

美根子　（気色ばんで）なにがおかしいの？
哲男　なんか裏がある、ある、思てたら、こんなおばはんが嫁か……あっと驚くタメゴローやの。
美根子　（むっとして）うち、近所やと、下町のクレオパトラって呼ばれとるんです。
信吉　大きう出たな……。
阿部　大風呂敷にもほどがあるで……。
佐々木　クレオパトラはそれほど美人やなかったそうですよ、鷲鼻で……。
美根子　うるさい！

美花が戻って来る。
信吉、阿部、佐々木、垣根をつくって、ブロックする。

美花　なに？　どないしたん……？

長谷川　（美根子に）帰ってくれ。

美根子　（無視して、煙草をすぱすぱふかす）……。

長谷川　……。

美花、ブロックをかきわけ、

美花　誰？　そのひと、誰……？

信吉　通りすがりの他人や。気にせんでえぇ。

美花　通りすがりの他人が、なんで、そこ、座っとるの？　煙草までふかして……。

信吉　表にちょうど、その……行き倒れてた……。

美花　ぴんぴんしてる。

長谷川　な、頼む、みんなで和やかに飲んどる。それ、ぶち壊さんでくれ。

美根子　ここが、あんたの秘密の花園？　あたしは招かれざる客？

美花　誰やの、そのおばはん!?

美根子、立ち上がって、美花の目の前に立つ。

美根子　初めまして、長谷川の妻です。

美花　!?

美根子　あんたが歌《うと》うとるクラブのスポンサーでもあるの……わかる、スポンサー？　……後援者。長谷川にお金出してるの。
長谷川　いつからスポンサーになった？　……（信吉たちに）ちょっとオーバーなとこあるんです。すぐ話、大きするんです。すんません。
信吉　わかる、わかる。
阿部　たいへんそうでんな、長谷川さん。
佐々木　苦労しとるんやね……同情するわ。
美根子　あんたら、黙ってて！
信吉たち　……。
美根子　クラブに着て行く服も靴も、みんな、みんな、あたしが買《こ》うたんやない。爪に火ともすみたいにして金貯めて……うちがこんなぺらぺらの袷《あわせ》着てるのに……。あんたが今《いま》着てるシャツかて、あたしの金！　そのズボンも！　靴も！
長谷川　……。
信吉　それをスポンサーとは言いませんで、奥さん。
美根子　黙ってて！
信吉　……。
美根子　（美花に）あんた、明日《あした》っから、クラブ、来んでもえぇから。
美花　……。
長谷川　おまえに、そんな権限ないぞ。
美根子　クラブに訴える。

長谷川　やめとけ。
美根子　とやかく言わせせん。あんた、あたしを裏切ったんよ……そやろ？
長谷川　僕と美花ちゃんは、怪しまれるような関係やない。誤解せんでくれ。
　　美根子、バッグから写真を取り出す。
美根子　（わなわな震えて）これでも？　これでも、まだしらきるつもり？
長谷川　（青ざめて）……。
　　美根子、写真をばらまく。
長谷川　やめ！
　　長谷川、慌てて、写真を拾う。
美花　……。
美根子　言いわけでけるもんやったら、言《ゆ》うてみ！　……情けない……ほんま情けない……。
　　美根子、バッグで長谷川の尻を叩く。

長谷川　（黙って耐えて）……。

美花　やめて！

と、美根子の腕をとる。

美根子、美花を振り払う。

尻餅をつく美花。

美根子　もう女房きどり？　ぜったい、あんたみたいな小娘に渡したりせんから！

美花、美根子に飛びかかって、首を絞める。

美根子　殺される〜！　誰か、止めて〜！　クレオパトラが殺される〜！

信吉たち、仲裁に入る。

英順も店の中に入って行く。

英順　（韓国語で）やめなはれ！　美花！

手を叩いて、盛り上げる哲男。

哲男　やれやれ！　いてこましたれ！
静花　けしかけんといて！
　　やっとの思いで、美花と美根子を引き分ける信吉たち。
　　荒い息の美花と美根子……。
　　龍吉が店の中に入って来る。
龍吉　……。
美花　（韓国語で）あたしは、なんも悪いことしてない！
　　龍吉、美花を平手打ちする。
美花　……。
龍吉　奥、行っとれ。
　　美花、奥に走りこむ。
　　龍吉、美根子に深々と頭を下げる。
龍吉　娘がご迷惑をおかけしました……許してやってください。
美根子　……。

長谷川　ほら、立って……。

と、手をさしのべる。
美根子、その手を払う。

美根子　別れんから……うちは、ぜったい別れてやらんから……。
長谷川　……。

美根子、へろへろになった着物を引きずりながら、去って行く。

長谷川　みなさん、すんません、お騒がせしました。

と、頭を下げる。
長谷川、おずおずと龍吉の前に進み出る。

長谷川　すんませんでした。
龍吉　帰ってください。
長谷川　すんませんでした。
龍吉　（有無を言わさず）帰ってください。

長谷川、龍吉に頭を下げて、去って行く。
龍吉、黙って調理場の中に入っていく。

信吉　そろそろ、お開きにしよ……（静花に）つけで、頼むわ、静ちゃん。

静花　（頷いて）

阿部　おれも……すんません……。

佐々木　僕も頼んます。

英順、炊飯釜を持って、店の中に入って来る。

英順　うち潰す気か、あんたら……つけばっかり……。

信吉　明日はちゃんと働きに出ますがな、オモニ。リヤカーいっぱいダンボール集めたら、この支払いなんか、いっぺんですわ。

と、小走りで去って行く。
笑いながら、信吉を追いかけて行く阿部と佐々木。

英順　（韓国語で）アイグ……次から次に……いつになったら、心静かに暮らせるようになるんやろ……いつになったら、苦労が報われるんやろ……いつか、うちの人生に花が咲くときは来るんやろか……。

英順、カウンターに炊飯釜を置いて、手を合わせる。

哲男　オモニ、神さんはなんもしてくれませんで。ただ黙って横目で見とるだけで……。

英順　うるさい。

英順、いつものように「南無阿弥陀仏《ナムアミタブル》……」と、お題目を唱え始める。

日白が後ろに梨花を乗せて、自転車で来る。

梨花　おおきに……コマッスミダ（ありがと）？

日白　（頷いて）おやすみなさい。

梨花　アンニョンヒ……なんやった？

日白　アンニョンヒ、チュムセヨ（おやすみなさい）。

梨花　やっぱり、むずかしい、韓国語……。

日白　簡単です、簡単。

梨花　……。

日白　……。

哲男が入り口に立つ。

哲男　（つくり笑顔で）おかえり〜。
日白　（梨花に頭を下げて）おやすみなさい……。
梨花　アンニョンヒ……チュムセヨ……。

日白、去って行く。

梨花　……。
哲男　……。

梨花、店の中に入って行く。

梨花　疲れた、疲れた……ずっと立ちっぱなし。

梨花、椅子に腰かけ、足を揉み始める。

英順　今夜はうちで食べるんやなかったか？
梨花　急に残業言われたから……。
英順　なんもいらんの？
梨花　食べてきた。
英順　（梨花をじっと見て）……。

梨花　なに？
英順　なんもない……。
梨花　……。

英順、奥に入って行く。

梨花　（静花に）ビール、ちょうだい。
静花　飲むの？　珍しい……。
梨花　喉かわいた。

梨花、カウンターに並べてあるコップをとる。

梨花　息つまる……。
静花　なにが。
梨花　えぇ歳こいて、いつまでも親と同居してんのはどないなもんやろ。
静花　しゃあないやん、うちら外国人やから、アパートひとつ借りるだけでうるさい……おまけに敷金、礼金、保証金……お金かかる。
梨花　あたし、ここ、離れたい。でけるんやったら、どっか遠くに行きたい。

静花、カウンター越しに、梨花にビールを渡す。

梨花　この町のひとらも、うんざり……共同水道で一日中、噂ばっかりして……あたしは、あんなおばはんになりたない。
静花　他愛もない話やろ。あれで鬱憤晴らしてるんやから。
哲男　噂されて困ることでもあるのか？
梨花　別に……。
哲男　（静花に）おかわり。
静花　もうやめといたら？
哲男　最後の一杯。
梨花　ただ酒はいくらでも入るわな。
哲男　去年の金嬉老《きんきろう》事件、覚えてるか？　金嬉老がえぇこと言《ゆ》うとったぞ……日本の戦争に協力し、それに狩り出され、その傷痕を背負うて、いまなお日本の社会のなかで安定した職業ものうて生活の保障ものうて、日本のなかでギリギリに生きとる。そういう同胞たちのことを深《ふこ》う考えてやっていただきたい。
梨花　なんぼ立派なこと言《ゆ》うたかて、ライフルぶっぱなして、ダイナマイト爆発させたら、韓国人は怖いって思われるだけ……。
哲男　金嬉老の叫びは、おれの叫びや。
梨花　あんたは戦争に行ったわけやないでしょ。
哲男　日本共産党に切り捨てられ、総連に切り捨てられ……日本政府のエネルギー政策に切り捨てられ……流浪の人生や……同情に値するやろ。

梨花、ビールをあおって、立ち上がる。

哲男　おい、まだ残っとるぞ。

梨花　これ以上、あんたのしょむない話聞かされんの、ごめんや。

哲男　おまえには理解でけんわな……なんせ、頭、バラ色やから……。

梨花　（無視）……。

哲男　全部飲んでけ。酒の一滴は血の一滴や。

梨花、さっさと奥に入って行く。

哲男　……。

静花、カウンターからまわって来て、マッコリを注いだ丼をさし出す。

静花　はい、最後の一杯。

哲男、黙って受け取る。

静花　うちもつきあおうかな。

と、梨花の残したコップを手にとる。
哲男、ビールを注ぐ。

哲男　おれら……もうあかんかもしれん……。
静花　決めつけるの、早い。
哲男　どうしてもあかん……口から毒ガスが噴き出してきよる……。
静花　……。
哲男　あいつのひと言、ひと言も、銛《もり》みたいにおれを刺してきよる。
静花　このところ残業、残業で疲れとるから……ぎすぎすしてしまうんよ、きっと。
哲男　もう、おれに対する愛情はない……わかっとる。
静花　そんなことないって。
哲男　証拠はある……。
静花　……。
哲男　洗濯したパンツが裏返ったまんまや。
静花　（笑って）……。
哲男　ほんま哀しなる、パンツが裏返っとるの見ると……。
静花　しょむない……そんなん証拠でもなんでもないわ。
哲男　まだあるぞ。
静花　なに？
哲男　あいつ、浮気しとる……。

静花　（手が止まって）……。

哲男　あの男や……信吉さんの親戚の……。

静花　……。

哲男　さっきも見たやろ。あら、どう見たかて、恋するふたりじゃ。目、ハート型にさせて……。

静花　梨花はそんな真似せん。哲ちゃんの勘違い。

哲男　ばればれじゃ。おれにわからんとでも思うとるのか、くそっ。

静花　ありえん。阿呆らしい。

哲男　ほんまに、そないい思うか？　ほんまに、浮気しとらんって断言でけんのか。

静花　ぜったいいない。

哲男　（静花を見つめて）……。

静花　（も哲男を見つめ返して）……。

飛行機が飛び去る音がする。
哲男、立ち上がって、入り口に立つ。

哲男　こんな時間まで、飛んどる……。

静花　慣れっこや。子守唄みたいなもん。

哲男　万博のためにつくった滑走路、あれは、ほんまは違法や。人家から一五〇メートル以内に滑走路つくったらあかんのに、土地がないから、無理やり新しい法律つくりよった。一二〇メートルしかない。

静花　（笑って）飛行機にまで、喧嘩売るつもり？

哲男　あの日のこと、覚えてるか……静ちゃんといっしょに空港のフェンス越えて、夜の滑走路、見に行ったの……。

静花　きれいやったな……青やオレンジのランプがぴかぴか光ってて……宝石箱みたいやった……それから、ふたりで滑走路走って……ものすごうどきどきしたわぁ……。

哲男　あのとき、無理に誘わんかったら……。

静花　うちも見たいって言《ゆ》うたの。

哲男　足は折らずにすんだ……。

静花　仮定の話したかて、どもならん。すんだ話や。

哲男　おれは一生……。

静花　やめて、やめて。

哲男　なんで、おれが結婚申し込んだとき、うんって言《ゆ》うてくれなんだ？

静花　……。

哲男　おれはいまでも……。

静花　（激しく否定して）やめて！

哲男　……。

静花　梨花、傷つけるようなこと言わんといて……。

哲男　あいつとは、もうあかんて！

静花　やめて！　聞きたない！

哲男　……。
静花　……。

静花、ビール瓶を片づけ始める。

静花　もう、この話、やめよ。

哲男、丼をぐっと空けて、

哲男　皮肉やの、人生は……思うようにならん……。
静花　……。
哲男　おれは自分で自分の人生、もてあましとる……。
静花　……。
哲男　仕事も転々として……あっちこっち移り住んで……民族運動にも参加した。労働争議にも首突っこんだ……けど、いつかて、満たされん……心にぽっかり穴が空いとるみたいや……。
静花　……。
哲男　穴が空いて……飛んでく飛行機みたいに、ごうごう音たてよる……。
静花　……。
哲男　……。

大樹が来る。

大樹　こんばんは。
哲男　（軽く頭を下げる）

哲男、入り口をふさいだまま、動こうとしない。

大樹　（怪訝な顔で）……。

大樹、店の中をのぞきこんで、静花に手を振る。

静花　いらっしゃい。
大樹　もう終わりですか。
静花　どうぞ、入ってください。

大樹、哲男をくぐって、中に入って行く。

大樹　なにか食べるものは……？
静花　あまりものでもえぇ？
大樹　なんでもいいです。わたし、小腹がすきました。

哲男　あんた、日本語、上手になったなぁ……。

大樹　ありがとうございます。静花さんのおかげです……言ってみれば、愛のなせる業だと思います。

哲男　ぜんぜん顔に似おとらんぞ、その台詞。

静花　（くすくす笑って）変な口説き文句ばっかり並べるのよ、大樹《てす》さん……。

大樹　わたし、真剣です。オー、モーレッと小川ローザがパンツ見せるより、静花さんが好きです。

哲男　どんな喩えじゃ、それ……。

大樹　やったぜ、ベイビーって感じですか。

哲男　ただ流行語並べとるだけやないか。

大樹　それほど、それほど、愛してるんです、静花さんを。

静花　（笑いながら）わかりました。

哲男、座敷からマッコリの入った薬缶を持って来る。

哲男　駆けつけ三杯……わかるか？

大樹　……。

哲男　日本では、遅れてきた奴は三杯、酒飲まんとならん。

大樹　……。

静花　ちょっと哲ちゃん、やめて。変なこと、けしかけんといて。

大樹　わかりました。
静花　ちょっと大樹さんも阿呆な真似せんといて。

火花が飛び散る哲男と大樹……。

哲男　……。
大樹　……。

哲男、丼を大樹に渡して、どぼどぼ、マッコリを注ぐ。
大樹、立て続けに三杯飲みほす。

哲男　……。

大樹、哲男に丼を返す。

大樹　ご返杯。

大樹、マッコリを注ぐ。
哲男も負けずにぐっと飲んで、大樹に丼を返す。

哲男　ご返杯。

と、またマッコリを注ぐ。

大樹、またぐっと飲んで、哲男に丼を返す。

大樹　ご返杯。

ふたりの際限のないマッコリ合戦は続いて……。

静花、奥から薬缶を持って来る。

溶暗……。

4

冬。昼に近い夕。

表に張り紙、「本日臨時休業」。

店の真ん中で、パーティー用の三角帽子をかぶった阿部と佐々木が、クリスマスソングを演奏している。

ゴムの木にクリスマスの飾りつけをしている美花。

路地から長谷川が来て、そっと中をうかがう。

美花　（長谷川に気づいて）……。

美花、阿部たちをうかがって、カウンターの上に置いてあった紙袋を手にとって、表に出て行く。

美花　……。

長谷川　……。

長谷川、ポケットから包みを取り出す。

美花、包みを開けると、中に手袋。

美花、紙袋を長谷川に渡す。

長谷川、紙袋を開けてみる。

中に手編みのマフラー。

美花、長谷川の首にマフラーを巻く。

長谷川　……。
美花　……。

あたりを見まわし、すばやくキスする長谷川と美花……。

長谷川　……。
美花　……。

長谷川、人の気配を察して、小走りで去って行く。

美花　……。

英順と梨花が路地を来る。

英順　あかん、あかん、お母ちゃんはぜったい認めん。
梨花　もう決めた。決心、変わらん。
英順　離婚なんて……あんな、いっぺん結婚したら、その人と一生、添いとげなならん。それが人の道や。
梨花　離婚してるやろ、お母ちゃんも。思いっきり、道はずれてる。
英順　うちとあんたとは違う……前の旦那は酔うて暴れて……お母ちゃんのこと、殴る、蹴る

梨花　して……とんでもない男や。
英順　……。
梨花　哲男さんは、ぜんぜんまともやないか。
英順　どこが？　働きもせん。毎日、ふらふらして……。
梨花　たいしたこっちゃない。なんも問題あるかいな。
英順　もう我慢できん。もういっしょに暮らせん。
梨花　えぇかげんにしなはれ、結婚して、一年もたっとらんのやで。
英順　長い、短いの話やない。
梨花　お母ちゃん、ぜったい許しまへん。
英順　どんなに反対したかて、あたしの気持ちは変わらん。
梨花　そんなに、あの男に夢中か。
英順　……。
梨花　離婚してでも、いっしょになりたいか？
英順　……。
美花　梨花姉ちゃんの人生やろ、梨花姉ちゃんの好きにさせたったらえぇやない。
英順　アイグ、イノムチャシ……おまえ（美花）の相手には奥さんが……あんた（梨花）には旦那が……ないもんねだりや……わからんのか？
梨花　……。
美花　……。
英順　えぇか、ひとを不幸にして、自分だけ幸福《しあわせ》になれるわけがない。そんな真似、お母ちゃ

梨花　ん、許さん。ぜったい、許さん。

美花　……。

英順　今日は静花のめでたい日や。もう離婚のことはいっさい口にしたら、あかん……わかったな？

梨花　……。

美花　……。

英順、店の中に入って行く。

阿部・佐々木　メリー・クリスマス！

英順、さっさと調理場に入って行く。

阿部・佐々木　……。

美花と梨花が中に入って来る。

美花　そろそろ時間やで。

梨花　どこ行くの？

阿部　駅前のフォーク集会に参加するんです。
佐々木　美花ちゃんにも歌《うと》うてほしかったけど……。
美花　あたしは政治には興味ありません。
阿部　政治やない、切実な問題や。再開発で、ここら全部、立ち退きになる。
佐々木　代替地も立ち退き料も提示せんと、ただ僕ら追い出そうとしとる……断固阻止ですわ。
梨花　あんたら、ノンポリやなかったの？
阿部　おれら、こう見えて、硬派なんです。
梨花　この寒いのに、たいへんやなぁ……。
佐々木　帰りは、熱燗できゅっと。
美花　そこらが軟弱やろ……。
阿部　今日、静花さん、婚約するって、ほんまですか？
梨花　（頷く）
佐々木　どうりで信吉さん、顔見せんわけや。
阿部　いちばんショックなんは、哲男さんやろ。
美花　さっさと行った、行った。

と、追い払う。
阿部と佐々木、出て行く。
梨花、ゴムの木を見ている。

梨花　これ、なに？
美花　クリスマスツリー。盛り上げよう思て……このところ、ほら、くさくさすること、多いやん……。
梨花　これで、（飾りつけが）終わり？
美花　星とかもある。
梨花　手伝うわ。

梨花、ゴムの木の飾りつけを始める。

梨花　砂利屋で羽振りがえぇらしい。てるてる坊主の大樹《てす》さん。
美花　……。
梨花　結局、あたしらの中でいちばんの幸せ、つかんだんはお姉ちゃんか……。
美花　あてつけかもしれん……。
梨花　誰に？
美花　哲男義兄《にい》さんに……。
梨花　阿呆らし。あたしが離婚しようちゅうときに、なんで、あてつけで結婚せなならん。
美花　別れたら、よけい、あてつけがい、あるやん。相手が苦しんどるところに、塩なすりつけるみたいな……。
梨花　暗い……あんた、考えが暗いわ。
美花　ほんまに、別れるの……。

梨花　……。
美花　結局、男なんか似たりよったり……哲男義兄《にい》さんも、韓国男も、変わらんのとちゃうの？
梨花　そら、あんたもおんなじやろ。
美花　……。
梨花　こそこそ会《お》うてるらしいやん。
美花　意地悪い言い方……。
梨花　あんたは？
美花　なに？
梨花　別れるつもりないの？
美花　ない。
梨花　……。
美花　長谷川さんやないと、あかん……。
梨花　（笑って）……。
美花　なに……。
梨花　いまだけ。
美花　また意地悪言《ゆ》う……。
梨花　いつか冷める。
美花　あたしは長谷川さん、ひと筋です。お姉ちゃんとはちゃいます。
梨花　浮気性やないよ、あたしは……。

美花　……。
梨花　あたしは……あたしのこと、ちゃんと見つめてくれるひとがほしかっただけ……。
美花　……。
梨花　（ゴムの木を見て）ゴミみたい……。

クリスマスケーキとシャンパンの入った袋をぶらさげた大樹と、静花が店の中に入って来る。

静花　ただいま。
大樹　こんにちは。
梨花　いらっしゃい。
美花　（調理場に向かって、韓国語で）お母ちゃん！　いらしたで！

大樹、ケーキを美花に渡す。

美花　（韓国語で）おおきに。
大樹　シャンパンも買《こ》うてきました。

美花、さっそくケーキの箱を開けてみる。

美花　（韓国語で）おいしそ〜。

英順が調理場から出て来る。

英順　（大樹に頭を下げて、韓国語で）ようこそいらしてくださいました。

と、深々と頭を下げる。
大樹も深々と頭を下げて、

大樹　（韓国語で）オモニ……わたしは静花さんを心から愛してます……きっと幸福《しあわせ》にしてみせます……。
英順　（韓国語で）ちょっと待って……（日本語で）お父ちゃんがおらん。
大樹　……。
梨花　どこ行ったの？　この大事なときに……。
英順　時生のことで、呼び出されてな……。
美花　出席日数が足らんから、このままでは進級でけんのやて。
英順　ソンセンニム（先生）……時生のこと……もっと考えてくれたかて……。
美花　えこひいきするわけいかん。
梨花　いつ戻って来るって？
英順　わからん……。

美花　シャンパン、抜こか？

静花　まだ陽が落ちとらんよ。

美花　えぇやん、祝いやし……（梨花に）コップ、コップ。

と、カウンターに並べてあったコップを取る。

梨花、コップを配る。

静花、入り口に立って、表を見つめる。

静花　……。

梨花　お姉ちゃん……。

と、コップを差し出す。

静花、戻って、コップを受け取る。

大樹　行きますよぉ……。

大樹、シャンパンのコルク栓を抜く。

美花　（韓国語で）おめでとうございます！

美花、拍手する。
梨花と英順も拍手。
大樹、恭しくコップにシャンパンを注いでまわる。

「黒猫のタンゴ」の歌声が聞こえてくる。
哲男と信吉がだみ声を張り上げながら、肩を組んでやって来る。

梨花 ……。
静花 ……。

酔っぱらった哲男と信吉、店の中に入って来る。

哲男 アンニョンハセヨ〜。
信吉 どうもで〜す。
英順 今日は臨時休業。帰って、帰って。
哲男 おれも家族の一員やないですか……なんも爪はじきにせんでもえぇでしょ。
信吉 わしも常連代表として、お祝い言いに来ました〜。
英順 いらん。帰れ。
哲男 シャンパンですか、それ……おれも一杯、お願いします。
大樹 どうぞ。

と、コップを手にとる。
大樹、シャンパンを注ぐ。

信吉　わしも一杯、恵んでください。

信吉、コップを大樹に差し出す。
大樹、シャンパンを注ぐ。

哲男　乾杯！

と、コップを高く掲げる。
白けている英順たち……。

哲男　なんや、なんや、しけた面して……パーッと賑やかにいこやないか。
信吉　（涙声になって）おめでとう、静ちゃん……。
静花　おおきに……。
信吉　けど、静ちゃん……わしには理解でけん……。
静花　……。
信吉　なんで、このてるてる坊主なんや。
大樹　……。

信吉　でぶを差っぴいても、十分、わしが勝ってるはずや。
哲男　どっこい、どっこいやろ。
大樹　（むっとして）……。
梨花　なんのつもり？
哲男　なにが。
梨花　邪魔しに来たの？
哲男　祝いに来たんやないか。
梨花　未練たらしい真似、やめて。
哲男　……。
梨花　（英順に）この男がないもんねだりなんよ。お姉ちゃんのことが好きで、好きでたまらんの。
英順　やめなはれ。
梨花　あたしらの結婚は失敗やったんよ！
英順　梨花！

哲男、声をあげて笑って、

哲男　茶番や……。
梨花　……。
哲男　自分でまいた種で草ぼうぼうのくせに、おれのせいやってぬかしよる。ふざけんな……

静花　おれがいつ浮気した？　おれがいつ、静ちゃんと寝た？　おれが誰か、ほかの女と寝たことが、いっぺんでもあるか！

哲男　やめて！

静花　おのれは、あの韓国男となんべん寝た？　言《ゆ》うてみ！

哲男　もうそれ以上、言わんといて。

梨花　否定でけるもんやったら、否定してみ！

英順　……。

哲男　（気色ばんで）うちの梨花のこと、あんまり悪う言《ゆ》うの、許しませんで。

　　この際やから言わせてもらう。おれは……おれは……ずっと静ちゃんことが好きや……

　　愛しとる……。

美花　うわっ、熱烈告白やぁ……どないする……？

静花　茶化さんといて……。

信吉　わしもや！　わしも静ちゃんのことが好きや！

美花　こっちはどうでもえぇ。

信吉　差別すんな。

英順　出てけ！　ふたりとも、出てけ！

哲男　真実ですわ、オモニ。おれの正直な気持ちです。

英順　犬のクソのほうがましや。とっとと出てけ！

哲男　（静花に）もう押さえられん……わかってくれ、静ちゃん。

静花　……。

大樹　オモニ、わたしたち、出直したほうがいいみたいですね。

と、静花の手をとる。

哲男　おい、待てや。どこ、連れてく？
大樹　どこに連れて行こうが、わたしの勝手でしょ。彼女はわたしの婚約者です。
信吉　こいつは信用でけませんで、オモニ。砂利盗人ですわ。
大樹　砂利はあなたのものですか。砂利にサインしてるんですか、判子押してるんですか。
信吉　屁理屈ぬかすな！
哲男　こっちが（信吉）正しい。
大樹　あなたたちは、なんなんですか？　なぜ、わたしを毛嫌いするんですか。裏でこそこそ、盗人呼ばわりして……（信吉に）あなただって、段ボール拾いしてます、ただで……。
信吉　おれは町の……ためになる。
大樹　なんの？
信吉　美観を保つ……。
美花　苦しいよぉ……。
大樹　おなじ韓国人じゃないですか。なんで祝福してくれない？
信吉　あんたらと、わしら「在日」は似て非なるもんや。いっしょにすな。
大樹　どこがどう、違うんですか。

信吉　わしらが日本でどんだけ辛酸舐めさせられたか、わからんやろ。
大樹　わかりません……あなたがなぜ太っているかとおなじぐらい、わかりません……。
信吉　じゃかまし！
哲男　議論はもうえぇ！　問題は静ちゃんの、おれに対する気持ちや。
静花　……。
哲男　答えてくれ、静ちゃん……。
静花　やめて！　梨花の前で……。
梨花　あたしのことなら、おかまいなく。もう別れるつもりでおるから。
英順　梨花！
梨花　なんぼとめても、無駄！
静花　……。
哲男　聞かせてくれ……ほんまの気持ち、聞かせてくれ、静ちゃん……。
大樹　行きましょう。こんなひとたちと関わるのは、よくないです。

と、静花の手を引く。

哲男　ほんまにえぇのか？　このまま、この男といっしょになって、それでえぇのか。

と、負けじと手を引く。

静花　痛い……放して……。

　　　　静花の手を引っ張りあう哲男と大樹。

大樹　手を放せ！
哲男　おまえが放せ！
英順　やめなはれ、あんたら！　ふたりとも、手放して！

　　　　おろおろする信吉……。

大樹　わたしのほうが静花さんを愛してます。
哲男　おれや。
大樹　わたしです。
静花　やめて！　痛い！
英順　放しなはれ！　放したほうが愛してる。それでどや！
大樹　放せ！
哲男　ぜったい放さん！

　　　　大樹が哲男の頬に強烈なフックをかます。
　　　　どっと床に倒れる哲男。

大樹　（韓国語で）頭おかしい！

哲男、大樹に飛びかかる。
床を転げる哲男と大樹。
美花、ケーキを持って、右往左往する。
冷ややかに見ている梨花……。
信吉、仲裁できずに、またもおろおろ……。

英順　やめなはれ！

大樹、哲男に馬乗りになって、パンチを入れる。
哲男、鼻血が流れる。

静花　やめて、もうやめて！

と、大樹にしがみつく。
大樹、荒い息で手を止める。

静花　なんで！　なんでやの！　なんで、こんなときに、そないなこと言いだすの！

哲男　おれは北へ行く。

驚く静花たち……。

哲男　昨日、手続きしてきた……。
静花　梨花には？　梨花には話した？
哲男　……。
梨花　聞いてない……寝耳に水や……。
静花　なんで、そないな大事なこと、梨花に話さんの。
哲男　話したかて、無駄やろ……。
静花　阿呆！

哲男、静花の足元に土下座して、

哲男　お願いや、静ちゃん……おれといっしょに北に行ってくれ。
静花　行かれん……。
哲男　頼む。
静花　お門違いや。あんたには梨花がおる……。
梨花　もうえぇ！　もうこれ以上、あたしのこと、気つかわんで！　よけい傷つく！
静花　……。

梨花　わかってた！　ずっとお姉ちゃんのこと、好きやって、わかってた！
静花　……。
哲男　（すすり泣いて）堪忍してくれ……おれには……おれには静ちゃんが必要なんや
……。
梨花　……。
静花　勝手なこと、言わんといて……。

哲男、静花の足にすがりつく。

哲男　頼む……。
静花　放して、哲ちゃん……。
哲男　おれの、この……胸の穴……埋められるんは、静ちゃんだけなんや……。
静花　……。
哲男　頼む……。

哲男、静花の足にすがったまま、泣き始める……。

哲男　（泣きながら）頼む……。
静花　……。
哲男　……。

静花、哲男の背中を叩きながら、

静花 ほんま、だめなひとやな、あんたは……。

梨花 ……。

美花 ……。

英順 ……。

信吉 ……。

大樹 あの……わたしの立場はどうなったんでしょう……?

美花 (大樹をにらんで)……。

大樹 ……。

静花 ほら、立って。

静花、哲男の腕を引く。

哲男 ……。

静花、哲男を椅子に座らせる。

静花、足を引きずりながら、調理場に入って行く。

大樹 婚約の話は……。

美花　（韓国語で）うるさい。帰って、帰って。
大樹　……。

龍吉が失った腕の付け根をさすりながら、店の前に来る。

龍吉　ヨボ！

英順、そそくさと入り口に出て、

英順　（韓国語で）時生は？　どないなりました？

龍吉、路地に向かって、

龍吉　時生！　時生！

と、呼ぶ。
のろのろと時生が歩いて来る。

龍吉　（韓国語で）留年せんとならんかもしれん……。
英順　（韓国語で）中学で留年やなんて……。

龍吉　（韓国語で）それが嫌なら、公立に替われって……義務教育やから、どんなに休んでも、卒業させてくれるそうや。
英順　（韓国語で）時生を体《てい》よう、放り出すつもりですか……。
龍吉　（韓国語で）進学校や。うるそう言《ゆ》うのも、しかたない……。
英順　（韓国語で）あんたは？　あんたはなんて答えたんですか。
龍吉　（韓国語で）留年させてくれって……。
英順　（韓国語で）アイグ……この子を、ひとりぼっちにさせるんですか……。
龍吉　（韓国語で）せっかく受かった学校やないか……来年なったら、あれも気持ちが変わるかもしれん……。
英順　（韓国語で）時生は……？　留年してもかまわんって……？
龍吉　（韓国語で）あの調子や……。

と、時生を振り返る。
時生、ぐずぐずしている。

英順　時生、早《はよ》う、店の中、入り。寒いやろ……。
龍吉　……。
英順　（韓国語で）アイグ、かわいそうに……留年なんかしたら、もっといじめられる……。
龍吉　（韓国語で）この日本で、わしらは闘《たたこ》うていかなならん。いじめぐらいで、へこたれてどないする……。

英順　……。

美花が顔を出す。

美花　時生、ケーキあるで。
時生　……。
美花　早《は》よ、入り。

時生、向かいの長屋にかかった梯子をのぼって行く。

美花　どこ、行くの？

英順、龍吉、不吉なものを感じて……。

英順　時生！
龍吉　なにしとるんや、時生！
美花　……。
英順　戻って来なはれ！
龍吉　時生！

トタン屋根の上に、のぼって行く時生。
何事かと信吉たちも、のぞきに行く。
英順、はらはらして、梯子の下まで行く。

時生　（じっと地面を見つめている）……。

静花が薬箱を持って、戻って来る。

静花　（ただならぬ雰囲気に）……。

静花も、外をのぞきこむ。

英順　降りておいで、時生……もうちょっとしたら、晩飯や……早《はよ》う……。

時生、ぽんと身を翻して、トタン屋根の向こうに落ちていく。
美花、悲鳴をあげる。
静花、薬箱を落とす。
ばらばらと飛び散る薬……。
信吉、哲男、大樹、表に飛び出して行く。

英順　（凍りついて）……。

龍吉　時生ー！

　龍吉、路地を走りだす。

　追いかける哲男、信吉、大樹……。

英順　（叫んで）アイゴー！

　と、地面に突っ伏す。

　飛行機が英順の嘆きをかき消すように、飛び去って……。

　急速に暗転……。

5

一九七〇（昭和四十五）年。

夏。夜に近い夕。

花火が炸裂する音が聞こえる。

縁台が出され、団扇片手の龍吉が涼んでいる。

入り口で、花火を見上げている美花。

座敷で、信吉、阿部、佐々木がホルモンを焼いている。

そのそばで首を振っている扇風機。

カウンターの中に、むっつりした顔の英順。

ラジオから三波春夫が歌う「世界の国からこんにちは」が流れている。

美花　（韓国語で）花火、きれいやで、オモニ。

英順、ラジオを切って、ぷいと調理場の中に入って行く。

美花　……。

信吉　まだ尾引いてんのか……。

美花　いつまでも、めそめそしてても、しゃあないのに……。
信吉　自分のお腹痛めた子や……気持ちはようわかる。

と、自分の腹を撫でる。

美花　経験者みたいに言《ゆ》てから。チョンガ（独身）のくせに。
信吉　うるさいわ。
阿部　焦げる、焦げる。
佐々木　今夜は、僕らのおごりです。じゃんじゃん食べてくださいや。
美花　気前えぇな……どないしたん？
阿部　信吉さんより、ひと足先に、わしら、ここ、出ることに……。
佐々木　しばらく顔出されません。
美花　売ったの、土地？
阿部・佐々木　……。
美花　それで、懐、あったかいんや。
阿部　雀のお涙ですわ……圧力かけてきやがって……出て行かなしゃあない。
佐々木　（棒読みで）うすうす国有地と承知してたんですけれど、空き地に「国有地につき立入禁止」っちゅう立て看板見ると、あぁ、やっぱりここは国有地やったんやなぁと思いました。
阿部　子どもの作文か？

佐々木 しみじみ、そう思たんです……。

信吉 わしんとこにも、なんべんも来よる……（美花に）ここは？　ここには来んのか、市の職員？

美花 ちょくちょく、顔見せるけど……お父ちゃん、ぜったい立ち退かんて……。

信吉 そら、愛着あるやろ。二十五年……二十六年か……ずっと、ここに住んでんやから……なんべんも土地を取り上げられそうになったで、わしら……火事が出たら、ここらはすぐ丸焼けや……そうすると、航空局の人らが飛んで来て、立ち入り禁止の札立てて、鉄条網張りめぐらしよる。けど、そのたんび、潜りこんで、柱立てて、トタン屋根張って……インスタント・バラックや……必死で守ってきた。

美花 お父ちゃん、この土地、買《こ》うたって……。

信吉 登記しとらんかったら、みんな国有地になる。なんぼ自分の土地やって主張したかて、無駄や。

美花 ……。

信吉 国が払い下げてくれるっちゅうなら、買いたいぐらいいや。

佐々木 そないな金、ありませんやろ。

信吉 気持ちや、気持ち……ここにはな、わしらの思い出と歴史が染みついとるんや……。

　　龍吉、入り口に立って、

龍吉 （韓国語で）ちょっと出かけてくる。

美花　（韓国語で）どこ、行くの？
　　龍吉、答えずに、路地を歩いて行く。
美花　（韓国語で）お父ちゃん！　ちょっと待って！
　　龍吉が戻って来る。
龍吉　（韓国語で）なんや……。
美花　（韓国語で）もうすぐ来るから……。
龍吉　……。
美花　（韓国語で）会《お》うてくれる約束でしょ。
龍吉　……。
　　龍吉、縁台に腰をおろす。
　　花火の音がする。
龍吉　（花火を見上げて）……。

梨花、日白、大樹が来る。

美花　おかえり。

日白と大樹、龍吉に頭を下げる。

龍吉　（韓国語で）万博おもしろかったか？

大樹・日白　（声をそろえ）イエー（はい）。

梨花　ごっつい人で……疲れたわ。

梨花、店の中に入って行く。

後ろをついて行く日白と大樹。

佐々木　（興味津々で）どうでした？　どうでした？

信吉　行列すごかったやろ、万博。

梨花　アメリカ館なんて、三時間待ち。

佐々木　月の石、目あてですね、きっと……僕も見たいなぁ……。

阿部　待ったんですか、三時間も？

梨花　まさか……アメリカ館のかわりに、アブダビ館、入った。

信吉　どこや、それ？

大樹、万博のペナントを振る。

信吉　そら、旗やない、ペナント。壁に飾るんや。

大樹　……？

美花、店の中に入って来て、

美花　なんで、大樹さんまで？　いっしょに行ったの？

梨花　誘うてない。勝手についてきた。

大樹　わたし、いま、「クリープを入れないコーヒーなんて」という気分です……。

日白　信吉さんにお土産あります。

と、バッグから取り出す。

信吉　すまんな、わしだけ……。

日白　わたしたち、親戚……特別。

信吉　おおきに、おおきに。

日白、ハイウェイパトロールの人形「信ちゃん」を渡す。

信吉　なんや、これ？
日白　「信ちゃん」です。「信吉」さんとおなじ名前。
阿部　（笑いながら）ボンネットに「EXPO '70」のマークありまっせ。こら、えぇ記念になる。
信吉　タイヤがない……。
阿部　借金のかたに売ったんやないですか。
信吉　……。

長谷川が路地から来る。

長谷川　（お辞儀して）……。
龍吉　……。

美花、入り口に立って、

美花　入って、入って。

長谷川、中に入って行く。

美花　（調理場に向かって）オモニ！　オモニ！

信吉、大樹と日白を手招きして、

信吉　こっち、座って。いっしょに。

佐々木　別会計でお願いします。

信吉　せこいこと、ぬかすな。

大樹と日白、座敷に座る。

梨花、カウンターの中に入って行く。

英順、調理場から出て来る。

長谷川　（お辞儀して）……。

英順　……。

美花　奥で話そか。

英順　ここでえぇ……別に、つもる話、ないわ。

と、椅子に腰かける。

龍吉が中に入って来る。

龍吉　（英順に）ビール出したれ。

英順　（動かない）……。
美花　お姉ちゃん、ビール。
龍吉　（長谷川に）そこ、座って。

長谷川、椅子に腰かける。

美花　（韓国語で）お父ちゃんも、座って、ほら。

龍吉、座敷の上がり框に腰をおろす。

長谷川　アボジ、オモニ。
英順　気軽に呼ばんでほし。
美花　頭ごなしに……話、ちゃんと聞いて。
龍吉　黙って、聞いてやれ。
英順　……。
長谷川　先月、ようやく正式に離婚しました。
龍吉　……。
長谷川　僕の持っとるもん、みんな、渡して……クラブも辞めて……僕はいま、文無しです……けど、きっと美花さんを幸せにしてみせます。
龍吉　……。

長谷川　（頭を下げて）お嬢さんを、僕にください。
英順　うちゃあ、許しません。
長谷川　それは僕が日本人やからですか……。
英順　……。
長谷川　差別やないですか。
英順　うちらが差別されとる……逆や、逆。
長谷川　お願いします。
英順　先月別れたばっかりで、もう再婚しようっちゅう男、誰が信じる。
長谷川　お願いします。
英順　なんぼ頭下げたかて、許しません。

梨花がビールを運んで来る。

梨花　すぐに認めてくれって話やないやろ……ここは、ほら、ビールでも飲んで。
美花　すぐにでも入籍したいの。
梨花　なに、そんな焦ってるの。
美花　お腹の子……てなし子にするわけいかんもん。

驚く梨花たち……。

梨花　確かなん……？
美花　ちゃんと診てもろた。

英順、興奮して、立ち上がって、

英順　許しません！　お母ちゃん、ぜったい許しまへんで！
美花　初孫やで。うれしいやろ。
英順　（韓国語で）おまえは人の道、踏みはずしたんや！　恥知らずが！
美花　（韓国語で）愛を貫いただけや。
英順　（韓国語で）アイグ……なんちゅうふてぶてしい……。
美花　（韓国語で）お母ちゃんが認めてくれんでも、あたしらは結婚する。
英順　（韓国語で）出てけ！　いますぐ、出てけ！
長谷川　なにを怒ってはるんや……。
美花　韓国式の喜びの表現。
英順　阿呆ぬかせ！　出てけって言《ゆ》うとるんや！
美花　（お腹に向かって）お祖母《ばあ》ちゃん、怖いでちゅねぇ……。
英順　えぇかげんにしなはれ！
龍吉　（韓国語で）結婚させてやれ。
英順　（韓国語で）なに言《ゆ》うてるんですか、あんた……。
龍吉　（韓国語で）ふたりとも、もう大人や……自分の人生は自分で決めたらえぇ。

美花　（長谷川に）お父さんは、許してくれるって。よかったな……。
長谷川　おおきに、ありがとうございます。
英順　うちゃあ、許さん！
龍吉　（韓国語で）これが、わしの運命……おまえの八字《パルチャ》や……。
英順　（韓国語で）あんたは自分の娘やないから、そんなこと言えるんです。
龍吉　（韓国語で）美花はわしの娘や……そう思うて、いままで育ててきた。
英順　（韓国語で）うちは……うちはぜったい認めませんで！

英順、どすどす表に出て行く。

龍吉　心配せんでえぇ。いつものことや、すぐ戻って来よる。
長谷川　……。

龍吉、長谷川のコップにビールをつぐ。
長谷川、片手に片手を添えて（韓国では、目上の人に酒を注ぐとき、片手では失礼であるとして、もう一方の手を注ぐ手に添える）、

長谷川　（これでよかったかと、美花を見て）……。
龍吉　かまわん、かまわん。

長谷川、龍吉のコップにビールを注ぐ。

龍吉　古い話してえぇですか……。

長谷川　（頷いて）

龍吉　（日本語で、たどたどしく）わしは戦後、コヒャン……故郷、帰るつもりやったです……まだちっちゃかった静花と梨花と、前の女房連れて……けど、なかなか船が見つからんで……やっと見つけた船……（美花を見て、韓国語で）家財道具……。

美花　（長谷川に日本語で教えて）箪笥やら、着物やら。

龍吉　全部積んで、さぁ、出発しよう思うたら、梨花が風邪ひいてしもて……それで、一本ずらした……そしたら、全財産積んだ船がドボン……。

梨花　……。

龍吉　いつか故郷、帰るため、働いた、働いた……働いたけど、チェジュド……済州島《さいしゅうとう》で事件があった……お母さんも、お父さんも、兄さんも、姉さんも、妹も、親戚、友だち……みんな、みんな、殺されてしもた……わしの村……ひと晩で、丸ごと、のうなった……。

長谷川　……。

龍吉　それから、朝鮮戦争があって……女房が死んで……娘ふたり抱えて、またわしは働いた、働いた……それから、あれと知りおうた……。

美花　……。

龍吉　あれの村も焼かれて……（美花を指して）これ、連れて、必死で日本、逃げて来た

長谷川　……わしらふたりとも、もう帰る村がない……。
美花　……。
龍吉　あれといっしょになって……娘三人になった……わしは働いた、働いた……それから、時生が生まれて……わしはまた働いた、働いた……娘と息子のため、働いた、働いた……働いて、働いて、気づいたら、この年や……わしは、もう故郷、帰るのあきらめた……故郷は近い……けど、遠い……ものすごう遠い……。
長谷川　……。
龍吉　それがわしのインセン……人生……わしの運命……。
長谷川　……。
龍吉　娘らには、娘らの……人生がある……幸せになってほしい……わしの分も、幸せになってほしい……。
美花　……。
梨花　……。
龍吉　（頭を下げて）娘のこと……どうぞ、よろしうお願いします……。
長谷川　（も頭を下げる）……。
美花　……。
梨花　……。

静花と袋をぶらさげた哲男が入って来る。

静花　ただいま。
哲男　暑ぅ……えらい、蒸しとる……。
静花　（長谷川に）いらっしゃい。
長谷川　お邪魔してます。
静花　疲れたわ……もうびっくり。人でいっぱい。
梨花　もしかして、万博、行ってた……？

哲男、袋から「太陽の塔」の像を取り出す。

哲男　岡本太郎や。太陽の塔や。
信吉　いらんもんばっかり……。
佐々木　めっちゃ、ほしいです、僕……。
梨花　あたしらも行ってきた。
静花　会わんかったたな。
梨花　あんだけ人がおるんやもん。
信吉　猫も杓子も、万博、万博っちゅうて……。

哲男、座敷に上がりこんで、チョゴリ人形の横に「太陽の塔」を並べる。

哲男　信吉さんも行ったほうがえぇ。ごっついで～、動く歩道にモノレール……未来はもうそこって感じですわ。

信吉　北は貧窮生活らしいぞ。耐えられんのか、そんなごっついもん見て……。

哲男　（黙りこんで）……。

信吉　なんや、どないした……？

静花　帰国事業、中止になってるの……。

哲男　……。

静花　今日も気晴らしで、万博……。

哲男　すぐに再開される。日本政府も人道主義の立場から帰還を許可しとる。このまま中止されるわけない。

信吉　（皮肉）そら、帰るなっちゅうことやないか。やめんなら、いまのうちやぞ。

哲男　出鼻、くじくようなことぬかすな。

信吉　おのれのために言《ゆ》うとるんや。

哲男　（気色ばんで）よけいなお世話じゃ。

信吉　わしの親戚のところに、北に帰ったもんから手紙が届いたそうや……「北の生活は、釜ヶ崎の生活みたいにすばらしく、豊かです」って……どう考えても、きびしいってことやろ……。

哲男　あのな……。

静花・梨花　（声を合わせて）やめて！

哲男　そんな声そろえんでも……まだなんも言《ゆ》うとらん……。

梨花　誰かれのう、嚙みつくのはやめて。

静花　あんたが北に行くこと決めたんやろ。
哲男　……。
静花　人にとやかく言われても、関係ない。再開されるのを、おとなしう待つ。それでえぇやろ……そやろ？
哲男　……。
静花　返事は？
哲男　はい。
信吉　（笑って）結局、尻に敷かれとる……。
哲男　（信吉をにらんで）……。
大樹　やっぱり、静花さん……ついて行くんですか……。
静花　（頷いて）……。
哲男　……。
大樹　わたしはいったい、なんだったのでしょう……空しいです……とても空しいです……（歌って）ペプシがなければ、はじまらない……。

信吉、箸で梨花と日白を指して、

信吉　ここと、ここは、どないなってるんや……。
梨花　別に……どないも……。
信吉　再婚せんのか？

梨花　どないやろ……。

と、日白を見る。

日白　（目を伏せて）いろいろ事情……あります……。
梨花　まだちゃんとした仕事にもついとらんし……当分、無理。
信吉　養豚場は？
梨花　いまは、ケミカルシューズの貼り子やってる。
信吉　また音あげるのとちゃうのか……どんな仕事かて、きついにきまっとる。
日白　……。
哲男　こんな頼んない男で大丈夫か……。
梨花　あんたに言われとうないです。

市役所職員の高原寿美子《すみこ》（50・美根子と二役）が来る。

寿美子　失礼します。
信吉　長谷川さんの……別れた奥さん……？
寿美子　あれは姉……よう間違われるんです。けど、よう見たら、違うんですよ。姉はクレオパトラに似てるって言われてますけど、わたしは楊貴妃に似てるって言われます。
信吉　またごっつ、大風呂敷広げよる……。

阿部　でたらめも大概にせんかい。
長谷川　こんにちは。
寿美子　（長谷川をにらんで）あんた、あれ……？　やっぱり、ここの娘といっしょになるつもり？
長谷川　はい……。
寿美子　（ふ～んと、頷いて）……。
美花　なんの用ですか。
寿美子　そろそろお返事いただかないと……。
信吉　ここは売らん。帰れ。
寿美子　市としても、金銭的にも十分、誠意見せてるつもりです。ここらで、なんとか妥協してもらえませんか。
佐々木　あんなはした金で、えらそうに……。
寿美子　ちゃんと試算した結果です。文句あるなら、市役所まで、どうぞ。
佐々木　……。
龍吉　わしは、この土地、ちゃんと買《こ》うた。佐藤さんから、買うた。
寿美子　国有地を売り買いできるわけがないでしょ。阿呆らしい。
龍吉　帰れ！
寿美子　いつまでも、そんな態度やと、強制執行の手続きを取らざるをえんですよ。
哲男　守ることあるか、日本の法律なんか……自分らの都合よう、いっくらでも変えよる。
寿美子　あのね、世間ではあんたらのこと、なんて言《ゆ》うてるか、知ってますか？「盗人に追い銭」……勝手に居座った人らに、立ち退き料まで恵んでやるちゅうのはどういうことやって……。

哲男　（気色ばんで）おい！

寿美子　世間一般の意見です。

哲男　連れて来い！　その世間一般、連れて来い！

静花　やめてちょうだい。

寿美子　おたくらの承諾をえんでも、いつでも、明日にでも、ここを立ち退かせられるんです。没収です。

信吉　なに無茶苦茶なこと、ぬかしよる。

龍吉　（韓国語で）まるで石ころみたいに……右から左に、簡単に動かせると思うとるのか……わしらは人間や。あんたらと、おんなじ人間や……なんで、そんな扱い、受けなならん……。

寿美子　わたし、韓国語はわかりません。理解できません。

龍吉　帰れ！

龍吉、寿美子の腕を引っ張る。

寿美子　なに……なにするんですか……手荒な真似はやめて……。

長谷川が仲裁に入る。

長谷川　アボ……アボジ……やめましょう……いけませんて……。

おかまいなしで、ぐいぐい引っ張る龍吉。

寿美子　痛い！　やめて！　やめてちょうだい！
長谷川　アボジ、放してやってください……。

英順が来る。

英順　（韓国語で）なにしてるんですか、あんた……。

龍吉、寿美子を外に放り出す。
倒れこむ寿美子。

龍吉　帰れ！
寿美子　このことは、報告させてもらいますよ！

英順、寿美子を立たせて、

英順　すみません、すみません。堪忍してやってください。

寿美子　ほんま、おたくら、すぐに頭に血のぼるんですね。つきおうてられませんわ。
長谷川　ここはよしみで……大目に見てやってください……。
英順　堪忍してください。悪気はなかったんです。
龍吉　なんであやまる！　わしらの土地をむしりとろうとしとるんや！
寿美子　国有地です！

龍吉、激昂して、自分の失った腕を叩いて、

龍吉　（韓国語で）戦争に無理やり狩り出したんやないか！　土地を奪うんやったら、この腕を返せ！　わしの腕を返せ！　いますぐ返せ！
英順　（韓国語で）あんた、もうやめて……。
寿美子　わけわからん。

寿美子、そそくさと帰って行く。

龍吉、その背中に向かって、

龍吉　わしから、なんもかんも取り上げるつもりか！

英順、龍吉を抱きとめて、

英順　（韓国語で）あんた、もうやめて！
龍吉　返せ！　わしの腕、返せ！　それから……わしの……息子……返せ……。

龍吉、ずるずると崩れ落ちて、英順の足元で嗚咽する……。

英順　……。
龍吉　……。
英順　（韓国語で）あんた……ほら、入りましょう……。

英順、龍吉を立たせようとして、しゃがみこむ。
英順、龍吉、抱き合う形になる。

花火が炸裂する。
見上げる龍吉と英順……。

英順　（韓国語で）きれいでっせ、あんた……。
龍吉　……。
英順　（韓国語で）あんた……うちはまだまだがんばれまっせ。今夜にでも、息子、つくりましょか。
龍吉　（うんうんと頷いて）……。

美花、入り口に立って、

美花　三番……金田美花……無事、出産を祈って、韓国民謡を歌わせていただきます。

賑やかに演奏を始める阿部と佐々木。
歌い始める美花。
踊りだす日白、大樹、信吉……。

日白、梨花の手を引く。
哲男も静花の手を引く。
不器用に踊りだす梨花と静花、哲男……。

長谷川も踊りに加わる。
長谷川のわけのわからない踊りを笑う美花……。

英順と龍吉も中に入って来る。

美花が歌いながら、ふたりを押して、踊りの輪の中に入れる。

踊りだす英順と龍吉……。

花火の音が高まって、溶暗……。
闇の中で、工事の音が響く……。

6

一九七一（昭和四十六）年。
春。朝。
「焼肉ドラゴン」は半分、瓦礫と化している。
その前に、龍吉と英順……。
荷物を積んだリヤカーが止まっている。
遠くで工事の音がする。
感慨深げに立ちつくす龍吉と英順……。
トランクを持った哲男と静花、日白と梨花、大樹、信吉が奥から来る。

哲男　アボジ、おれら、電車の時間があるんで、そろそろ……。
龍吉　（頷いて）
英順　（静花に）ハンカチ持ったか。
静花　持ちました。
英順　鼻紙は？
哲男　小学生が遠足に行くんやないんやから。
英順　風邪薬、持ったか？
静花　（頷いて）
英順　北はここより、ずいぶん寒いらしい……体に気つけるんやで……。
静花　（頷いて）
英順　向こうについたら、すぐ手紙書くんやで……。
静花　（涙がこぼれる）……。

英順、涙を拭ってやって、

英順　これで一生、会われんわけやない……。
静花　……。
哲男　社会主義建設に貢献したら、その褒美で日本にも帰って来れますわ。
信吉　北がそれだけすばらしい国やったら、なんで総連の連中は、もろ手を上げて、帰らんのや。「地上の楽園」ちゅうのは、誇大広告にもほどがあるやろ。

哲男　最後なんやから、心よう送り出せんのか、おのれは……。
信吉　結局、わしら、「在日」……北に利用されるだけや。
哲男　そら、韓国かておんなじこっちゃ。六年前の日韓会談で結ばれた在日韓国人の地位協定（日韓法的地位協定）がも少ししっかりしてたら……朴《ぱく》正《ちょん》煕《ひ》は日本から金引き出すことばっかりで、これっぽっちも「在日」のこと、考えとらんかった……「在日」は外交交渉のための単なる手駒や……「地位協定」のおかげで、「在日」にきっぱり、はっきり、三十八度線が引かれよったんや……。
日白　韓国のこと、悪く言うのはやめてください。
梨花　あたしら、これから、韓国行かなならんのよ。
英順　あんたらまで、行ってしまうとはな……。
梨花　（日白を見て）……。
日白　すみません……父の調子が悪いです……。
梨花　言いわけやから、これ。
日白　……。
梨花　三男のあんたがなんで、アボジの面倒見んの？
日白　すみません……言いわけです……。
哲男　軽いな〜、こいつ……。
信吉　日本が嫌で、とうとう逃げ出すか？
日白　違います。
梨花　ほんまは、そうでしょ。

日白　そうです……。

哲男　大丈夫か、こいつについて行って……。

梨花　このひとには、あたしが必要なの……あんたに、わかる？

哲男　のろけか、それは……。

梨花　……。

哲男　……。

日白　すみません……わたし、故郷を捨ててきたのに、故郷のことばかり、想います……（韓国語で）ちょうど今頃は、田んぼのあぜ道に、たんぽぽが咲いて……あぜ道の横には、雪解け水が勢いよく流れて……かささぎが飛んで……そんなありふれた風景が、懐かしくてたまりません……。

英順　（梨花に）やってけるか？　あんたにとっては、外国みたいなもんやろ。

梨花　大丈夫、大丈夫。

英順　韓国語のひとつも喋れんのに……。

梨花　お母ちゃんかて、日本に来たとき、日本語喋れんかったんやろ。

英順　……。

梨花　ジェスチャーもある……悪い言葉も、ようけ覚えた……いける、いける……イノムチャシ、イケェセッキ……。

梨花、ずらずらと悪い言葉を並べる。

英順　もうえぇ。

お腹が大きくせり出した美花と長谷川が来る。

美花　あぁ、しんど……。
静花　駅の待合で待ってたらえぇのに……。
英順　（韓国語で）冷えると、お腹の子にようない。
長谷川　どうしてもって言《ゆ》うんで……。
美花　もうほら、うちの店見るのも、最後やと思て……（店を見て）あら〜、もうこんなな
ってしもたん……。

英順たち、瓦解した店を見つめて……。

美花　さびしいなぁ……。
梨花　潰してしもたら、案外、狭い……。
哲男　信吉さんとこは？
信吉　うちは、すっかり平地や……。
静花　ここも、もうすぐ平地になってしまうんやねぇ……。
龍吉　二十七年、ここに住んどった……この狭い場所で、泣いたり、笑《わろ》うたり……。
英順　……。

美花　離婚する、せん、で揉めたり、揉めたり……婚約する、せんで、揉めたり、揉めたり……。

梨花　自分のことは？　あんたが一番、厄介やったのとちゃうの？

長谷川　すんません。

梨花　長谷川さんがあやまることないです。

静花　ほんま、いろんなことあった……。

梨花　……。

静花　きっと、うちらがここで泣いたり、笑《わろ》たりしたこと、十年先、二十年先には、忘れられてしまうんやろな……。

日白　ここ、これから、なにになるんですか？

哲男　公園や……ここら、全部、きれいな公園に生まれ変わるそうや……。

感慨深げに見つめる英順たち……。

美花　ところで、なんで、ここに大樹さんがおるの……？

大樹　……。

梨花　あきらめられんのやろ、お姉ちゃんのこと……。

大樹　……。

哲男　未練がましいの。

大樹　あなたに言われたくありません！

英順　あんたは？　これから、どうすんの？
大樹　日本で暮らします……。
英順　韓国には？　帰らんの？
大樹　……。
信吉　あんた夜逃げして、日本に渡ってきたんやろ。同郷の奴から聞いたで。
大樹　……。
信吉　えらい借金こさえて、もう韓国には帰れんのやろ。
大樹　……。
美花　どっこも行き場所ないの……？
大樹　いつか、わたしも故郷に帰ります……日本で大金つかんで……なんやかんや言ってもですね、金がもの言う世の中ですわ。やったぜ、ベイビー、オー、モーレツで、日本中の川原、掘って掘って、掘りまくってみせます。
哲男　いつかつかまりよる……。
静花　（頭を下げて）どうぞ、お元気で……。
大樹　静花さんも……。

静花、手を差し伸べる。
大樹、静花に抱きつく。

大樹　やっぱり、好きです。

静花　ごめんなさい……。

と、すっと離れる。

大樹　……。
哲男　これ、あんたに。

と、大樹に袋を渡す。

大樹　なんですか？
哲男　あんたには、いろいろ迷惑かけたから……。

大樹、袋から「太陽の塔」を取り出す。

大樹　……。
哲男　それ見て、わしらのこと、思い出してくれ。
大樹　……。
梨花　（美花に）あんたは日本におるから、お父ちゃんらのとこ、ちょくちょく顔出せるやろ。
美花　無理やわ、長谷川さんとこに同居してんやもん……。

龍吉　わしらのことは、なんも気にすることはない。
美花　（腹を撫でて）これやし……このひと、帰って来るの遅いし……。
信吉　まだクラブに？
長谷川　スナック出したんです、ちっちゃい店ですけど……。
美花　宣伝、宣伝。

長谷川、哲男たちに名刺を配り始める。

美花　ちょっと、あんた、北に行くひとに配ってどないするの？
哲男　記念にもろとく。
長谷川　日本に帰ったら、寄ってやってください。
哲男　（頷いて）……。
大樹　（韓国語で）「焼肉ドラゴン」は？　もうやらないんですか。
龍吉　（韓国語で）いまんところ、無理やな……。
大樹　（韓国語で）また始めたら、知らせてください。わたし、かならず行きます。
信吉　（韓国語で）わしも駆けつけまっせ。
龍吉　……。

阿部と佐々木が路地の入り口に顔を出す。

阿部　もうすぐ時間でっせ！

佐々木　僕ら、駅のホームで見送りさせてもらいます！

　　と、賑々しく演奏しながら、去って行く。

信吉　わしら、先に行っとります。

大樹　わたしは、静花さんといっしょに……。

　　信吉、大樹を引っ張って行く。

　　静花と英順、抱き合って……。

　　英順と梨花、抱き合って……。

　　静花と梨花と美花、抱き合って……。

　　静花と龍吉、抱き合って……。

　　龍吉と梨花、抱き合って……。

龍吉　哲男さん、日白《いるべく》さん、長谷川さん、どうぞ、娘のこと、よろしうお願いします。

　　龍吉と英順、深々と頭を下げる。

哲男、日白、長谷川も神妙に頭を下げる。

哲男　ほな、行こか。

立ち去りがたい静花、梨花、美花……。

英順　ほれ、早《は》よ行きなはれ。
静花　……。
梨花　……。
美花　……。
英順　ばらばらになったかて、うちら家族はつながっとる。それ、忘れたら、あかんで……。
静花　……。
梨花　……。
美花　……。

飛行機が通り過ぎて行く。
複雑な思いで見つめる英順たち。

龍吉　時間や……さ、早《はよ》う行け。

去って行く静花と哲男……梨花と日白……。

美花　見送りは？

龍吉　（首を振って）……。

英順　……。

長谷川　ほな、僕ら、見送ってきます。

龍吉　（頷いて）……。

長谷川、美花を庇うようにして、歩きだす。

英順　気つけて行くんやで。

美花　わかってる。

長谷川　子ども、生まれたら、すぐお知らせします。

英順　（頷いて）……。

龍吉　……。

美花と長谷川、去って行く……。

龍吉と英順、ふたりだけが取り残される……。

龍吉　……。

英順　……。

時生がトタン屋根の上に、姿を現す。

時生　そないして、僕ら家族はばらばらになりました……そないして、「焼肉ドラゴン」はのうなりました……僕の町はのうなりました……僕はこの町が嫌いでした。この町に住む人々が嫌いでした……おっちゃんらは、昼前にはべろべろで……そんで、おばちゃんらは、ろくでなしの亭主をこきおろしながら、共同水道のまわりで一日過ごして……路地には、子どもらの笑い声と泣き声とわめき声があふれ、おっちゃんとおばちゃんが怒鳴りあう声が、きゃんきゃん響いて……とにかく朝から晩まで騒がしいて……そんな町が嫌いでした……けど、僕はいま、走馬灯のように、のうなった町のことを……あのあたたかく、賑やかだった町のことを……町の人たちのことを……僕の家族のことを思い出します……夕暮れに燈る「焼肉ドラゴン」の赤提灯や……雨の日、水浸しになって、うんこがぷかぷか浮かぶ路地や、鉄錆の匂いがした共同水道や、風にぱたぱた鳴るトタン屋根や、トタン屋根の上から見た空の色や……そんなささやかな、ひとつひとつを思い出します……僕はほんまは、あの町が好きでした……あの町の人たちが好きでした……お父ちゃんが、お母ちゃんが、静花姉ちゃんが、梨花姉ちゃんが、美花姉ちゃんが、哲男さんが、信吉さんが……みんな、みんな好きでした……。

英順　（韓国語で）うちらふたりだけですな……。
龍吉　（韓国語で）故郷と、故郷の家族を捨てたときから、わしらは故郷と家族に見放されてしもた……。
英順　（韓国語で）すすんで捨てたわけやないです。
龍吉　（韓国語で）それがおまえの八字《パルチャ》で、わしの運命や……。
英順　……。

桜がひらひら舞い始める……。

英順　（韓国語で）あんた、桜が……。
龍吉　（韓国語で）わしらを祝福してくれとる……。
英順　……。
龍吉　（韓国語で）あれはちょうど二年前や……あのトタン屋根に、時生がおって……わしがのぼって行ったら、トタン屋根がずっと続くのが見えて……桜がトタン屋根に、雪みたいに降って……ボロ長屋が桃色長屋に変わっとった……。
英順　……。
時生　……。
龍吉　（韓国語で）店からは賑やかな歌声が聞こえて……春で……夕で……みんな、おって
英順　……。

時生　……。

龍吉（韓国語で）あれはまるで遠い、遠い夢のようや……。

英順（滂沱の涙を流し）……。

時生（もおなじく）……。


桜が風に舞う……。


龍吉（韓国語で）春の風に桜が舞《も》うとる……えぇ心持ちや……こんな日は、明日《あした》が信じられる……たとえ、昨日《きのう》がどんなでも、明日はきっとえぇ日になる……。

英順　……。

時生　……。

英順（韓国語で、明るく）あんた、ほな、行きましょか。

龍吉（韓国語で、明るく）あいよ、お母ちゃん。


英順、リヤカーの後ろに乗る。


龍吉（韓国語で）押すんやないのか。

英順（韓国語で）うちは足が悪いんです。

龍吉（韓国語で）いつからや？

英順（韓国語で）ほら、さっさと行きましょ。

龍吉、リヤカーを引いて行く。
桜が雪のように降り続け……。
英順、客席に向かって、手を振って……。
時生もちぎれんばかりに手を振って……。
桜は降り続け……。
桜吹雪の中、龍吉、ゆっくり、ゆっくりリヤカーを引いて……。
やがて、桜の中に消えて行って……。
ゆっくりと溶暗……。

（幕）

『焼肉ドラゴン』

初演＝右ページ（二〇〇八年四月十七日、新国立劇場）

再演＝左ページ（二〇一一年二月七日、新国立劇場）

撮影＝谷古宇正彦

右から
千葉哲也
朱仁英
粟田麗
若松力
高秀喜

高秀喜
申哲振
若松力

千葉哲也
朱源実
笑福亭銀瓶
朱仁英
粟田麗
高秀喜
申哲振

若松力
申哲振

公演記録

日韓合同公演『焼肉ドラゴン』

協力＝芸術の殿堂（ソウル・アート・センター）／後援＝駐日韓国大使館 韓国文化院
二〇〇八年四月十七日(木)～二十七日(日)／新国立劇場小劇場［THE PIT］
二〇〇八年五月二十日(火)～二十五日(日)／芸術の殿堂（ソウル・アート・センター）トウォル・シアター

作＝鄭義信
翻訳＝川原賢柱
演出＝梁正雄／鄭義信

キャスト
金龍吉＝申哲振
高英順＝高秀喜
金静花＝粟田麗
金梨花＝占部房子
金美花＝朱仁英
金時生＝若松力
清本（李）哲男＝千葉哲也
長谷川豊＝笑福亭銀瓶
尹大樹＝朴帥泳
呉信吉＝朱源実
呉日白＝金文植
高原美根子＝水野あや
高原寿美子＝水野あや
阿部良樹＝朴勝哲
佐々木健二＝山田貴之

美術＝島次郎
照明＝勝柴次朗
音楽＝久米大作
音響＝福澤裕之
衣装デザイン＝出川淳子
ヘアメイク＝川端富生
方言指導＝大原穣子
擬闘＝栗原直樹
振付＝吉野記代子
演出助手＝趙崔孝貞、趙徳安
舞台監督＝北条孝

再演

二〇一一年二月七日(月)～二十日(日)／新国立劇場小劇場［THE PIT］
二〇一一年三月九日(水)～二十日(日)／芸術の殿堂（ソウル・アート・センター）トウォル・シアター
二〇一一年四月九日(土)～十日(日)／兵庫県立芸術文化センター　阪急中ホール
二〇一一年四月十六日(土)～十七日(日)／北九州芸術劇場　中劇場

作・演出＝鄭義信
翻訳＝川原賢柱

キャスト
金龍吉＝申哲振
高英順＝高秀喜
金静花＝粟田麗
金梨花＝占部房子
金美花＝朱仁英
金時生＝若松力
清本（李）哲男＝千葉哲也
長谷川豊＝笑福亭銀瓶
尹大樹＝朴帥泳
呉信吉＝佐藤誓
呉日白＝金文植
高原美根子＝水野あや
高原寿美子＝水野あや
阿部良樹＝朴勝哲
佐々木健二＝山田貴之

美術＝島次郎
照明＝勝柴次朗
音楽＝久米大作
音響＝福澤裕之
衣装デザイン＝出川淳子
ヘアメイク＝川端富生
方言指導＝大原穣子
擬闘＝栗原直樹
振付＝吉野記代子
演出助手＝趙徳安
舞台監督＝北条孝

パーマ屋スミレ

登場人物

高山《たかやま》(高《こ》)洪吉《ほんぎる》(70)
高山《たかやま》(高《こ》)初美《はつみ》(48)　洪吉の長女
高山《たかやま》(高《こ》)須美《すみ》(45)　次女
高山《たかやま》(高《こ》)春美《はるみ》(40)　三女
張本《はりもと》(張《ちゃん》)成勲《そんふん》(46)　須美の夫
張本《はりもと》(張《ちゃん》)英勲《よんふん》(42)　成勲の弟
大村《おおむら》茂之《しげゆき》(55)　初美の内縁の夫
大杉《おおすぎ》昌平《しょうへい》(41)　春美の夫
大吉《だいきち》(15)　初美の息子(少年期)
大大吉《だいだいきち》　初美の息子(中年期)
木下《きのした》(李《り》)茂一《もいち》(38)　坑夫
若松《わかまつ》沢清《さわきよ》(30)　坑夫

「筑豊のところどころに「アリラン峠」という地名が残る。（中略）その多くは炭鉱の中心部から離れた山あいである。一九一〇年の日韓併合以後、日本国内の労働力不足を補うために、募集という名の徴用や強制連行で多くの朝鮮人たちが日本に連れてこられた。統計によると、一九四五年三月の時点で、九州・山口各県炭鉱の朝鮮人労働者は七万九千七百二人、全労働者二十九万千七百五人の二七％を占めるが、しかし、これは九州・山口の炭鉱だけに限っての数字であり、それ以外の地域や炭鉱以外の業種、そして死者も含めれば、その数はさらに増大する。また朝鮮人労働者のすべてが強制連行の犠牲者であったと言わないにしても、「一九四五年九月三菱方城、朝鮮人四百七十九人帰還で入坑率四十二・四％に低下」（筑豊石炭礦業史年表）というできごとを見ただけでも、いかに朝鮮人を日本の地底に縛りつけていたかがわかるだろう」（『ボタ山のあるぼくの町　山口勲写真集』海鳥社）

戦後、多くの朝鮮人たちは帰国して行った。しかし、さまざまな事情で帰らなかった人々、帰れなかった人々……「アリラン峠」はそういった炭鉱で働らかされた朝鮮人たちの末裔たちが住む集落であり、「アリラン」の歌詞にあるように「越えるに越えられない」象徴そのものであったのだ……。

九州、有明海を見下ろす場所にある「アリラン峠」。

バラックが山の斜面にひしめき合い、肩を寄せ合っている。

「アリラン峠」をのぼりつめた場所に、「高山《たかやま》厚生理容所」はある。

理容所と言っても、床屋椅子がひとつあるだけ。

店の中でまわっている扇風機、レジスター、タオルを蒸らすための蒸し器……等々、どれもこれも古ぼけている。

待合のソファもすっかり擦り切れ、炭坑夫たちが座るせいか黒ずんでいる。


店の奥が住居につながっている。

裏口で、とりこみ忘れたタオルが風に翻っている。

店先に、赤白青のサインポールの通称「あめんぼう」。


向かいに倉庫兼駐車場があり、うず高く積み上げられた屑鉄の山が見える。

路地に、共同便所。

そのそばに、手漕ぎポンプ。


近くに豚小屋があるらしく、たえず豚の声と匂いが漂ってくる。

1

一九六五年、夏、夕暮れ。

遠くで祭囃子が聞こえている。

高山（高《こ》）洪吉《ほんぎる》（70）が、まるで置物のように待合のソファに腰かけ、居眠りしている。

ラジオから流れる懐かしの歌謡曲。

洪吉の耳が遠いのか、ラジオから流れる歌謡曲は大ボリュームだ。

洪吉の孫の大吉《だいきち》がやって来て、そっとラジオのボリュームを下げる。

孫と言っても、どう見ても中年親父だ。

（これから先、まぎらわしいので、少年は「大吉」、中年親父は「大大吉」と呼ぶことにする）

大大吉　時々、あの町の夢を見ることがあります……決まって夏で、夕暮れで……少年のわたしは、三輪トラックの荷台に乗って、海に沈んでいこうとする真っ赤な夕陽を見つめています……三輪トラックはまっ黒な排気ガスをまき散らしながら、くねくね曲がる山道をのぼって行って……やがて、あの町に……「アリラン峠」と呼ばれるあの町にたどりつくのです……バラックが肩寄せ合い、朝鮮人と日本人が肩寄せ合い、人と豚の糞の匂いがするあの町……時代は東京オリンピックの翌年の一九六五年……なにもかもが大きく変わろうとしていました……それでも、あの町だけは時を止めたかのように、昔のまんまで……豚を飼い、猫の額の畑を耕し、井戸から水を汲みあげ……「アリラン峠」をずっと下って行くと、炭鉱の社宅の、「炭住《たんじゅう》」があり、それなりに商店街もあるのですが、ここには、この床屋が一軒と、雑貨屋が一軒あるだけ……そこで、ほら、うたた寝しているのが、わたしのハルベ……祖父ちゃんです……祖父ちゃんも昔は、炭鉱に勤めていました。けれども、その頃の話はしたがりません……戦後、炭鉱で働いていた多くの朝鮮人たちは祖国に帰って行きました。けれど、さまざまな事情で帰らなかった人々、帰れなかった人々……「アリラン峠」はそんな朝鮮人たちと、貧しい日本人たちが住む町です……少年のわたしは、あの町を離れることを、いつも夢に見ていました……どこか遠くに、できるだけ遠くに行きたいと願っていました……もうすぐ少年のわたしが、ここにやって来ます。

クラクションの音がする。

大大吉　ほら、三輪トラックが坂道を上がって来る音がしてきました。

「アリラン峠」を越えて、三輪トラックがやって来る。

店の前に到着する三輪トラック。

運転席に、張本《はりもと》（張《ちゃん》）英勲《よんふん》（通称・英《ひで》しゃん・42）。

荷台に、大吉（15）。

大大吉　少年のわたしは、ちょっと小太りです。

大吉　（身をくねらせながら）おばしゃ〜ん！　須美《すみ》おばしゃ〜ん！

と、奥に向かって叫ぶ。

大大吉　そして、ちょっとおかまっぽいです。

大吉、荷台から優雅に飛び降りる。

大吉　浴衣、浴衣！

須美の声　わかってる！

運転席から降りて来る英勲。

英勲、足を引きずっている。

大吉　（洪吉に）ハルベ！　ハルベ！

右耳に向かって、

大吉　ハルベ！
洪吉　（ようやく顔を上げて）……。
大吉　やかましか、ラジオ！
洪吉　……。
大吉　ラジオ！　うちんデリケートな鼓膜が破れるったい！
洪吉　（頷いて）……。

洪吉、ラジオを切る。

英勲　（洪吉に、小さく会釈して）……。
大吉　（待ちきれずに、声を張り上げて）須美おばしゃ〜ん！　須美おばしゃ〜ん！

高山須美（45）が浴衣を持って、奥から出て来る。

須美　わかっとぉ。キャンキャン、犬んごたる。やかましか。

大吉、須美から奪うように浴衣を受け取り、着替え始める。

大吉　そして、これが少年のわたしが愛してやまなかった須美おばさんです。

須美、大吉の尻を叩いて、

須美　なんね、あんたは……先に、お礼ば言わんね、英しゃんに。送り迎えばさせて……あんたん専属運転手やなか。
英勲　休みで、暇しちょったけん。
大吉　運転、だご（超）うまかよ、英しゃん。足が悪かとに、こん坂ばすーすーのぼってきたっぱい。
英勲　（自分の足を叩いて）運転とこいは関係なか。
大吉　うち、惚れ直したばい〜い。
英勲　（苦笑い）……。

須美、店の冷蔵庫から麦茶を取り出して、コップに注ぐ。

大吉　帯、帯、おばしゃん。
須美　ちょっと待たんね、もう……。
大吉　やっぱり、うちには地味やなかぁ？

須美　似おうとるよ。

大吉　もっとうちにはゴージャスな……丸山明宏んごたる、ふりふりのレースが似あうんやなかぁ？

須美　熊んごたる毛深かとに、レースは似あわんばい。

大吉　いや〜ん、それば言わんで〜。

と、身をよじる。

須美、英勲にコップを差し出す。

須美　晩飯、食べて行くとでしゅ。

英勲　いっつも、すんまっしぇん。

須美　なん遠慮することがあるとね。うちらは家族やなかね。

英勲　……。

須美　祭りやけん、ちらし寿しばつくったとよ。

大吉　どうせ紅生姜と沢庵しかのっとらんばい。

須美　やかましか。

大吉　帯、帯。

須美、帯を締め始める。

大吉　うち、大きうなったら……。
須美　もう太か。
大吉　うち、大きうなったら……。
須美　だけん、太かて。
大吉　いや〜ん、話が進まん。黙ってて〜。
須美　（笑って）……。
大吉　うちね、うちね、大きうなったら、ファッションデザイナーになりたか。
英勲　男ん仕事やなかやろ。
大吉　古か〜。こいからは、男も服ばつくる時代ばい。うち、ファッションデザイナーになって、そいで、世界に飛び出して行くったい。
須美　話も太かねぇ〜。
大吉　うちが成功して、こん町ば出てく日は、きっとあればい……駅前の広場……あそこが、うちば見送る日の丸で、いっぱいになるったい。うちは美智子さまんごたる……こう手ば振るとよ。

大吉、客席に向かって、こまかく手を振る。

須美　よかね〜、おばしゃんも連れてってもらおうかね。
大吉　（鷹揚に頷いて）よかよ〜。

と、須美にこまかく手を振る。

須美　（微笑んで）おばしゃん、ほかん町行ったら、パーマ屋ば始めたか。

大吉　散髪屋やのうて？

須美　ポマードやのうて、香水のよか匂いのする店がやりたか。

大吉　わかるわぁ……男の匂いは臭かよねぇ……嫌よねぇ……。

須美　店ん名前も決めてあるったい。

大吉　なんて？

須美　あたしん名前ばとって、「パーマ屋スミレ」。

浴衣姿の高山春美《はるみ》（40）と、春美の夫・大杉昌平《おおすぎしょうへい》（41）が笑いながら、奥から出て来る。

大大吉　これが須美おばさんの妹の春美おばさん……それで、その隣が、その年の春、なにを血迷ったか、春美おばさんと結婚した昌平さんです。

昌平　かわいいか〜、春ちゃん。浴衣がよう似おうとる。まるで吉永小百合んごたる。

春美　昌平しゃんも加山雄三んごたるよ。

昌平と春美、笑う。

大吉　脳みそ、腐っとる、ふたりとも……。

大大吉　（大いに頷いて）……。

春美　姉《あね》しゃん、おかしうなか。

と、浴衣でポーズ。

大吉　じぇんぶおかしか。

大大吉　（大いに頷いて）……。

須美　（春美に）ほんなこつ、かわいかぁ。浴衣が似おうとるよぉ。

昌平　（鼻の下を伸ばして）……。

須美　こっち来て。髪ば結おう。

須美、春美を椅子に座らせ、髪をブラシで梳き始める。

春美　あら〜、今日は有明ん海《うみ》が夕陽に、きらきら光っとるね〜。

須美　沖の人工島もはっきり見えよると。

春美　きれかね〜……まるで、うちん幸福《しあわせ》ばうとうとるごたる……。うちは、ほんなこつ幸福《しあわせ》もんばい。とんでもなかやさしうて、働きもんの亭主がおって……。

昌平　おれも幸福《しあわせ》ばい。こがんかわいか女房がおって……。

春美　昌平しゃん……。

昌平　春ちゃん……。

うっとりと見つめあう昌平と春美……。

大吉　ほんなこつ頭んおかしか〜。

須美　こんアリラン峠も夕暮れ時は、ほんなこつ、よかね〜……海だけやのうて、汚かトタン屋根も、トタン屋根の上に生えとるぺんぺん草も、豚小屋も、豚小屋ん向こうのボタ山も、なんでんかんでん、夕日に染められて、きらきら輝いて見えて……明日は、きっとえぇこつ待っちょる……そがん気がするね〜。

高山初美《はつみ》（48）を乗せて、張本（張）成勲《そんふん》（通称・成《なる》しゃん・46）が自転車を漕いで来る。
成勲、アリラン峠には不釣り合いの洒落た恰好をしている。

成勲　きつか〜、汗だくだくったい。

初美　ご苦労しゃん。

と、自転車から降りて、煙草に火をつける。
成勲、共同水道で顔を洗い始める。

大大吉　このいかにも遊び人風情の、ちょいワル親父が、須美おばしゃんの旦那さんの成おじしゃん……あそこにいる英おじしゃんの実の兄でもあります。

成勲　須美、手拭い！

須美が手拭いを持って、出て行く。

大大吉　（初美を見つめ）そして、この生活感丸出しの、ちょっとくたびれたのが、須美おばさんの姉で……（ちょっと言いよどんで）わたしの母です。

初美　（明るく）ただいま〜。

須美、成勲に手拭いを投げる。

成勲　（むっとするが、なにも言わない）……。

初美　またしばらく厄介なるけん。

須美　まぁた喧嘩したとね？

春美　どうせしょんなか理由ばい。

初美　今度っちゅう今度は、二度と家《うち》には帰らんけん。二度と敷居ばまたがん。

春美　またオーバーに……姉《あね》しゃんの家《うち》は、隣やなかね。

初美　そんぐらい固か決意ばしたとよ。

須美　やさしかひとやなかね、支部長しゃん。こまかこつに、いちいち目くじら立てんでも

初美　……。
初美　あんたらが知らんだけ……髪が薄うなって、情も薄うなってきたとよ、あんひと……頭ば見たと？　すっかり薄うなって、こう、風にさわさわして……滅びゆくモンゴル高原ばい。
須美・春美　（声に出して笑って）
初美　ふたりで笑いすぎばい。

初美、洪吉が見ているのに気づいて、慌てて煙草をもみ消す。

初美　お父しゃん、またお世話になります。

と、殊勝に頭を下げてみせる。

洪吉　（黙って頷いて）……。
初美　（大吉に）しばらく、ここにおるけんね。
大吉　……。
初美　聞いとっと？
大吉　……。
初美　聞いとっと？
大吉　あんたん好きにすれば〜。

初美、拳を握りしめてみせる。
大吉、ぷいっと表に出て行く。

初美 男の子は、ほんなこつむずかしか……近頃はなにかっちゅうと、あたしに盾ついて……腹立ってしょんなか。

須美 大ちゃんためにも、籍ば入れたら、どがんね。

初美 男に縛られるんは、こりごり……それに、相手は日本人ばい……（成勲を横目で見て）自分から、苦労の種まく必要なか。

須美 ……。

春美 女《おなご》ん幸福《しあわせ》は、好きな人と結ばれるこったい。

初美 男なんて、耳かき棒ごたるもん。

春美 うちん耳かき棒は、特別ば〜い。

初美 そら、いっぺん試してみたか〜。

と、昌平の股間を押さえる。

昌平 （うっと股間を押さえ）……。

春美 姉《あね》しゃん！

初美 （鼻で笑って）……。

昌平、股間を押さえたままで、

昌平　（春美に）そろそろ……炭鉱……行かんばならん。

成勲　三番方ね（午後十一時〜午前七時勤務、三交代制）、今日。

昌平　（頷いて）疲るるばってん、いちばん金になるけん。

成勲　まだ早かなかとね。

昌平　会社に、談判すっとたい……おれら、第一組合ば危険なとこばかし……命がいくつあっても、足らんばい。

成勲　差別切羽《きりは》に気つけたほうがよか。いつ落盤すっか、ひやひやすっと。

昌平　亀裂ができて、今月、二回も落盤したとでしょ。

成勲　早《はよ》う間枠《まわく》（坑内を支える枠と枠の間の補強材）ば入れるよう、いっくら頼んでも、忙しかけんいかん、いかん言《ゆ》うばっかりでくさ……あんクソ係員、くらわせてやりたか。

昌平　第二組合に入らんかったけん、嫌がらせばい。

成勲　今度、落盤したら、袋叩きにしてやるったい。

成勲、シャドーボクシング。

昌平、口笛を吹く。

須美　えらそうに……結局、なぁんもでけんくせに。

成勲　おれはやるときはやる男たい。

須美　そがん嫌なら、さっさとやめたらどがんね。いつまででん、こん山（炭鉱）にしがみついとらんで。
成勲　やめて、どがんすっと。
須美　ほかん仕事はいっくらでんあるでっしゅ。
成勲　五十近い男ば誰が雇うてくれる……それに、おれは、ほかん仕事はなぁんもでけん……これしか知らん……。
須美　あんたが望んだ仕事やなかでっしゅ。騙されて、朝鮮から連れて来られたんやなかね。
成勲　最初はそうやった……ばってん、いまは坑夫がおれん天職じゃち思うようなった。
須美　あぁ、そうですか。そいなら、ちぃとは働いてくんしゃい。お願いします。
成勲　そこがむずかしかとこたい。
須美　なぁんが。なぁんがむずかしかね。
成勲　おれは坑夫として、能力がありすぎっとたい。先山《さきやま》（坑夫のリーダー）ばやっとった人間ぞ。坑木（坑内で柱などにされる木）かつぎんごたる、しょんなか仕事に熱ばあげるわけいかん。
須美　阿呆らしか〜。
成勲　おまえには、わからん。男には誇りっちゅうもんが……沽券にかかわるったい。
須美　だけん、今日もパチンコ？
成勲　なして、わかる!?　おまえ、超能力者んごたる……すごかぁ！
須美　（声を荒らげて）誰でんわかる！
成勲　太か声出すな。

須美　あんた、ちぃとはうちんこつ、考えてくんしゃい。あたしがいっくら働いても、こん店だけでは客も少なかし……うちには、お父しゃんもおるとよ。
成勲　どうせおれん懐ばあてにはしとらん……（洪吉に）おれん金ばほしうなかでしゅ。
洪吉　……。
須美　（癇癪を起こして）勝手なことばっかり言わんで！
成勲　ほんなこつ、やかましかぁ……おまえん声は耳がきんきんするばい。
須美　毎日、ふらふらして……家《うち》にも寄りつかんで……。
成勲　女遊びばしとるわけやなかぞ。酒ば誘わるっと、断れんだけたい。
須美　あたしら、なんですか。
成勲　なんがぁ。
須美　あたしら、なしていっしょに暮らしとるとね。なしていっしょにおるとね。
成勲　夫婦やからやろ。あたりまえやなかね。
須美　意味なかと！
成勲　おまえが文句ばっかりつけるけん、こっちも居づらくなるったい。
須美　あたしんせいですか。じぇんぶ、じぇんぶ、あたしが悪かね！
成勲　ぐだぐだ言《ゆ》うな！　黙っとれ！
初美　もうやめとかんね。夫婦喧嘩は犬も食わんよ。
春美　（声をあげて笑って）自分んことば棚あげてくさ……。
初美　……。
昌平　（春美に）行ってくるけん。

春美　さびしかね……。
昌平　八時間の別ればい……あっちゅう間だけん、待っちょってくれ。
春美　長か、八時間……。
昌平　辛抱してくれ。おれもさびしか……。
春美　待っちょる……昌平しゃんが好きなもんばぐっさりこさえて、待っちょる。だけん、早《はよ》う帰って来てくんしゃい。
昌平　（大きく頷いて）行ってくる。
春美　気つけて。

昌平、行こうとして、振り返って、

昌平　春ちゃん……。
春美　昌平しゃん……。
昌平　待っちょってくれよ。
春美　待っちょるよ。
昌平　行ってくる。
春美　気つけて。

昌平、行こうとして、また振り返って、

昌平　春ちゃん……。
春美　昌平しゃん……。
昌平　待っちょってくれよ。
春美　待っちょるよ。
昌平　行ってくる。
春美　気つけて。

昌平、行こうとして、また振り返って、

昌平　春ちゃん……。
初美　さっさと行かんね！

昌平、やっと去って行く。

成勲　風呂にでも行くか……。

成勲、口笛を吹きながら、中に入って来る。

洪吉　（顔をあげて、成勲を見て）……。
成勲　……。

洪吉、成勲と目が合うと、立ち上がって、奥に入って行こうとする。
成勲、洪吉を追いかけて、

成勲　おれがそがん気に入らんとですか。
洪吉　……。
成勲　まるで汚かもんば見るごたる……。
洪吉　……。
成勲　腕ば切ったら、日本人も朝鮮人も赤か血が出るでしゅ。なぁんも変わらん……おれはですね、炭鉱で朝鮮人ば雇わんこつになったけん、しょんなかけん、日本籍ばとって……。
洪吉　（ぼそりと）国を失《うし》のうたもんは、犬にも劣るばい。

成勲、床屋椅子を蹴る。

須美　あんた、やめて！
成勲　せからしか！　おれば馬鹿にしとっと！　朝鮮人でん誰でんかまわん危なか山に行けばよかったとか！　命ば失うか、お義父しゃんごたる耳が聞こえんようになったら、気がすんだとね！
洪吉　……。

洪吉、なにも言わずに、奥に入って行く。

成勲　（憤懣やるかたない）……。
須美　（成勲を見つめて）……。
成勲　なんね……なん、じっと見とるとか。
須美　……。
成勲　文句あるとか！
須美　……。

須美、表に出て行く。

英勲　兄《あに》しゃん、そがん責めんでも……。
成勲　おまえは関係なか。口はさまんでくれ。
英勲　……。
成勲　こいは、おれら家族ん話ばい。
英勲　……。

須美、朝鮮語で神棚に向かって大声で叫ぶ。

須美　（朝鮮語で）アイゴー、イマンハルノマー。ネガ、ニテメ、モンサンダ。ネガ、モンサンダー。アイゴー、ベンシンカトゥンノマー。コママー、ナガディーヂプラ（アイゴー、くそ野郎のせいで生きてられんばい！）。

成勲　文句あるなら、日本語で言え、日本語で！

大吉と大大吉が、そっと中をのぞきこむ。

大大吉　わたしたち家族は、それぞれの事情でそれぞれ国籍が違っていました……日本籍をとった成おじさん、もともと日本人の昌平さん、昌平さんと結婚して日本籍をとった春美おばさん、韓国籍をとったわたしの母、そして、朝鮮籍のままのハルベ、須美おばさん、英おじさん……つまり、家族の中に三十八度線が引かれ、おまけに玄界灘まで横たわっていたってわけです。

支部長の大村茂之《おおむらしげゆき》（55）の歌声が聞こえてくる。
曲は「聞け万国の労働者」。
その後ろに、坑夫の木下《きのした》（李《り》）茂《も》一《いち》（38）と、おなじく坑夫で与論島出身者の若松沢清《わかまつさわきよ》（30）。
木下はアコーディオン、若松は蛇皮線を弾いている。

春美　来らしたとよ、モンゴル高原が。

初美　……。

大村、初美の前に進み出て、高らかに歌いあげる。

初美 やかましか！

大村 労働者の誇りば捨てるな！　ホッパー魂（ホッパーは貯炭・搬出の装置。ボタ山にならぶ炭鉱地域の象徴）ば忘れるな！　断固、組合ば死守すっぞ！

木下・若松 異議なし！

初美 飲んどるとね、あんた？

大村 今夜はめでたか祭りやなかね。ちぃとばかし飲んで、どこが悪か……よし、団結のために、また歌うばい。

大村、木下と若松に合図を送る。

「聞け万国の労働者」を演奏する木下と若松。

大村、歌いだそうとすると、

初美 歌はもうよか！

大村 なん、そがん腹ば立てとるとね、初美〜。わしが毎晩、遅かけん、そいが気に入らんとね。

初美 ……。

大村 しょんなかやろ。第一組合ば守るために、誰かが身ば粉にせんとならん。毎日、毎日、説得にまわっても、毎日、毎日、脱落者が出るったい。こんままでは組合が崩壊するとよ。ゆゆしき事態ばい。

成勲　いまん第一に残っても、よかこつはいっちょんなか。腹いっぱい差別されて……辞めるとなると、退職金は第二の半分以下……「去るも地獄、残るも地獄」ばい。

大村　第二の連中は会社の提灯持ちたい。会社に言われるがまんま……あれば組合ち言わん。めし茶碗ば守ってきたのは、わしら第一だけんね。そいば忘れて、会社にそそのかされて、鞍替えして……馬鹿もんが！　……結局、自分で自分ん首ば絞めとるったい。

成勲　あんたらには、おれらん気持ちばわからんやろ……坑木かつぎに、鉄柱かつぎ……そがんくだらん仕事ばっかり、まわされて……採炭やばってん、採炭ばやらせてもらえん。そいがどがんきつかか……。

大村　こいから、こいからやなかね……組合も各職場に「五人組」ばつくって、反合理化体制の足場にして……。

成勲　（さえぎって）だけん、第二組合が主導権ば握っとるけん、なんの展望もなか！　意味なか！

大村　わからんやつくさ……長期抵抗路線たい。ここは辛抱するしかなかやろが。

大村、拳を握りしめて、

大村　がんばろう！

成勲　がんばらん！

大村　……。

須美　あんた、いいかげんにせんね！　誰かれのう噛みつかんで！
成勲　おまえは口出すな！

須美、また神棚に向かって大声で、

須美　（朝鮮語で）アイゴー、イマンハルノマー。ネガ、ニテメモンサンダ。ネガ、モンサンダー。アイゴー、ベンシンカトゥンノマー。コママー、ナガディーヂプラ（アイゴー、くそ野郎のせいで生きてられんばい！）。
成勲　日本語で言え！　日本語で！
大村　あーたがたは組合ば批判するばっかりで、なんもせん。ちぃとは、わしらん立場も考えんね。おなじ坑夫やなかね。
初美　議論はもうよか！　聞き飽きたったい。
大村　よし、団結のために、歌おう！
初美　歌ももうよか！
大村　……。
初美　さっさと祭りにでも行かんね。
大村　な、初美……機嫌直して……これ、このとおり……戻って来てくれんね。

と、手を合わせる。

初美　あたしは、しばらく、ここにおるけん。
大村　初美〜。
初美　……。

サイレンの音が響き渡る。

大村　事故ね……。

血相を変えた大吉が走って、戻って来る。

成勲　どげんしたとね。
大吉　竪坑《たてこう》から、黒かきのこ雲が湧きあがっとるったい！
若松　坑内で爆発があったとやろか……。
木下　行こう。

若松と木下、慌てて走って行く。

大村　わしも見てくるけん。
初美　……。
大村　話は帰ってから、またゆっくり……な、な。

初美　話すこつは、なぁんもなか。
大村　帰ってから……な、な。
初美　……。

大村、去って行く。
洪吉が奥から、出て来る。

成勲　（須美に）おれも行ってくるけん。
須美　（頷いて）……。

成勲、自転車にまたがる。

春美　うちも行く。

と、自転車の後ろに乗ろうとする。

成勲　ここで待っちょれ。
春美　ばってん、うちんひとが……。
成勲　心配すんな。まだ坑内に降りとりゃせん。
春美　……。

大吉が後ろに乗って、

大吉　うちが代わりに見てくる。

初美　あぶなかけん、やめとけ。

大吉　（舌を出して）……。

初美　親ん言《ゆ》うこつば聞け、こんクソガキ！

成勲、自転車を漕いで、行く。

英勲、足を引きずって、屋根にのぼって……。

英勲　黒か煙が、海に流れて行くと！

須美たち、心配そうに見つめて……。

初美　……。

春美　……。

洪吉　……。

サイレンの音、大きく響いて、大大吉を残して、溶暗……。

大大吉　有明の海の底……そこには、蟻の巣のように炭鉱の坑道が広がっていました……石炭を求めて、掘り進め、掘り進め、山から海へと坑道はだんだんと下って行って……はるか沖に見える人工島は、坑道へ空気を送る通気口で……その坑道はまだまだ沖合、ずっと先の先まで延びて……切羽と呼ばれる石炭採掘現場までは、トロッコを乗り継ぎ、乗り継ぎ、一時間半もかかったそうです……あの祭りの日、爆風と炎は、坑道を蛇のように走り抜け、落盤を引き起こし、さらに、一酸化炭素が充満して……一酸化炭素中毒がどれだけ恐ろしいものか、当時、誰もよく知りませんでした……成おじさんも、昌平さんも、仲間を助けるために、自分から坑道を下って行ったのです……。

2

数日後、昼。

喪服を着た木下が、駐車場に置かれた長椅子でビールを飲んでいる。
いつもと変わらず、ソファに腰かけて、居眠りしている洪吉。
若松が床屋椅子に座っている。
そのそばにも喪服が吊るされている。
倉庫兼駐車場で、英勲が銅線をカッターで剝いては、三輪トラックの荷台に積んでいる。

若松　須美しゃ〜ん、須美しゃ〜ん。

と、奥に向かって、呼びかける。
なんの声もしない。

若松　……。

若松、立ちあがる。
シャンプーの途中である。

若松　須美しゃん、どこ行ったとね!?
須美の声　すんまっしぇん、香典袋ば探しとって……。
若松　急いでくれんね。今日は三軒、葬式まわらなならん。
木下　おれは四軒たい……通夜も葬式もかけもちで……霊柩車が足らんけん、棺ばいっぺんにふたつ、乗せたりしとるげな……みんな、大忙しばい。
若松　ガスんせいたい。みんな、ガスんせいたい。ガスば吸うて、やられたばい……おまえも見たとやろ？　おれらは途中で引き返したけん、助かったばってん、どこもかしこも死体で……本線（三五〇メートル水平坑道）出たら、トロッコが止まっとって、どがんしたっち思うたら、運転手が倒れとったよ……そん先に、うつむいとるやつ、半分ボタに埋まっとるやつ、パイプとパイプの間にはさまっとるやつ、車輪に足ば突っこんどるやつ……四、五十……いいや、もっとあったと……。

木下　もうやめ、そん話は……。

若松　ばってん、忘れられん……大の字になって死んどるやつの顔ば見たら、おれん隣組に住んどる佐藤しゃんたい……前ん晩《ばん》、いっしょに飲んだとよ……よっぽど苦しかったとやろね、タオルば口にあてて……そんタオルが血で……。

と、めそめそ泣き始める。

木下　やめんね！　明るう送り出すんが、こん山んしきたりばい。

奥から須美があらわれる。

須美　うちんひとば見んかったと？

若松　（泣きながら、首を振って）……。

須美　まぁたどこ行ったやろ……こんたいへんなときに……。

若松　（泣きながら）パ……チ……ン……コ……やろ……またぁ……。

木下　泣くか、しゃべるか、どっちかにせんね。

大村の喪服を持った初美が来る。

初美　まぁた昼間っから飲んでくさ……。
木下　しらふで葬式に顔ば出せんばい。
若松　（泣きながら、うんうんと頷いて）……。

初美、喪服を鴨居にかける。

初美　飲むなら、あたしん店で飲んだらよか。
木下　こがん日に、店ばやりよるとね。
初美　葬式帰りに、かならず一杯やりとなるでっしゅ。ばってん、ほかん店は休んどるけん、うちに来るしかなか。
木下　がめつかね〜。
初美　大勢連れて来てくれたら、サービスするけん。
若松　須美しゃん。
須美　わかっとぉ。

と、若松の頭をシャンプーし始める。

初美　（須美に）あんたは？　葬式、行かんとね？

須美　店ば空けるわけいかん。
初美　お父しゃんがおるやろ。
須美　お父しゃんは、ほら、こけしんごたるもんやけん。
初美　こんこけしはかわゆうなか。
須美　（笑って）……。
初美　お父しゃん、お父しゃん。

と、右耳に向かって、声をかける。
居眠りしたままの洪吉。

初美　ぼけてきたとね。寝てばっかりで……。
須美　右ん耳も、だいぶ聞こえんようなってきたとよ。

初美、入口で煙草に火をつけて、

初美　こがんちんけな店、泥棒も狙わんばい。
須美　……。
初美　あんた、こん店とお父しゃんこつんあるけん、我慢しとるとね。
須美　……。
初美　ほんなこつは別れたかでしゅ、成しゃんと……。

須美　やめて、姉《あね》しゃん。そがん話……ほかんひともおるとに……。
初美　みんな、わかっとる……そやろ、英しゃん。
英勲　……。
初美　別れたかったら、別れればよか。
須美　そがん簡単に……。
初美　あんたも、前ん旦那とも別れたやなかね。
須美　あれは……あたしが……子どもば産めんかったけん……姉《あね》しゃんも知っとぉでしょ。
初美　ほんなこつ男は勝手ね……振りまわされるこつなか。自慢やなかばってん、あたしは二回、離婚して、三番目は死に別れ……炭鉱事故でのうなってしもたけん。ばってん、女ひとり、こがんけなげに生きとっとばい。
須美　なら、誰かよか男見つけて、ここば離れたら、姉《あね》しゃんがお父しゃんの面倒ば見てくれるとね。
初美　あたしは、ほら、店が忙しかけん……春美に頼めばよか。
須美　（鼻で笑って）姉《あね》しゃん勝手やなかね。都合悪かこつは、いつでん、あたしらに押しつけて……。
初美　……。
須美　あたしは、あんたんこつば心配しとっとよ、ほんなこつ。
初美　まぁだ五十前やなかね……もったいなか。男なら、ここには有明海のムツゴロウんごつ、ぐっさりおるばい。女ばほしうて、ぴょんぴょん跳ねとる……（木下を顎で指して）そこにも、ほら、ムツゴロウが一匹……。

木下　……。
初美　顔はまずかばってん、味はよかったりするばい。
須美　そがんこつでけん……。
初美　なんでん食べてみるこつが、大事たい。好き嫌いせんで。
須美　喧嘩ばっかりしとるばってん……あたし……うちんひとんこつば……。
初美　なんね。
須美　……。
初美　はっきり言わんね。
須美　言われん……恥ずかしうて言われん……。

と、若松の頭にシャンプー液をドバドバかける。

青痣をつくった春美が来る。
その後ろから、申し訳なさそうに昌平がついて来る。

須美　どがんしたと、それ……？
春美　なんでんなか……。

昌平、ぺこぺこ頭を下げて、

昌平　すんまっしぇん、すんまっしぇん。
須美　昌平しゃんがやったとね？
昌平　すんまっしぇん、すんまっしぇん。
初美　なして、またぁ。
春美　……。
須美　そこ、座って。

と、床屋椅子をすすめる。
若松、床屋椅子に横たわったままである。

若松　須美しゃん。
須美　（若松に）悪かばってん、帰ってくれんね。
若松　まだ頭が……。
須美　明日するけん。
春美　さっさと帰って。
若松　……。

木下が笑いながら、若松の腕を引っ張って、去って行く。

須美　ひどかやなかですか、昌平しゃん。

昌平　すんまっしぇん。堪忍してくんしゃい。すんまっしぇん。

と、ぺこぺこ頭を下げる。

春美　あんまり責めんでやって。
初美　手ばあげるような男は最低ばい。
春美　そうやなか、そうやなかよ。
須美　なしてね？　なして、こがんこつ？
昌平　あれから……あん事故から、頭が針でえぐられるごたるとです……頭がカンカンして、痛《いと》うて、夜もいっちょん眠れん……布団入ったら、足が曲がったまんま、伸びんで……いちど曲がったら、曲がったなり……頭がよけいカンカンするもんじゃけん、なんでんかんでん投ぐっとです……手元にあるもん、じぇんぶ……茶碗も薬缶も、卓袱台もじぇんぶひっくり返して……酔っぱらいといっちょん変わらん……おれは頭がどがんかしたと？　気が狂うたっだろか？
春美　ガスば吸うて、ちぃとおかしうなっとるだけ……すぐ治るけん。
須美　病院は？
春美　薬ばよこすだけ……なんも治療してくれん。
初美　会社からは？　見舞い金とか、もらわんかったとね？
春美　一銭もくれん。
初美　こげんとき、組合が動いてくれんと……あんひとは、肝心なときになんばしよっとね。

春美　（須美に）姉《あね》しゃん……。
須美　なんね。
春美　……。
須美　遠慮せんと、言わんね。
春美　すまんばってん、金ば……貸してくれんね……姉《あね》しゃんところも、苦しかはわかっとる。ばってん、こんひと、働けんようなって、治療費もかかって……こいから、また病院行かんとならんし……。

須美、レジスターからお金を取り出し、

須美　いま、こんだけしかなか……。
春美　すんまっしぇん。

と、初美を見る。

初美　あたしも……？
須美　（頷いて）……。

初美、財布から渋々、金を取り出し、春美に渡す。

春美　すんまっしぇん。

と、頭を下げる。

昌平　すんまっしぇん、すんまっしぇん。

と、頭を下げる。

須美　ふたりして、そがん頭下ぐるこつなか。困ったときは、おたがいさまやけん。
初美　そうそう。
須美　……。
春美　ほら、あんた、行こう。

と、昌平に手を差し伸べる。
春美の手を握る昌平。

須美　いつでん仲良かね〜、ほんなこつうらやましか〜。
春美　（首を振って）こんひと、子どもにかえったごたる……時々、道がわからんようなる
須美　……。
春美　……。

昌平と春美、去って行く。

英勲 あん事故で、ガスば吸うたひとがようけおかしうなっとるげな……昼間はなんでんなかとに、夜になったら、暴れたりとか……。

須美 なして、そがんこつに……？

英勲 わからん……。

須美 ……。

初美、床屋椅子に寝そべって、

初美 ほんなこつ、うんざりする……こん町は息がつまる……怪我と弁当は自分持ち……どがん怪我しようが、誰かが死のうが、結局、山で食うてくしかなか……山から離れられん。山に縛りつけられとる……。

須美 姉《あね》しゃんも坑夫相手に酒場ばやっとるやなかね。

初美 あたしは、いつでんやめられる。

須美 ……。

大村が来る。

大村 用意してくれたと？

初美、喪服を顎で指す。

大村、喪服を手にとって、

大村　樟脳臭《くさ》か……。

初美　慌てて、出してきたけんね。

大村　（ぶつぶつと）ちぃと干すなり、なんなりして……気つこうてくれてもよかやろ。

初美　あたしは、あんたん女房やなか。

大村　こがん匂いばぷんぷんさせて、葬式、出るわけいかん。

初美　だぁれも気にしとらん。なぁんも問題なか。

大村　おまえは、とことんひとば落としこめる名人たい。

初美　ライオンもわが子ば谷底に突き落とすっちゅ言《ゆ》うでっしゅ。

大村　おまえは、わしが這い上がってきたら、もう一回突き落とす女たい。

初美　（鼻で笑って）……。

大村　女はたいてい、男ばやりこめるのが上手やばってん、おまえにかなうもんはおらん。ダイナマイト級たい。

初美　ぶつぶつ言《ゆ》うとらんと、さっさと着替えたらどがんね。

大村、着替え始める。

大村　あぁ、樟脳臭《くさ》か……わしは無茶な要求はしとらんぞ。最低限のこつば頼んどるだけばい。ばってん、おまえは、わしんささやかな要求でさえ、ことごとく打ち砕きよる……あぁ、樟脳臭か……ストライキばしようもんなら、一生、罷免されるったい……

初美　あぁ、樟脳臭か……。

大村　……。

須美　しつこかね、ほんなこつ……あんたんそがんとこが、腹立つったい。

大村　事故におうたひとの補償はどがんなっとるとね、支部長しゃん？

須美　そんこつで、朝から走りまわっとったと。

初美　昌平しゃんに、会社から金は出んとね……こんままでは、干上がってしまうったい。

大村　ガスば吸うて、おかしうなったっだけん、会社ん責任でっしゅ。

治療と賃金の百パーセントの支給ば、会社に要求したばってん、とんでもなかっち回答たい。死亡した坑夫にも、ひとり百万渡すよう言《ゆ》うたばってん、けんもほろろばい。炭労（日本炭鉱労働組合）も総評（日本労働組合総評議会）も「そげん馬鹿げた要求ばしたら、いけん」ち……なしてね？　あん闘争んとき、わしらは必死で闘《たたこ》うてきた。命ば賭けてきた……ばってん、そんわしらの命や、家族ばかえりみんとはなんたるこつね。たった十万の弔慰金で、これから先、どがんして食うていくと……ほんなこつ、頭ん毛がうずいたとばい。

初美　毛はなかばい。

大村　やかましか。

須美　結局、出してくれるとね、くれんとね。

大村　だけん、いま、交渉中ばい。

初美　あぁもう、そがん悠長なこつ言《ゆ》うとられん……早《はよ》う、ほら、さっさとできんとね。

大村　根が深か問題やけん……今回の事故は起こるべくして起こった人災ばい。このところ事故が増えたんは、会社が経費削減のために、どんどん人減らしばして……人減らしばしたくせに、日産一万五千トン目標ば掲げて、尻ば叩きまくって……保安のほの字も無視ばい。生産第一主義が爆発ば引き起こしたったい。会社だけん責任やなか、三年前に池田内閣が打ち出したスクラップ・アンド・ビルドで、採算の悪か炭鉱ばどんどん潰して、潰したら補助金ば与えてくるっちゅ政策が、そもそも諸悪の根源たい。汚かもんばスクラップ、新しかもんばビルド……そげん世の中、簡単にいかんばい。切り捨てたら、切り捨てた分、しわ寄せが来るのはあたりまえん話ばい。

初美　話がいつでん長か。もちぃとかいつまんで話せんとね。

大村　つまり、つまりね、人手がなかけん、水撒きば怠って、炭塵《たんじん》がたまって……炭函《たんかん》（炭を運ぶ車）の部品交換ばけちって……それで、発火したったい。防ごうと思えば防げた事故やったとよ。自然災害やなか。ばってん、会社はえらか学者ば抱きこんで、不可抗力の事故にしようとしとるとったい。

須美　結局……なかなかお金は出ん……そがんこつね？

大村　最大限、努力はするけん。

初美　あてにならん、ならん。

須美　……。

大村　また会社と、長か闘いになるばい……ばってん、闘い続けるけん心配せんでくれんね。

大村、いつものように拳を握りしめて、

大村　がんばろう！
須美　……。
大村　（初美に）出かけるか。

初美、出て行く

大村　初美〜。

大村、初美を追いかけて行く。

須美　会社は坑夫のこつ、どがん思うとるんやろ……。
英勲　炭ば掘る道具としか思うとりゃせんでしゅ。
須美　死んでったひとらに、詫びのひとつもいれんで……ほんなこつ、腹立たしか。
英勲　おれらがどがん腹立てても、しょんなか……かえって口減らししたかけん、会社は喜んどるったい。

須美、朝鮮語で神棚に向かって大声で叫ぶ。

須美　（朝鮮語で）エラーイ、ムンディジャスクドゥラ。チラル、ユッカバナナ。ダー、ナガディーギプラ。カン、ナガディーギプラ（大馬鹿野郎！　くそ野郎！）。
英勲　（笑って）……。
須美　なに、笑《わろ》うとるとね。
英勲　姉《あね》しゃんはいつでん正義のひとね。
須美　（笑って）男気があるでっしゅ。女にしとくにはもったいなかっち、うちんひとに言わるるばい。
英勲　……。
須美　後ろん毛が跳ねとる……座って、座って。
英勲　よかよ。
須美　座って、ほら、遠慮せんと。

英勲、床屋椅子に座る。

須美　昔んからの癖……すぐ後ろん毛が……。

須美、霧を吹きかけ、髪を梳き始める。

英勲　今度、丸坊主にしてくんしゃい。
須美　代金こつなら、心配せんでよか。ここらんひとは、みんなつけやけん。米や味噌ば持っ

英勲　て来るひともおるけん。
須美　姉《あね》しゃん……。
英勲　なんね。
須美　おれ……北へ行こうち思うとります。
英勲　……。
須美　こん足では、ろくな仕事はなか。朝から晩まで、アカ（銅線）ん皮ばむいて……そがん仕事しかなか……こんまんま、これで、おれん一生は終わりかち思うたら……やりきれんとです……だけん……。
英勲　山は？　坑外《こうがい》ん仕事なら、ちいとばかし賃金は安かばってん、雇うてくれるんやなか？
須美　おれん足は落盤でこがんなったとです……いまさら、また山に戻りたかなかです。
英勲　……。
須美　ばってん、こがんおれでも、北の社会主義建設に貢献でけるち、総連のひとは言《ゆ》うてくれるとよ。
英勲　北へ行ったら、二度と帰って来れんでしゅ。
須美　たぶん……。
英勲　……。
須美　姉《あね》しゃんは、北へ行きたかち思うたりせんですか。
英勲　考えたこつもなか。
須美　もう八万人以上、北に帰ったとよ。
英勲　あたしには、なんやぴんとこん……「地上の楽園」ち言われても、なんか信じられんとよ。ほんなこつ、そがんもん、あるとね。

英勲　こんアリラン峠より、ずっとよかでしょ、きっと。

須美　住めば、都……不満ば言《ゆ》うとったら、きりなかばい。

英勲　おれは……できるんやったら……。

英勲、須美の手を握りしめる。

英勲　……。

須美　……。

須美、やさしく英勲の手を払って、

須美　あっち行っても、こっちおっても、いっしょ……きっと苦労するったい……苦労はおんなじ……どうせおんなじこつなら、あたしはここにおる。ここで生まれて、ここで育ったけんね。いまさら、北ば祖国とは思えんばい。

英勲　……。

洪吉、むっくり起き上がる。

須美　どこ行くとね。

洪吉　……。

須美、洪吉の耳のそばで、

須美　（声を大きくして）どこ行くとね。
洪吉　そがんでかか声出さんでもわかる。便所ばい、便所。
須美　ついて行こうか。
洪吉　子どもやなか。

洪吉、表に出て行く。

須美　耳が聞こえんようなって、ますます気難しうなって……。
英勲　アボジ（お父さん）ん耳も、炭鉱の爆発でやられたとでしょ。
須美　だけん、炭鉱の話はしたがらんとよ。
英勲　アボジは帰りたいち言わんとですか。
須美　聞いたこつなか……ばってん、故郷には帰りたかやろね、きっと……。
英勲　北へ行ったら、社会保障もきちんとしてくれる。年寄りの面倒も国が見てくれるとよ。
須美　もうそん話はやめよ。
英勲　……。

若松と木下が、喪服を着た成勲の両脇をかかえて、引きずるようにして連れて来る。

洪吉　……。

成勲、喪服がすっかり汚れている。

若松　須美しゃ〜ん！　須美しゃ〜ん！

須美、何事かと表に出て行く。

須美　どがんしたと？
若松　アリラン峠ん向こうで、ぼーっと立っとった……。
木下　わしらが話しかけても、なんの返事もせんけん、とりあえず、連れて帰って来たったい。
須美　あんた……あんた……どがんしたとね……？
成勲　（うつろな目で）……。
須美　あんた、あんた、あんた……。
成勲　……。
須美　わかる？　あたしんこつ、わかる？
成勲　……。

須美、成勲を揺すって、

須美　あんた……あんた……。
成勲　……。
須美　……。
英勲　とにかく、中入れて。

若松と木下、成勲を家の中に入れようとすると、突然、暴れだす。
頭を押さえて、うめき声をあげる成勲。

若松　成しゃん、大丈夫ね。

成勲、近づいてきた若松を殴る。

若松　なして？　なして、おれがくらわされるとね!?

雄たけびをあげながら、手あたり次第、投げつける成勲。

須美　やめて、あんた！

須美、成勲を止めようとする。
成勲、須美にも殴りかかろうとするのを、英勲が成勲を羽交い締めにする。

英勲　兄《にい》しゃん、兄しゃん、しっかりせんね！

激しく抵抗する成勲。
洪吉、どうしていいのかおろおろして……。

英勲　押さえ！　手足ば押さえ！

わっと成勲に群がる若松と木下。
暴れる成勲。

須美　あんた！　あんた！

必死で成勲を押さえつける若松たち。
ようやく成勲を押さえこむことができる。
荒い息の須美たち……。
制服姿の大吉が帰って来る。

大吉　あれ〜、なんばしよっと？　おしくらまんじゅう？

急速に暗転。

3

秋、夜。
虫の声がする。
洪吉が七輪で魚を焼き始める。
大大吉が、来て、洪吉を見守る。
須美と大吉が刃物を点検している。

須美 包丁三丁!
須美・大吉 よし!
須美 髭剃りナイフ
大吉 四丁!
須美・大吉 よし!
須美 じぇんぶ大丈夫ね?
大吉 オーケーばい。

須美　刃物ば振りまわされたら、たまらんけんね。

大吉　……。

須美　またうちんひとん発作が出たら、大ちゃん、悪かばってん、ハルベば連れて、ボタ山ばぐるっとひとまわりしてきて……布団です巻きにすりゃ、ちぃとは静かになりよるけん。

大吉　毎日、こればやるとね。

須美　（頷いて）……。

大吉　うち、めまいんしてきた……。

洪吉が海に向かって、「万歳《マンセー》！」と、叫ぶ。

大吉　ハルベ、朝鮮はそっちやなか。そっちは長崎！

洪吉　マンセー！

大吉　ハルベ！

須美　健康法ごたるもんやけん、ほっときゃよか。

大吉　……。

洪吉　マンセー！

洪吉、アリラン峠をのぼって行く。

仕事着を着た成勲が、奥から出て来る。

須美　あんた、どこ、行きんさると？
成勲　山さん行ってくる。
須美　無理ばい。そがん体で働くるわけなか。
成勲　おれは働ける！　じぇんじぇん大丈夫ばい！
須美　いつ発作が起きるかわからんとよ。
成勲　おれんこつば、まわりんやつら、どがんぬかしとるか、知っとるとね！　……「ニセ患者」「組合性疾患」……おれが働きとうなかけん、ガス患者のふりばしとるっち……ふざけんな！
須美　自分でまいた種やなかね。あんた、いままで働きもせんと、ぶらぶらしとったけん。
成勲　じぇんじぇん違うやろ。前は働く気が起こらんけん、ぶらぶらしとった。いまは働けんけん、ぶらぶらしとる。
須美　おんなじ、ぶらぶらやなかね。
成勲　じぇんじぇん違う！
須美　とにかく、入って、ほら。
成勲　おれんこつば「髪結いの亭主」ち……陰口、叩かれとるんやぞ。
須美　ほんなこつ、「髪結いの亭主」やなかね。
成勲　じぇんじぇん違う！　嫁が髪結いばい。
須美　どっちでんかまわんやなか。わからんひとには、勝手に言わせとけばよか。
成勲　おれは先山ばやっとった人間ぞ。我慢でくるか！

成勲、出かけて行こうとする。

須美　あんた、頼むけん……じっとしてて……。

成勲　せからしか！

須美　大ちゃん、止めて！

大吉、成勲の前に立ちふさがる。

大吉　成おじしゃん、たいがいにせんね。おばしゃんの気持ちば考えて……。

成勲　どけ！

大吉、成勲の腕をぐいっとひねる。
あっけなく腕をとられ、顔をしかめる成勲。

大吉　いや〜ん、うちったら、力が強か〜。

成勲　放せ！　こんメケメケ！

大吉、「ヨイトマケの唄」を歌いながら、締めつける。

成勲　（うめき声をあげて）……。

大村が来る。

大村　須美しゃん、初美は？　初美はどこ行ったとやろ？
須美　店やなかとね。
大村　店にもおらん……。

大村、大吉と成勲に気づいて、

大村　大吉、なんばしよっとね。
大吉　プロレス。
大村　遊んどらんと、ちぃとは勉強せんね。
大吉　つまらん説教……もちぃと気のきいたこつば言われんね。
大村　（大吉をにらんで）……。
大吉　（顔をそむけて）……。
成勲　（大吉に）おい、えぇかげんにせ！　放せ！
須美　あんた、働きに出たら、労災はもうおりんようなるとよ……どがん、悪口言われようが、ここは我慢してくんしゃい。お願いします。
成勲　わかった、わかった！　わかったけん、放せ！

大吉、成勲の腕を解く。

成勲、大吉の腹にボディブローを一発入れる。

大吉　（にっこり笑って）……。

苦々しい顔で、奥に入って行く成勲。
成勲が入った後、腹をおさえる大吉。

大吉　きいたわ〜。

大吉、表に出て行く。

大村　（ぶつぶつと）初美がえらそうな口ばきくけん、息子まで……はらわたが煮えくりかえるったい。ばってん、こがん情けなか目におうても、初美の言いなりばい……ほんなこつ、不甲斐なか……自分で自分が情けなか……。
須美　支部長しゃん。
大村　なんね？
須美　あたしが言《ゆ》うたこつ、組合に話してくれたとね。
大村　労災の話ね？
須美　三年して、労災で治癒認定されたら、もう医療費もなぁんも出んとでしゅ。そいはあんまりやなかですか。

大村　労災は腕ば失《うし》のうた、目ば見えんようなった……外傷の補償が中心だけん、ＣＯ《シーオー》患者は、どがんしても軽う見らるったい。

須美　あたしらも、おんなじように……もっと苦しんどるとやなかですか……知っとるとでしゅ。わけものう暴れたり、道がわからんようになったり、計算できんようなったり……そいだけやなか、言葉もしゃべれんようなって、布団に寝たきりになっとるひともようけおるとよ。そんひとらば、じぇんぶ見殺しにすっとですか。

大村　……。

須美　役に立たんようなったけん、三年したら好きにせっち……そがん法律、無茶苦茶ばい。患者んこつも、家族んこつも、じぇんじぇん考えとらん。一日でも早《はよ》う、新しか法律ば……あたしらば救う法律ばつくるよう、組合に働きかけちくんしゃい。

大村　あのな、須美しゃん、第二はＣＯ患者の労災打ち切りば受け入れようとしとるとったい。ばってん、わしら第一は断固拒否ばい。そいでのうても対立しとるのに、このところ、ますます激しうなって……炭住の人間関係までぎすぎすしてきよるとったい……おんなじ長屋で罵りあう始末ばい……こがんときに、新しか法律つくれっち言《ゆ》うても……。

須美　ばってん、死活問題ばい。働けんごつなったとに、会社からはいまだに、公傷金の一円も出んとよ。

大村　まぁだ労災補償は三年ある。三年の間に、どがんかなる。三年たったら、体もようなって、山にも戻れるかわからんやろ。

須美　（気色ばんで）三年たって、ようならんときは、組合が一生世話してくれるとですか。

大村　（むっとして）だけん、三年の間になんとかなるっち言《ゆ》うとろうが！
須美　……。

ガラ車（石炭ガラをのせたリヤカー）を引いて、春美が来る。
春美、顔の青痣が増えている。
その後ろを、ガラ車を押して、昌平。

春美　（大村を憎々しげに見つめて）……。
大村　最大限、努力はするけん。
須美　……。
大村　須美しゃんも気ば長《なご》う、もって……な。

大村、拳を握りしめて、

大村　がんばろう！
須美　……。

大村、去って行く。

春美　あんひとが、「がんばろう」ち言《ゆ》うたび、あん頭ん毛ばむしりとりとうなる。

須美　むしりとるほどなか。
春美　モンゴル高原がゴビ砂漠になったらよか。

須美、蒸し器からタオルを取り出し、渡す。

須美　お腹すいたとやろ。中に用意してあるけん。魚ももうすぐ焼ける。
春美　すまんね、姉《あね》しゃん。
須美　（笑って）あやまってばっかり……姉妹《きょうだい》やなかね。なん遠慮することがあるね。

春美、オヤジのようにタオルで顔と首を拭きながら、

春美　ガラは？　いらんね？
須美　ちぃともらおうかね。
大吉　バケツ、とってくる。

大吉、裏手にまわって行く。
その間、大大吉が焼き魚を裏返す。

須美　また痣が、増えたんやなか。

春美、昌平をうかがって、

春美　どっから、そがん力が出るとかわからんとよ……暴れだすと、手がつけられん……。
須美　……。
春美　逃げまくっとるおかげで、うちは、すっかり痩せてしもうた。

と、声に出して、笑う。

須美　やさしかひとやったとに……なして、そがんこつに……。
春美　姉《あね》しゃんところも、おんなじやろ。
須美　うちは、もともとどげんしようもなかったひとやったけん……。
春美　ばってん、納得でけんとでしょ。一夜で人間が変わってしまうやなんて……信じられんとでしゅ。
須美　……。
春美　ガスば吸うたひとは、みんなそがん具合ばい……ガスで、頭んどこかが壊れたったい。
須美　……。

バケツを持って、大吉が戻って来る。

春美　あんた、ほら、晩飯……大ちゃん、お願い。

大吉　昌平おじしゃん、奥、行こう。

昌平　昌平やなか。おれはガス患、ガス患、回転饅頭。おれはガス患、ガス患、回転饅頭……。

大吉、ぎこちなく歩く昌平の手を引いて、奥に行く。

須美　自分ん名前も忘れたとね。

春美　歳は十九たい……あんひとが山に入った歳たい……。

須美　……。

春美　どんどん記憶んのうなって、どんどん子どもっぽくなるばい。それもガス患の特徴らしか。急に暴れたり、子どもんごたるわがまま言《ゆ》うたり……どがんしてよかかわからん……土間ん隅でじっとして、嵐んおさまるのば待つほかなか……。

須美　……。

春美　ばってん、暴れられるこつより、あんひとが、どんどん記憶ば失《うし》のうてしまうこつのほうが、つらか……。

須美　……。

春美　しまいに、うちんこつも忘れてしまうんやなかやろか……。

須美　くよくよしても始まらん。明日になったら、嘘んごつ治っとるかもしれんばい。

春美　そがんこつ……ありえんばい。

須美　あたしは、いつでん明日はきっとええこつ待っとるっち信じとる。

春美　……。
須美　ほら、顔ば洗うて……飯ば食うて、力ばつけんと。

春美、手漕ぎポンプで顔を洗い始める。

初美と英勲が来る。
珍しく背広を来ている英勲。

須美　あれま〜、ぱりっとして〜。
初美　よかやろ……あたしん見たてばい。
春美　よか男やね〜。うちんひとん次に。
初美　あんたん目はおかしか。
英勲　初美しゃんの顔で、安うしてもろたばい。
初美　背広のひとつも持っとらんと、北んひとに見くびられるったい。
須美　日にちは？　決まったとね。
英勲　まだ……ばってん、いつでん行けるよう、準備ばしたほうがよかやろ思うて……。
須美　……。
春美　いろいろものいりばい。北へ帰るために、寄付もせんとならんのやろ。
英勲　いままで、貯めた金があるけん。
春美　もったいなか……なして、汗水流して貯めた金ば吐き出さにゃならんとね。

英勲　新国家建設に参加できるなら、安かもんばい。
春美　結局、なんでんかんでん金たい、金……嫌んなる。
初美　会社には、うなるほど金があるったい。社長は札束でけつば拭いとるげな。
春美　うちがかわりに拭くけん、金ばくれんとやろか。
初美　今夜にでも、ほっかぶりして、行けばよか。
春美　泥棒と間違われん？
初美　ひとこと、声ばかければよか。
春美　なんて？

初美、両手を受け取る形にして、

初美　こん上に、どうぞ。
春美　いや〜。

須美たち、笑う。
初美、ソファに座って、

初美　タオルばもらうよ。

初美、タオルをとりに行く。

初美　アリラン峠ば越えたら、汗びっしょりばい。こがん汗ばかくとは、血の道が悪かやろか……（自分の足を揉みながら）足もぱんぱん……。
春美　歳のせいやなかね。
初美　やかましか。
春美　せめて、バスが通っとったらね……。
初美　バスん運転手が怖がって、来たがらんよ、きっと。

初美、タオルで汗をふき始める。

須美　（初美に）支部長しゃん、探しとったよ。
初美　あんひとはいつでん、あたしば探しとる……嫌んなる……ほっとけばよか。
春美　なんが不満なんか、うちにはいっちょんわからん。
初美　あんひとは、自分の面倒ば見てくれる……脱いだパンツば、にっこり笑って拾うてくれる、お母しゃんごたる女が必要なんばい……。
須美　……。
初美　ばってん、あたしは、まだまだ女でいたか……口づけもしてほしか、抱いてももらいたか。ばってん、女がそがんこつば言《ゆ》うのは、頭がおかしかか、色気ちがいらしか。
春美　……。
初美　あんたんとこは？　ガス患になると……（股間を押さえて）こっちもだめになるち噂やばってん。

春美　（黙って）……。
初美　このところ、やっとるとね？　やっとらんとね？
春美　……。
須美　やめんね、姉《あね》しゃん、英しゃんが聞いとるとよ。
初美　男と女は、それしかなか……英しゃんも、ずいぶんたまっとるんやなか。
英勲　（苦笑して）……。
初美　あたしでよかったら、手伝うけん。
須美　いいかげんにせんね。
初美　なして、そがんむきになるとね……あんたがやりたかね、英しゃんと？
須美　阿呆なこつ言わんで。
初美　一生、会われんようなるったい。悔いば残さんようしたほうがよか。
英勲　……。
須美　（春美に）ほら、もう早《はよ》う晩飯にしよう。昌平しゃんが待っちょるよ。
春美　（頷いて）……。

春美、奥に入って行く。

須美　姉《あね》しゃんは？
初美　店ば開けんとならん。

初美、大儀そうに腰をあげる。

初美　（ぶつぶつと）だんだん仕事が億劫なってきたばい……立ち仕事がだんだんつろうなって……（気づいて、苦笑して）うちんひとんごたる、ぶつぶつ言《ゆ》うとるね……。

英勲　今日はつきおうてもろて、すんまっしぇん。

初美　つけば回収しに行ったついでばい。

須美　きつかなら、休めば？

初美　客が水んごつ流れるけん、水商売ち言《ゆ》うばい。休むわけいかん。

須美　……。

初美　誰も頼るわけいかん……かぼそか女手ひとつで、まだまだがんばらんと……。

初美、出て行く。

須美　よう（背広が）似おうとるよ……。

英勲　（ちょっと照れてみせて）……。

須美　ほんなこつ、行ってしまうんやね……。さびしかね……。

英勲　……。

須美　去年、北に行った崔《ちぇ》さん……ほら、アリラン峠んはずれに住んどった……あんひとには、ミシンばあげたばってん……英しゃんには、なんばあげたらよかとね。

英勲　なんもいらんです……。

須美　ほしかもんあったら、言《ゆ》うて。
英勲　おれん願いはひとつだけたい……姉《あね》しゃんといっしょに北へ……。
須美　できん、できん、無理、無理。うちんひとばほって……そがんこつ……考えられん。
英勲　もうとっくに気持ちはさめとるんやなかとね。
須美　……。
英勲　夫婦ちゅうても……形だけやなかとね。
須美　……。
英勲　世間体ば気にしとるとね。
須美　あたしが守らんで、誰が守るとね。あんひと、いつ発作が出るかわからんし、目が離せんとよ。
英勲　ずっと背負って生きていくつもりね。
須美　……。
英勲　おれは、ずっと姉《あね》しゃんのこつ……。
須美　やめて、やめて、あんたは北へ行くけん、そがん気持ちになっとるだけ。
英勲　そうやなか。
須美　話、終わり、終わり。
英勲　これ以上、じっと見とるだけでは我慢できんとです。
須美　もう聞きとうなか！　やめて！
英勲　……。

英勲、耳を澄ませて……。

須美　どがんしたと……？
英勲　聞こえんとですか。
須美　なんが。
英勲　人工島の通気する音がすっと……。
須美　（耳を澄ませて）……。
英勲　ゴーゴーいうとる……夜になると、よう聞こえる……。
須美　……。
英勲　あれば聞くたんび、胸が苦しうなる……自分の中で鳴っとるごたる……。
須美　……。
英勲　おれは、あん音から逃げ出すために、北に行くんかもしれんとです……。
須美　……。
英勲　……。

英勲、須美を後ろから抱きしめる。

須美　……。
英勲　……。

「須美！　須美！　どこね、須美！」と、成勲の声がする。

須美　……。

英勲　……。

成勲の声　須美！　須美！

大吉の声　さっきまでおとなしう寝とったとよ。ばってん、電気ば消したら、急にがたがた震えだして……。

成勲の声　（絞り出すように）えすかぁ（怖い）……坑内は暗かったばい……えすかぁ……須美……須美……。

須美　……。

英勲　……。

成勲の声　須美！　須美！

英勲、須美を強く抱きしめる。

須美　……。

英勲　……。

成勲の声　須美！　須美！

須美　心配せんで……あたしは、ここにおるけん……。

成勲の声　えすかぁ……。

須美、成勲を振り払って奥に入って行く。

英勲　……。

洪吉がアリラン峠の上に、姿をあらわす。

洪吉　マンセー！

と、叫んで……。

溶暗……。

4

二年後、夏、夕。

三輪トラックの荷台に乗って、須美が労働歌を歌っている。

そのそばで、佐賀の小城《おぎ》羊羹の籠をぶらさげた春美も歌っている。

運転席に英勲。

木下と若松が演奏。
大村も台本を片手に、大きく手を振りながら、歌っている。
離れて、初美。
店の中で、将棋崩しをしている洪吉と昌平。
須美がマイク片手に演説を始める。
哀しげなＢＧＭを流す木下と若松。
それを合図に、春美が小城羊羹を売り歩き始める。

須美　（切々と）あの日から、あたしたちの苦しみは始まったとです……あの日、あたしたちの夫たち、父たち、兄たち、弟たちは炭塵爆発に巻きこまれ、一酸化炭素中毒によって、ばたばたと倒れていったとです……かろうじて意識を取り戻したもんも、頭痛、耳鳴り、物忘れはまだ軽か、知的障害、幼児化、暴力、脳梗塞……ありとあらゆる後遺症に苦しんでおるとです。本人だけやなか、家族はもっと苦しんどるとです。ばってん、労働省はＣＯ患者はもう治りました。ほとんど「ごく軽い症状」「まったく正常」……これから先、治っとらん言《ゆ》うのは「ニセ患者」ち決めつけて、労災ば打ち切ったとです。七百人ば超える患者ば社会に放り出したとです。こがんはらわたが煮えくりかえる話はなか……あたしたちは、労災法の枠ば超えて、新たに「ＣＯ特別立法」ばつくるこつば要求いたします……一つ、ＣＯ患者が生きとるかぎり、首ば切らんでくれんね。

大村・木下・若松　首ば切るな！

須美　二つ、被災前の収入ば確保してくれんね。
大村・木下・若松　収入ば確保せよ！
須美　三つ、完全治療、医療ば保障してくれんね。
大村・木下・若松　医療ば保障せよ！

春美、須美の演説の合間に、「羊羹、羊羹はいらんかね～」と、観客に声をかけていたが、

春美　ストップ、ストップ……支部長しゃん。
大村　なんね、途中で……。
春美　なして、姉《あね》しゃんが真面目に演説しとる横で、うちが羊羹売らんとならんとね。
大村　CO法の成立ば世間に訴え、羊羹売ってCO患者のカンパも募る、一石二鳥の作戦ばい。
春美　羊羹だけ売ればどがんね。
大村　羊羹だけなら、スーパーで買えるばい。
春美　（不満を露わにして）……。
大村　なんね？　なんが不満があるとね。
春美　……。
大村　言いたかこつあるなら言《ゆ》うてみんね。わしは民主主義やけん、ひとん意見も聞くばい。
初美　そがん歯が浮くごたるこつ、よう言えるね。
大村　やかましか、外野は口ばはさむな。

春美　もう、うち、やめたか……やりとなか。いくら訴えても、誰も理解せん、わかってくれん……無駄ばい。
大村　そがんこつなか。坑内ハンストばやって、ずいぶん脚光ば浴びるようになったと。
春美　組合員も、うちらんこつ、組合ん金ば食い潰しとるごたる目で見よるやなかね……昨日も魚屋行ったら、「うちん金で魚ば買うとる」「組合にかかえてもろうて、よかもんば買うとる」……聞こえよがしに言《ゆ》うてくると……。
初美　あんたがうまかもん食べとると思うんやろね、やっぱり……。
大村　黙ってろ！
初美　えらそうに……組合がCO患者の生活費ば出すこつにしたけん、恨まれとっとよ。中途半端な金ば出すんやったら、出さんほうがましたい。
須美　家族会は組合の負担ば軽くするために、生活保護ば受けて闘おうっち決めとったとに……それば反対して……。
大村　ばってん、わしらはあーたがたんこつば考えて……生活保護ば受けたら、闘う意欲がなくなるばい。
須美　そんで、組合員からねたまれ、恨まれ……あたしらがどんだけ針のむしろか……「ちぃとはガスば吸うとけばよかった。楽ばでけた」……そがんこつまで言われて……ほんなこつ悔しか、情けなか……。
大村　……。
春美　うち、もうやめる！
須美　CO法が通れば、もう組合の世話にならんですむんよ……肩身ん狭か思いせんですむ。

大村　どんだけ悪口言われようが、ちぃとの辛抱ばい。がんばろう！

と、拳を握りしめる。

春美　もうよか、もう我慢できん！

春美、羊羹を大村に押しつける。

大村　ちょっと待たんね……話し合おう……な、な。

春美　うちは、第一ば辞めて、うちんひとば第二に移すつもりたい。

須美　そがんこつしたら、誰もあんたらんこつ、助けてくれんようなるとよ。

春美　第二に替わって、復職したら、会社は本工（下請けでなく直轄坑員）にしてくれるっち約束くれとる。

須美　あん体で働くのは無理ばい。

大村　利用されるだけね。会社はひとりでも治癒したこつば宣伝したか。

春美　これから先、どがんして食うていくとね！　収入はたったの二万五千円……そいも、いつまでん続くかわからんカンパと補償金……あんひとばハイヤーに乗せて病院さん行ったら、往復で一万五千円……どがんして食うていけばよかと！　うちらに死ねっち!?

須美　だけん、あたしらが生きていくために、どがんしてもCO法ば成立させなならんばい。
春美　うちはもう自分こつで精いっぱいばい！
須美　お願いやけん、いっしょに闘おう。

と、春美の手をとる。
春美、須美の手を振り払って、

春美　姉《あね》しゃんはまだましばい。成しゃんは時々、おかしうなるばってん、働きにも行ける。意識もちゃんとしとるやなかね。
須美　ばってん、こんから先、どがんなるかわからん……あたしらは、こん病気とずっとつきおうていかなならんとよ。
春美　自信はあるとね。
須美　なんが。
春美　姉《あね》しゃんは、じぇったい成しゃんと別れん自信はあるとね。
須美　……。
春美　CO患者の夫婦はようけ別れとる。ちゃんとした夫婦生活がおくれんけん、別れるしかなか……ようわかる……夫んために尽くすち言《ゆ》うても、限界があるばい。
須美　……。
春美　姉《あね》しゃんは成しゃんば背負って、こんから先も、ずっと闘《たたこ》うていけるとね。
須美　……。

春美　どがんね。
須美　あたしは……あんひとば背負うていくつもりでおると……闘うつもりでおるとよ。
春美　嘘つき！
須美　嘘やなか！
春美　心になかこつ言《ゆ》うとる！
初美　えぇかげんにせんね、春美！　須美にやつあたりすんのは、お門違いばい。
春美　姉《あね》しゃんは関係なか。口はさまんでくれんね。姉しゃんにはわからんとでしゅ、うちらんつらさが……。
初美　自分だけが不幸んごたる顔ばして……馬鹿んごたる。
春美　男に媚びば売っとるひとに言われたかなか！
初美　（気色ばんで）いつあたしが媚びば売ったとね。あたしが売っとるのは酒ばい、酒！
須美　やめて！　姉妹喧嘩《きょうだい》しとる場合やなか！
春美　……。
初美　……。

春美、店の中に向かって、

春美　あんた、あんた、行くよ！

昌平、将棋崩しに夢中になっている。

春美　（声を荒らげて）あんた！

洪吉が昌平の手を引いて来る。

須美　考え直してくれんね、春美……。
大村　がんばろう！

と、拳を握りしめる。

春美　せからしか、モンゴル高原！
大村　なんのこつね、そいは……？
春美　（須美に）明日はよかこつが待っとるとはかぎらんばい。
須美　……。
春美　下手な希望はいらんけん。

春美、昌平の手を引いて、去って行く。

須美　（切ない）……。
初美　気にせんでよか。昌平しゃんに抱いてもらえんけん、いらいらしとるとよ。
大村　おまえはすぐそがんこつ……。

初美　大事なこつやろ。そいば抜きにして、なんがあるとね。誰もでかか声で言わんばってん、ＣＯ患者の夫婦が別れる原因は、そればい。ばってん、恥ずかしかけん、黙っとるだけたい。

大村　もっとほかにも、夫婦ばつないどるもんがあるやろが。

初美　なん？　ほかに、なんがあるとね。

大村　家族ん愛情とか……。

初美　（鼻で笑って）……。

大村　そろそろ帰って来てくれんね、初美……。

初美　また喧嘩になるばい。それでもよかとね？

大村　そんでも、よか……おまえがおらんと、さびしか……。

初美　あたしはひとりんほうが気楽ばい。

大村　……。

木下と若松が、おずおず大村に近づいて来て、

木下　支部長しゃん……。

大村　なんね。

木下　続きはどがんすっとね……もうやめるとね。

若松　春美しゃん、おらんようなったら、羊羹、誰が売るとね。売れるこつば見込んで、ぐっさり仕込んだとよ。

大村　（苦い顔で）本日は、解散ばい。
須美　店ん中、入って。喉ば乾いたでしゅ。いま、冷たかもん、出すけん。
木下　わし、マッコリがよかです。
若松　おれも！

店先に、『マッコリあります』の張り紙がしてある。

須美　（頷いて）売りもんやばってん、しょんなかね。

木下と若松、大喜びで片づけ始める。

初美　散髪屋が酒ば売るとね。
須美　労災ば打ち切られて、収入なかけん、苦肉の策ばい。
初美　どうせなら、うちん店で働けばどがんね。
須美　夜は、うち、空けるわけいかん。夜に発作が起こるこつ、多かけん……。
初美　ほんなこつ、おおごつ（大事《おおごと》）ばい……。
須美　しょんなか。
初美　いっそんこつ、なんもかんも投げ出したら？　そんほうが楽やなかとね。
須美　……。
初美　別れても、誰も責めんとよ。

須美　……。

初美　あんたんとこも、あれ、のうなったとやろ。

須美　やめて、そがん話は……。

初美　おまけに、暴力ばふるわれて……よう我慢でくるね。

須美　……。

初美　いつ昌平しゃんごつなるかわからんばい。そんとき、ほんなこつ、面倒みれるとね。

須美　別れ話はもう何度かしたばい。

初美　……。

須美　あんひとから別れてくれっち……ガスんせいで、頭がかーっとなると、いっちょんわからんようなる……自分ん体やばってん、自分でどうしようもなか……だけん別れたほうがよかっち……ばってん、あたしがぜったい別れんち言《ゆ》うたとよ。

初美　なしてね……せっかく向こうから言《ゆ》うてくれたとに……よか機会やなかね。

須美　あたしんこつば大事に思うてくれるけん、そがん言《ゆ》うとやろ。

初美　口だけばい、口だけ。

須美　あたしは別れん……ぜったい別れたりせん。

初美　なぁんも、ほら、むきになることなかやろ。いつでん喧嘩ばっかりしとったくせに……。

須美　そいでん夫婦は夫婦ばい……。

初美　あたしにはいっちょんわからん。

須美　離縁されて、ほんなこつ、身も心もぼろぼろになって……どうしようものうてアリラン

初美　峠に戻って来て……そんとき、幼なじみのあんひとがいちばんに、あたしんとこ来て……そんで、言《ゆ》うてくれたとよ……「大丈夫ね。困ったこつがあったら、いつでん相談に乗るけん。せからしかやつがおったら、くらわしてやるけん……おれはおまえん味方やけん。いつでんおまえのそばにおるけん」……。

須美　あん顔で？　あん鬼瓦んごたる顔で、そがん歯が浮くこつば言《ゆ》うたとね。

初美　あたしは、そん言葉が涙が出るほどうれしうて……あんひとといっしょになったとき、こんひとが最後の男っち決めたとよ。どがんこつがあっても、今度は添いとげようっち……。

須美　ほんなこつ、あんたは甘かね〜。そがん言葉ひとつに縛られるこつなか。さっさと新しか男ば見つけんね。

初美　あたしには、あんひとが必要なんばい……あんひとも、きっとあたしが必要ばい。

須美　あんたがそがん思いこんどるだけたい。

初美　あれがのうなろうが、どんだけ暴力ふるわれようが、あたしらは家族ばい。どんだけたいへんでも、がんばって、あたしが支えんとならんばい。

須美　がんばるんは、うちんひとだけでよか。誰も彼もがんばったら、やかましうてしょんなか。

英勲が近寄って来る。

須美　英しゃんも、中入って。一杯やってくんしゃい。

英勲　……。
須美　ほら、入って。
英勲　（物言いたげな顔で）……。
須美　どがんしたとね……？
英勲　こんなときにあればってん……北へ帰る日が決まったとです。
須美　いつ？
英勲　再来月の十五日……。
須美　……。
大村　そうか、北に帰るか……どこ行っても、わしらん闘いは続く……がんばろう！

と、拳を突き出す。

初美　むやみにひとば励ますのは、やめんね！
大村　むやみやなか……わしは心底……。
初美　ほら、さっさと中入って、入って。

と、木下たちに声をかける。

大村　わしは、これから組合事務所に行かなならん。
初美　あんたに声はかけとらん。

大村　またそがん冷たかこつ……。
初美　さっさと行かんね。
大村　……。

大村、出かけて行く。
木下、若松、中に入って行く。
奥に入って行く初美。

須美　北はこれから寒うなるんやろね……。
英勲　（頷いて）……。
須美　コートは？　革んコートはどがんね。餞別であたしに買わせてくれんね。
英勲　（首を振って）……。
須美　現金がよか？
英勲　（首を振って）……。
須美　もう会われんようなるんやけん。なんか、ほら……。
英勲　未練が残るけん、ほんなこつ、なんもいらんです。
須美　……。
英勲　いままでんもん、じぇんぶ捨てて、新しか生活ば始めたかです。
須美　……。
英勲　大したもんなかばってん、おれが着とった服、大ちゃんにあげたかけん、取りに来るよう言《ゆ》うてくんしゃい。

須美　（頷いて）……。

英勲、頭を下げて、自分の家に戻って行く。

須美　……。

木下　どんどんひとがおらんようになる……難破船から逃げ出すネズミんごたる……。

若松　辞めるか、第二に移るか……二つに一つ……ほかに道はなか。

木下　裏切るつもりね。

若松　こんまんまでは、八方ふさがりばい。第一におるかぎり、ろくな仕事はなか。給金も安か、食うていくのがやっとばい……朝鮮人は北に行けばよかやろが、おれらはどこにも行き場所がなか。

木下　与論に帰ればよかやろ。

若松　帰って、なん仕事があるとね……結局、山しかなか……。

木下　……。

若松　おまえは？

木下　なん。

若松　故郷に家族がおるやろう……帰ろうち思わんとね。

木下　離婚したとに、会いに行けるか、阿呆。

若松　……。

初美がマッコリの入った甕を持って、奥から出て来る。

初美　辛気臭か顔しとらんで、ほら、飲も、飲も。

初美、茶碗にマッコリを注いで、

初美　はい、乾杯、乾杯。

初美と木下、若松、乾杯する。
木下と若松がぐっと飲んだところで、

初美　一杯、百円ね。

木下と若松、ぶっと吹き出して、

若松　か、金ばとるとね！

初美　あたりまえやろ。着るもんもなかとに、酒に布団ばかぶせて、丹精こめてつくったんやけん。

若松　つくったとは、須美しゃんやろ。

初美　あたしが酌ばしたやろ。高かよ、あたしん酌は。

木下・若松　がめつかね〜。

むっつりした顔の成勲が帰って来る。
成勲、なにも言わずに、手漕ぎポンプで顔を洗い始める。

須美　あんた、知っとっと？　英しゃんの北行きが決まったばい。
成勲　どがんでもよか。
須美　あんたん実の弟やなかね。
成勲　……。
須美　あんたば頼って、こっち来たとでしゅ。
成勲　向こうでは食うていけんけん、日本に来ただけばい。そんでまた、こっちでも食うていけんけん、今度は北ね……北に行っても、仕事はなか。びっこは役に立たんけん、すぐに強制収容所に送られるばい。
須美　もしかしたら、体ん悪かひとには、よか仕事も与えてくれるかもしれん……なんせ、ほら、社会主義やけん。
成勲　英に影響されたとね？　そがん甘かこつ。あるわけなか……阿呆らしか。
須美　……。
成勲　金山《かねやま》しゃん、知っとろう……あれん親戚が北に帰ったったい。こないだ手紙が来て……「北はこんアリラン峠んごたる豊かで、美しか国です」ち書いてあったらしか……ほんまんこつば書いたら、スパイ扱いされるけん、そがんこつ、書いてきたと。

須美　……。
成勲　あいつも北が夢んごたるすばらしか国やなかこつ、よぅ知っとるはずたい。なんせ総連のイルクン（活動家）だけん、いろいろ話は聞いとろぅ。だけん、「北へ行く」ち言《ゆ》うてからも、ずっとぐずぐずして……北がどがん国かわかっとるくせに、びっこでもちゃんと食ぅていくこつでける、生きてくこつがでけるっち、まわりば煽るだけ煽って、ぐっさり北にひとば送ったとよ。あいつは詐欺師ばい、詐欺師。いいや、もっとひどか。
須美　……。
成勲　ばってん、もう引っ込みつかんよぅなって、重い腰ば上げたとやろ。もう逃げ出すこつはでけん。自分がどがんひどかこつしたか、身に染みるとよか。
須美　ちぃとは応援したらどがんね。
成勲　笛か太鼓でも叩くか。
須美　茶化さんで。
成勲　詐欺師ば応援する馬鹿がどこにおるとね。
須美　もう二度と会われんとよ。
成勲　哀しかね。
須美　決まっとるでしゅ。
成勲　（鼻で笑って）……。
須美　なんね、なんがおかしかね。
成勲　えろう思い入れしとるけん、びっくりしたと。

須美　家族やけん、あたりまえでっしゅ。
成勲　英に抱いてほしかとね。
須美　なんば言いよると。
成勲　おれがこがん体になったけん、英に乗りかえたかやろ。
須美　あんた、言ってよかこつと、悪かこつがあるとよ。
成勲　別れたかったら、別れてやるったい。
須美　だけん、何度も言《ゆ》うたでしゅ。もうそん話はせんで。
成勲　あの日、いっそ死んでしもたらよかったと……おまえも、そがん思うやろ？
須美　やめんね！　聞きたかなか！
成勲　あの日、仲間ば助けに坑内に降りてって……「苦しうなったけん、肩ば貸してくれ」っち救助隊のひとりが言《ゆ》うけん、つかんで離さんけん、おれもその場で座りこんでしもて……おれんまわりで、ごろごろひとが倒れて、ガスで頭がおかしうなって大声でわめくやつ、歌ば歌うやつ、「南無妙法蓮華経」ち唱えるやつ、糞ばもらすやつ……この世ん地獄ばい……そんうち、おれも苦しうなって、いっちょんわからんようなって……気づいたら、病院の通路の上たい。
須美　……。
成勲　あん地獄んこつば思い出すたび、体が震えるばい……あれ以来、暗か場所がえすか……ばってん、生活が苦しかけん、一日八十五円の坑内手当ば目当てに、また坑内、下っていかなならん。いつ何時、発作が起こるかわからん。びくびくしながら、坑木かついで……先山ばやっとった男が、坑内雑夫ばい……こがん惨めなこつはなか……ばってん、

須美　ほかん仕事はなか……ただただ我慢して、ただただ働くほかなか……なんの喜びもなか……砂ばかむような毎日ばい。おれには、なんも夢もなか、希望もなか……。
成勲　炭坑夫……辞めたら、どがんね。
須美　……。
成勲　辞めて、ほかんところに行けば、体もようなるかもしれんやなかとね。
須美　（鼻で笑って）……。
成勲　行ってみんと、わからんばい。
須美　どこに行くとね？　北ね、南ね。おれはもう日本人になったと。お義父しゃんが言《ゆ》うとおり、日本人なって、国ば失《うし》のうてしもた。もう朝鮮人でも、韓国人でもなか。
成勲　あたしが働くけん。どっかほかん町で、散髪屋の住み込みかなんか探せば……きっとあるばい……あんたはもう働かんでよかとよ。
須美　（笑って）ほんなこつ、髪結いの亭主になるとね。
成勲　そうせんね……そうしよう、あんた。それがよか。
須美　おまえにぶらさがって、これから先、生きていけっち？
成勲　金ん貯まったら、自分の店ば……パーマ屋ば始められるかもしれんばい。
須美　……。
成勲　……。

成勲、須美を抱きしめ、口づけする。

成勲、須美を押し倒し、狂おしく須美を求め始める。

須美　あんた……やめて……こがんところで……。

成勲、かまわずに須美を愛撫する。
あらがう須美……。
激しく求めながらも、激しくもみ合う成勲と須美……。
成勲、須美の手を自分の股間にあてる。

成勲　……。
須美　……。
成勲　おれん体はもうだめばい……わかっとろう。
須美　……。
成勲　おれは腑抜けばい……。
須美　……。
成勲　おまえば抱くこつもでけん……。
須美　……。
成勲　別れたほうがよか……。
須美　……。

成勲、須美を引き離そうとする。
須美、成勲に抱きついて、

須美　（振り絞るように）別れんけん……別れたりせんけん……。
成勲　……。
須美　ずっと、あんたんそば……おるけん……。
成勲　……。
須美　……。

成勲、須美を振り払って、行こうとする。

須美　どこ行くとね。
成勲　飲んでくる。
須美　発作が起きたら、どがんすっとね。
成勲　せからしか！

成勲、アリラン峠をまた下って行く。

須美　……。

大村が走って戻って来る。
その後ろから、大大吉がついて来る。

大村 朗報たい、朗報！　CO法が成立したばい！
須美 ……。
大村 いま、組合から連絡があっとよ。
須美 ……。
大村 がんばった甲斐があった……ほんなこつ、めでたか。
須美 （複雑）……。

大村、須美の手を両手で握りしめる。

須美 ……。
大村 どがんしたとね……？　うれしかなかね。
須美 あんまり、突然やけん……。
大村 （うんうんと頷いて）わしも驚いとる。ばってん、これで須美しゃんの苦労も、CO患者ん家族の苦労も報われるばい。
須美 ……。

大村、中に入って行って、

大村 おい、聞いてくれ！　ＣＯ法が成立した！
木下 ほんなこつ!?
大村 （頷いて）
初美 めでたかね、さ、飲んで、飲んで。

と、茶碗を差し出す。
ぐっとマッコリをあおる大村。

若松 高かよ、そん酒……。
大村 わしんおごりばい。じゃんじゃん飲めばよか。

若松と木下、歓声をあげる。

初美 須美、中、入って、ほら。
須美 ……。
初美 うちんひとがお大尽になったと。あんたもじゃんじゃん飲んで、稼がんと。

須美、中に入って行く。

大大吉 その年の春、ジャッキー吉川とブルー・コメッツが歌う「ブルー・シャトウ」が大ヒットして、少年のわたしもよく替え歌を口ずさんだものでした……（替え歌を歌って）……グループサウンズがもてはやされ、イギリス人モデルのツィッギーの登場でミニスカートが流行り、町にはヒッピーやフーテン族があらわれ……時代はまさに高度成長のまっただ中にありました……そして、その片隅で、CO法（炭鉱災害による一酸化炭素中毒に関する特別措置法）はひっそりと成立しました。けれど、それは須美おばしゃんたちにとって、苦難の始まりでしかありませんでした……軽症患者と認定された成おじしゃんや、昌平しゃんたちに与えられた権利は、健康管理という名目で、病院から薬がもらえる程度でしかなかったのです……CO法は軽症患者の切り捨てを認めた法律となってしまったのです……。

初美、韓国民謡を歌いだす。

須美もいっしょになって歌って……。

奥から、洪吉が顔を出して、「チョッタ（いいぞ）！」と、かけ声をかける。

大いに盛り上がって……。

溶暗……。

5

初秋、昼。

店の前に、旅支度の英勲。
英勲を取り囲んで、初美と大吉。
長椅子に洪吉が腰かけている。

英勲 そろそろ時間やけん……。
初美 ちょっと待って、最後なんやけん、ちゃんと挨拶ばしてって。
英勲 ……。
初美 なんばしよっとやろね、ほんなこつ……うちんひとはともかく、須美も春美も、成しゃんもどこ行ったとやろ、こがんときに……。

大吉、袋を英勲に差し出す。

初美 なんね、そいは？

大吉　（恥ずかしそうに）うちが編んだマフラー……。

大吉、袋の中からマフラーを取り出してみせる。

初美　そがん気色悪かもん、首に巻きたたなか。
大吉　英しゃんために、うちがデザインば考えたとよ。
初美　巻いて寝たら、うなされそうばい。
大吉　……。
英勲　ありがとう、大ちゃん。大切に使わせてもらうけん。

英勲、袋を鞄にしまう。

大吉　なして、しまうとね。なして、巻いてみせんとね。
英勲　寒なったら、巻くけん。
大吉　……。
初美　マッコリば飲まんね、待っとる間。
英勲　（笑って）金ばとるんやなかですか。
初美　あたしからん、ささやかな餞別ばい。
大吉　ほんなこつ、ささやかばい。
初美　やかましか……（英勲に）あたしも飲みたか……別れの盃ばい。

英勲　（頷いて）……。
初美　（大吉に）鞄持って、入って……お父しゃん、ほら、中入って。
洪吉　……。
初美　（声を大きくして）中、入って。
洪吉　（顎で英勲を指して）出かけるとやろ。
初美　須美ば待つの。
洪吉　（頷いて）……。

大吉、鞄を持って中に入って行く。
初美も中に入って行きながら、

初美　甕ば持って来て。
大吉　ひとづかいが荒か。
初美　あんたん大好きな英しゃんためやろ。やいやい言わんと、さっさとやらんね。

渋々、奥に入って行く大吉。
英勲、洪吉といっしょに中に入る。
ソファに座りこむ洪吉。

英勲　ここ（床屋椅子）、座ってよかですか。

初美　なして、あたしに断るとね。好きにせんね。

英勲、床屋椅子に腰かけて、

英勲　秋晴れね……ほんなこつ、ここは景色がよか……。
初美　そんだけが、こんアリラン峠のとりえね。
英勲　晴れとるけん、人工島もはっきり見えよる……空気も澄んどるけん、通気音もよう聞こえるばい……。
初美　……。
英勲　いつもんごたる、ゴーゴーいうとる……。
初美　……。
英勲　もう、ここに足ば運ぶこつなかとですね……。
初美　アリラン峠に、よか思い出はなかとやろ。
英勲　ばってん、いまは嫌なこつより、よかこつばっかり思い出すとです。
初美　ひとりで、さびしうなか。
英勲　慣れとるけん。
初美　須美んこつ……あきらめきれるとね。
英勲　……。
初美　ほんなこつはいっしょに行きたかったとやろ。
英勲　……。

初美　最後やけん、キスぐらいしたらよか。
英勲　（笑って）兄しゃんにくらわされるばい。
初美　気にせんでよか、よか。こんさい、思い切って、ほら、そん椅子に押し倒して……がばっと、ぶちゅっと、ずびびっと……。
英勲　ずびびって……そら、どがんね。
初美　そんぐらい強引にいったらよかとよ。
英勲　でけんです、そんなこつ……。
初美　須美も案外、待っとるかもしれんばい。
英勲　……。

須美と大村が来る。
不機嫌な顔の須美……。

大村　すまん、すまん、遅なってしもた。
初美　どこ行っとったとね。
大村　（須美の顔色をうかがって）家族会と、いろいろとほれ……揉めとってな……。
須美　組合がおかしか平和協定に印ば押そうとしとる。黙っとるわけいかん……そんだけん話ばい。
大村　これ以上、上ん決定に逆らうわけいかんとよ。上はもうＣＯ闘争から手ば引きたか……うちん組合だけたい、いつまででん職場復帰に反対しとるとは。

須美　だけん、病人ば山に送るわけいかんでっしゅ。ちぃともようなっとらんのに、無理やり職場復帰させて……そいでなんかよかこつあるとね。あたしらん得になるとね……昌平しゃんも坑内で倒れて、即、首になったとよ。

大村　もし、ここで会社ん提案ば蹴ったら、上は労使交渉からも手ば引くち言《ゆ》うとる。したら、どがんなるとね。いままでCO患者の生活費、治療費ば肩代わりしとった金、じぇんぶわしらが負担せんとならんとよ。

須美　結局、金ね……金んために、あたしらば切り捨てるとね。

大村　いくらになるち思うとる……とんでもなか額ばい！

須美　なして、こっちに押しつけるとね。組合の責任やなかね……そうでっしゅ！

大村　……。

須美　必死ん思いで……あたしらば助けてくれるかと思うて始めたCO闘争も、結局、ザル法案に終わったとやなかですか……組合は、ほんなこつ、あたしらんこつば考えてくれとるとね。ほんなこつ、あたしらん苦しみばわかっとるとね。

大吉が甕を運んで来る。

初美　議論はほかんところでせんね。英しゃんと最後なんやけん……。

須美　……。

初美　ほら、飲も、飲も。

大村　わしはよか……。

初美　なん遠慮しとるとね。
大村　またわしんおごりで、目ば飛び出す金ば要求すっとやろ。
初美　今日はあたしんおごり、おごり、ほら、飲んで。

と、茶碗を差し出す。

大村　……。
初美　乾杯、乾杯……ほら、須美も茶碗持って。
須美　（頷いて）……。
大村　なんに乾杯するとね。
初美　英しゃんの新しか門出に決まっとるやなか。

須美、茶碗を手にとって、

須美　体に気つけてくんしゃい……。
英勲　姉《あね》しゃんも……。
須美　……。
英勲　……。
初美　めでたか席ばい。しんみりせんと。
洪吉　わしにもくれ。

初美　飲むとね……珍しか。
洪吉　最後やけん……。
英勳　（頭を下げて）……。

初美、洪吉に茶碗を渡す。

大吉　うちにも一杯。
大村　おまえはいかん。おまえは未成年たい。
大吉　マッコリは酒やなか。ジュースばい。
大村　いかん、いかん。
大吉　せからしか……なして、えらそうに命令すっとね……あんた、うちのなんね？　親父ね？
大村　……。
大吉　関係なかやろ！

初美、大吉の頭を叩いて、

初美　口答えすっとは、百年早か。
大吉　……。
初美　ほれ、木下しゃんと若松しゃん、呼んで来て……最後やけん、いっしょに飲もうち。

大吉　……。
初美　早《はよ》う！

渋々、出て行く大吉。

初美　なんね、なんね、お通夜やなかとよ、しーんとして……英しゃんば明るう送り出さんと……ほら、乾杯、乾杯。

須美たち、乾杯をする。

初美　歌でも歌おうかね。
大村　歌はよか。
初美　うちん歌ば聞きとうなか？
大村　そいも金ばとるとやろ。
初美　あんた、なして、そがん疑り深《ふこ》うなったとね。
大村　おまえに鍛えられたとよ。

春美がガラ車を引いて、来る。
ガラ車に横たわっている昌平。
須美、入り口に顔を出して、

須美　入って、入って。
春美　英しゃんに、挨拶来ただけばい……。
須美　そがんこつ、言わんと、ほら。
春美　（首を振って）……。
須美　……。

英勲、表に出て来て、

英勲　わざわざ、すんまっしぇん。
春美　今日はだいぶ調子がよかよ、こんひと……意識もしっかりしとると。
英勲　昌平しゃん……英ばい。おれんこつ、わかるとね？
昌平　（うんうんと頷いて）……。
英勲　ほんなこつ、お世話になりました。
昌平　（口がうまくまわらない）どっか行くとね。
英勲　北です、北。
昌平　（わからない）……。
英勲　遠くです……遠くの国に行きます。
昌平　もう帰って来んね。
英勲　（頷いて）……。
昌平　さびしかね……。

英勲　（頷いて）……。

初美、表に出て来て、茶碗を春美に差し出して、

初美　（春美に）ほれ、あんたも一杯やらんね。
春美　また仕事せなならんけん。
初美　一杯ぐらいよかやなか。
春美　（首を振って）……。
初美　あぁ、もう辛気臭か……太っとる女に、哀しか顔は似あわんばい。
須美　（咎めて）姉《あね》しゃん。
初美　……。
須美　食うていけとるとね……きつうなかと？　……結局、会社も首になって、だぁれもあんたらんこつ助けてくれんとやろ。
春美　……。
須美　第一んひとに頭ば下げて、戻ってこんね。
春美　（大村を見て）許してくれんでっしゅ。
大村　……。
初美　ほんなこつ、けつの穴のこまか……第一、第二ち揉めとる場合ね。
大村　おまえには、わしらん事情がわからんとやろ。口出すな。
初美　どっちも昌平しゃんば助けてはくれんとは、ようわかるばい。

大村　苦渋の選択ばい……。
春美　うちらんこつはかまわんでよか。うちひとりで、なんとかするけん。
初美　意地になるこつなか……我慢も太っとる女に似あわんよ。
須美　嫌味ばっかり言わんで。
初美　この子見とると、いらいらする。自分ひとり、不幸ばしょって歩いとるごたる顔して……。
須美　姉《あね》しゃん……。
春美　よかよ、ほんなこつ、姉《あね》しゃんには、なぁんもわからんけん。
初美　ほらほら、こがんこつ言《ゆ》うけん、むかつくたい。
春美　朝から晩まで、こんひとと向きおうとっとよ……そいがどがんつらかか、わかるとね……わからんでっしゅ。
初美　夫婦やけんしかたなかやろ。嫌なら、別れたらよか。
春美　（声を荒らげて）こんひとば捨てられるとね！　子どもんごたる、こんひとば置き去りにできるとね！　でくるわけなか！
初美　太か声ば出さんでもわかる！
春美　氷のうで頭ばずっと冷やさなならんとよ。だけん、どこにも行かれん……家《うち》でサロンパスの箱貼りの内職しとる。つくった分だけ金ばくれるけん、一個でも多くつくらんと……（昌平を見て）金かかるけん……だんだん鎮痛剤もきかんようなったと……ばってん、薬ば買わんわけいかん……。
須美　痛みはひどかとね。
春美　耳鳴りがするらしか……もう夏やなかとに、耳ん中でわんわん蟬が鳴いとるらしか……

須美　うちが内職しとる横で、転げまわって、のたうちまわって……見てられん……ばってん、どこにも逃げられん……うちが面倒みんで、誰が見るとね……こんひとばほかんひとに押しつけるわけいいかん。

初美　……。

須美　あんたが愚痴っぽかは、死んだお母しゃんゆずりばい。お母しゃんも死ぬまで愚痴ったと……お得意の身世打鈴《シンセタリヨン》（愚痴）ばい。

初美　もうやめんね、姉《あね》しゃん。ちいとは春美ん気持ちば考えてやって。

須美　たいへんなんは、春美だけやなか……あんただって、おおごったい。CO中毒ん家族は、みんなつらか……。

春美　……。

英勲　もう行くけん……（英勲に）英しゃん、どうぞお元気で。

春美　春美しゃんも……。

英勲　落ち着いたら、こんひとに手紙でん書いてやってくんしゃい。

春美　（頷いて）……。

　　　昌平、腕を差し出す。

　　　英勲、昌平を抱きしめて……。

春美　あんた、ほら、英しゃんにお別れば言《ゆ》うて。

昌平　さよなら。

英勲　……。
昌平　おれんこつば……忘れんでくんしゃい。
英勲　（うんうんと頷いて）……。

須美、レジスターから金を取り出し、春美に金を握らせる。

須美　……。
春美　……。
須美　困ったこつあったら、いつでん来ればよか。ここは、あんたん家《うち》やけん。

春美、ガラ車を引いて、去って行く。
見送る須美たち……。

須美　いつんなったら、あたしらん苦しみは終わるとやろ……いつんなったら、報われるとやろ……。
初美　そがん簡単には終わらんばい、きっと……。
須美　……。
英勲　おれはそろそろ行かんと……。
初美　まだよかやなかね。
英勲　電車ん時間が……。

初美　船は明後日、出発すっとやろ。あせるこつなか。いざとなったら、走ればよか。新潟まで走れば、一日でつくけん。
大村　無茶なこつぬかすな。
初美　せめて木下しゃんと、若松しゃんば待たんね……お別れば言《ゆ》うとらんやろ。
英勲　……。
初美　ほら、入って、入って。

と、英勲の腕を引く。
酔っぱらった成勲が来る。

成勲　お〜い、みんなで集まって、なんばしよっと……（笑って）おれん悪口か、また〜。
須美　飲んどるとね……。
成勲　ちぃと、ちぃとだけばい……昼酒はほんなこつ、気持ちよか……なんもかんも忘れさせてくるったい。
須美　今日は、英しゃんば見送る日や言《ゆ》うたやなかとね。
成勲　そうやった、そうやった、忘れとった……めでたか日やったと……。
須美　……。
成勲　マンセー！　お義父しゃんもいっしょに、ほれ……マンセー。

と、洪吉の腕をつかまえて、万歳をさせようとする。

須美　やめんね。
成勲　なんそがんえすか顔ばしとるとね。
須美　ちゃんとお別れば言《ゆ》うてくんしゃい。

英勲が成勲に近づいて、

英勲　兄しゃん、ほんなこつ、お世話になりました。
成勲　……。
英勲　いままで、ありがとうございました。

英勲、頭を下げる。
成勲、英勲に顔を近づけ、

成勲　なして、北に行く？　北になにがあるとね。
英勲　祖国に貢献でくるとです。社会主義建設の一翼ば担えるとです。
成勲　ほんなこて、信じとるとね。そがん嘘くさか宣伝文句ば信じとるとね。
英勲　……。
成勲　びっこのなんが役に立つ？　足手まといになるだけばい……おまえも、わかっとろうがっ。
英勲　……。

成勲　わかっとるのに、なして、行く？
英勲　……。
成勲　ここから逃げ出したかや……おれから逃げ出したかや。
英勲　……。
成勲　それとも、あれか……北に死にに行くつもりや。
英勲　……。
成勲　なして、なんも言わん。図星か。
英勲　（顔をそむけて）……。
成勲　おれん顔ば見んか！　ちゃんと顔ば見て、答えろ！
須美　あんた、最後なんやけん、ちぃとはやさしか言葉ばかけてやって……。

成勲、須美を引き寄せて、

成勲　おまえ、こいつに惚れとろうが。
英勲　……。
成勲　こいつと、やりたかったとね。
須美　やめんね、あんた。
成勲　いっしょに連れて行きたかとやろ。
英勲　……。
成勲　ほれ、持ってけ。

と、須美を押し出す。

須美　えぇかげんにせんね！

成勲　（声を荒らげて）こいつばやるけん、北には行くな！

英勲　……。

成勲　（英勲をにらみつけて）……。

初美　乾杯、乾杯……なごやかに飲まんね、ほら。

と、茶碗を差し出す。

成勲、茶碗をぐっとあおって、

成勲　根性なしが……さっさと尻尾巻いて、北、行け！

英勲　……。

成勲　びっこんくせに、ひとん女房に色目ば使いやがって……。

英勲　兄しゃんも……おなじじゃなかですか……。

成勲　なんがぁ！

英勲　おれとおんなじ片端やなかですか。

成勲、うなり声をあげて、英勲につかみかかる。

英勲を押し倒して、馬乗りになって、殴り始める。

須美　やめて！　あんた、やめて！
初美　（大村に）とめて！　早《はよ》うとめんね！
大村　わ、わしが!?　無理ばい、無理！

必死で成勲にしがみつく須美。

須美　やめて！

須美を振り払う成勲。
英勲、成勲からなんとか逃れようとするが、執拗に殴り続ける。
こらえきれずに、成勲を殴り返す英勲。
成勲も殴り返す。
激しい兄弟喧嘩が繰り広げられる。
英勲、殴りながら、涙があふれてくる……。

須美　やめて！　もうやめて！

と、成勲にすがる。
荒い息で倒れこむ成勲と英勲。
英勲、泣きながら、ふらふらと立ち上がって、鞄をつかむ。

須美、英勲にすがって、

須美 英しゃん！　英しゃん！　このまま行ったら、いかんよ！

英勲 離してくれ！

須美 こいが最後なんよ！　一生、会われんかもしれんとよ！　憎みおうて別れるつもりね！

英勲 ……。

須美 お願いやけん……頼むけん……。

英勲、須美を振り払って、走り去って行く。

須美 英しゃん！

初美 あんた、追いかけて！

大村 （おろおろして）追いかけて、どがんすっとね……。

初美 連れ戻して……英しゃんば連れ戻して！

大村 わし、足が遅かけん……。

初美 早《はよ》う！

大村、あたふたと英勲を追いかけて行く。

初美、表に出て行って、心配そうにアリラン峠を見つめて……。

須美　（泣きながら）あんまりやなかですか……なして、こがんひどかこつ……。
成勲　さっさと追いかけ……おまえもほんなこつ、惚れとるやろ。

須美、成勲の頬を平手打ちして、出て行く。

成勲　……。

成勲、ふらふらと立ち上がって、髭剃りナイフを手にとる。

成勲　（髭剃りナイフを見つめて）……。

成勲、髭剃りナイフを首にあてる。

成勲　（ぶるぶる震えて）……。

洪吉、成勲の腕をつかんで、

洪吉　やめ。
成勲　……。
洪吉　死んだら、いかん。

成勲　……。
洪吉　わしらは、どがんこつがあっても、生きていかなならん……。
　　　成勲、洪吉にすがって、号泣する。
初美　（成勲の泣き声に耳を澄ませて）……。
　　　若松がやって来る。
若松　どがんしたとね……えらか勢いで、英しゃんと支部長しゃんが走って行ったと……。
　　　初美、自分の胸を叩きながら、
初美　やりきれん……胸ん中で、蟬が鳴いとるごたる……。
若松　……。
初美　あんた、うちん店で飲まんね。
若松　（頷いて）……。
　　　初美、韓国民謡を口ずさみながら、アリラン峠を越えて行く。
　　　初美を追いかけて行く若松。

大吉と大大吉が物陰から、こっそり顔を出して、ふたりを見つめて……。

溶暗……。

6

一年後、大晦日、夕。

餅つきをしている木下。

初美がついた餅を裏返す。

ソファに、洪吉。

初美、へっぴり腰の木下を笑って、

初美 だらしなかね。

木下 ……。

初美 代わって、代わって。

と、杵をつかむ。

木下　大丈夫ね。
初美　餅ばつかせたら、うちん左に出るもんはなか。
木下　右やなかね。

初美、餅をつき始める。
見事に腰が据わっている。
感嘆の声をあげる木下。

須美が帰って来る。

須美　遅うなって、すんましぇん。いま、手伝うけん。

と、奥に入って行く。
初美、杵を木下に渡して、

初美　餅ば食べんね……つきたてばい。あたしがついたとよ。
木下　おれが……。

初美、中に入って餅を丸め始める。
エプロンをした須美が奥から出て来る。

初美　こがん年末まで、なんばしよっと。
須美　裁判することにしたと。
初美　……。
須美　旦那しゃんがCO患者になった安田しゃん、炭住の一番端んとこに住んどる……。
初美　（頷いて）……。
須美　そんひととふたりで裁判ばすっと。
木下　なん裁判ね。
須美　会社が保安ばさぼって、炭塵爆発ば起こした、そん責任ば追求すっとったい。
初美　うちんひとには？　話したとね。
須美　鼻で笑われたと……。
初美　そりゃ、そうたい、大事《おおごと》ばい、裁判やら始めるとは……。
須美　あたしらだけでは、なんもできんと思うとるんやろ、きっと。
木下　賠償金ば請求すっとですか、会社から。
須美　金目当てでやるんやなか。
木下　そいでん、裁判なんやけん、賠償請求ばなんぼにすっとか聞かれるばい。
初美　くわしかね、あんた……。
木下　離婚したときに、ほれ……。
初美　（頷いて）……。
須美　なら、会社ん財産じぇんぶ、請求するばい。
木下　大きう出たね……。

初美　きちんと組合と話したほうがよかやなか。

須美　組合は裁判すっとば反対しとると……なんでんかんでん、あたしらがやろうとするこつば反対して……「裁判は物取り主義。要求は直接、会社と交渉して、勝ち取る」……闘争至上主義ばい……ばってん、そん一方で、会社と平和協定ば結んで、ストもやらんようなって……なんのための組合ね……ほんなこつ、腹立たしか。

初美、須美に餅を渡す。
須美、餅を頬ばって、

須美　うまか……。

初美　うまかね……。

須美と初美、ぱくぱく餅を頬ばりながら、

初美　なして、あんたが旗ば振らんとならんとや。

須美　ほかん誰がやってくれるとね。

初美　だけん、なして、そこまでやっきにならんといかんちこつね……誰んために裁判すっとね……。

須美　CO患者ん家族んためばい。

初美　成しゃんとあんた、険悪やなかね……おかしゅうなか。

須美　あたしだけん話やなか、春美も、ほかん家族も、あん事故で滅茶苦茶にされたとよ……そいでん、平気な顔して……坑夫ば虫けらんごつる扱《あつこ》うて……そいが許せんばい。あたしは、あんひとらに謝罪ばしてほしか、あたしら家族に頭ば下げさせたか。
初美　そがん金にならんこつに力ば入れる、あんたん気持ちがいっちょんわからん。
須美　女ん意地ばい。
初美　成しゃんにあてつけやなかとね。
須美　醤油とって。

初美、須美に醤油の入った小皿を渡す。

初美　（餅を頬ばりながら）食べだすと、止まらんね。
須美　（も餅を頬ばりながら）止まらんね。

洪吉が近づいて来て、

洪吉　わしにもくれ。
初美　はいはい。

と、洪吉にどっさり餅を渡して、

初美　たんと食べてくんしゃい。
須美　そがんいっぴあ……喉ばつまらせたら、どがんすっとね。
初美　寝たきりになるより、餅ば喉つまらせて、ころっといったほうが楽でよか。
須美　（苦笑して）また姉《あね》しゃんは……。
初美　どうせ聞こえん。
洪吉　聞こえとる。
初美　……。
須美　（笑って）

洪吉、ソファに戻って、餅を食べ始める。

成勲が帰って来る。

と、洪吉に頭を下げる。

成勲　ただいま、帰りました。
成勲　餅つき、おれも手伝うかね。
須美　疲れとるでっしゅ。
成勲　いまは座っとるだけの仕事やけん。

初美　あんまりつくっても甲斐がなか。ひとがずいぶんおらんようなったけん……昔は、ほら、こんアリラン峠もようけひとがおって……賑やかで……みんなで餅つきしたとにね……。
成勲　山で食うていかれんようなったけん、離れて行くしかなか……。
須美　……。
初美　残っとるのは、こがん雑魚ばっかり……。
木下　ひどか～。
初美　文句があるなら、つけば払わんね。
木下　……。
初美　（成勲に）着替えて、あたしがついた餅ば食べて。
木下　だけん、おれが……。

成勲、奥に入っていく。

初美　成しゃん、なんの仕事ばしとっと、いま?
須美　踏切ん上げ下げ。
木下　いじめばい、いじめ……そがん味気なか仕事ばっかり、第一に押しつけよると。
初美　そいでん働きに行っとるとね、成しゃん……。
須美　ほかにとりえはなかけん。
初美　ちぃとでも家計ば助けようち思うて、我慢しとるんやなかね。

須美　……。
初美　もう許してやらんね。
須美　……。
初美　成しゃんの気持ちは、あんたも痛かほどわかっとるやろ。
須美　……。

大村が来る。

初美　餅、いらんね、あんた。あたしがついたとよ。
木下　だけん、おれが……。
大村　それどころやなか……わしは、これから組合事務所に行ってくる。
初美　どがんしたとね？　なんがあったと？
大村　会社がいよいよいかんようになったげな……。
木下　閉山……すっとね。
大村　（頷いて）今日、明日中に閉山提案ば出してくっとやろ……こいが会社との最後の交渉ばい。
須美　そいでん、あたしらん裁判は進めさせてもらいますけん。
大村　もちぃと待たんね。いまは自分たちんこつだけ考える時やなかろう。
須美　待ってられんばい。事故から三年過ぎたら賠償請求権は消滅すったい……もう時効ばい。

大村　あんたも組合の人間なんやから、行動ば共にせんね。
須美　あたしは、いつでん組合ば辞める覚悟でおるとです。
大村　……。

若松が大吉を引っ張って来る。

大吉　痛か……痛か……放して！　嫌、もう！　……うち、かよわかとに……非力やのに
……。
若松　嘘つけ！
大吉　暴力反対！

成勲が何事かと奥から顔を出す。

初美　なんね、なんか悪さでもしたと……。
若松　キセルして、つかまったとよ。
初美　……。
若松　おれんとこに、駅の係員から連絡があって、引き取りに行ったと。
初美　どこ、行こうとしたとね。
大吉　……。
初美　どこね！

大吉　博多……。
大村　なして、博多に……。
須美　博多行ったら、ファッションデザイナーになれるち思うたとね。
大吉　……。
初美　あんた、いくつになったとね……そがん簡単なもんやなか。それもわからんとね。
大吉　もしかしたら、成功すっとかもしれんやろ。成功して、ビッグに、太か男になるかもしれんやろ。
須美　もう十分太かて。
大吉　いや〜、それば言わんで〜。
初美　阿呆らしか……しょんなか夢はさっさと捨てんね。現実ば見んね、現実ば。
大吉　ほかにどがん夢ば持てばよかとね？　炭坑夫？　うちんこん白魚んごたる指ば汚せっち？　お父しゃんごたる事故で死ねばよかとね。成しゃんごたるCO中毒で苦しめばよかね。
成勲　……。
初美　（成勲に）すんましぇん……。
成勲　（気にしてないと、首を振って）……。

初美、大吉の頭を叩いて、

初美　もちぃと気つかわんね。やわらかか物言いせんね。なんね、その言いぐさは……。

木下　親譲りやなかとね。
初美　やかましか。
大村　炭鉱はもうのうなる……仕事はなか。
大吉　なら、サラリーマン？　アリラン峠に住んどる韓国人ば誰が雇うてくれるとね……どっこも嫌がるばい。
初美　探せば、いろいろ仕事は、ほかにもあるばい。
大吉　たとえば？
初美　パチンコ屋もあるし、焼肉屋もあるし、英しゃんがやっとった屑鉄もある……。
大吉　ほかには？
初美　キムチ漬ける工場《こうば》……？
大吉　どれもみんな嫌！
初美　ぜいたくば言《ゆ》うとられんばい。
須美　あたしらが生きる道は、ほかにもあるとよ、きっと……。
成勲　……。
大吉　うちは、もうここにおりとないの！　ここば離れたか……ここにおったら、うちはだめになる。ここにおるとは、だめな人間ばっかりばい。うちん夢も潰さるる。だめになるばい！
初美　えぇかげんにせんね！　いつまでん子どもんごたる、わがまま言《ゆ》うとるんやなか！
大吉　お母しゃんが、一番、だめ人間ばい。
初美　あたしんどこがだめね……女手ひとつでけなげに働いて、あんたば育てて……こがん立派な女はおらんばい。

木下　自画自賛ばい。

大吉　ころっころっ、男ば変えて……。

初美　男運がなかとは、あたしんせいやなか。

木下　今度はひとんせいにしとる……。

初美　やかましか。

大吉　いまも、めかけんごたる暮らしばして……。

初美　こんひととはなぁんもなか、じぇんじぇんなか。ほんなこつ、じぇんじぇん、なぁんもなか。

大村　そこまで否定するな……わしがみじめになるけん……。

大吉　そこん若松しゃんと、浮気ばしたやろ！

若松　……。

大吉　不潔ね、不潔！

初美　……。

大吉　お母しゃんは最低ばい！　だめだめ人間ばい！

初美、大吉を平手打ちする。

初美　なんが最低ね……なんがだめね……。

大吉　……。

初美　おまえば、ここまで必死で……女手ひとつで育ててきたとに……なして、そこまで、言われんとならん……。
大吉　……。
初美　（涙を浮かべて）片親ばってん、おまえに不自由な思いばさせんために、必死で働いてきたとに……そいでん、あたしば責めるとね……。
大吉　……。
初美　そいでん黙って、出てって……そいでん、あたしば捨てるとね……。
大吉　……。

大吉、飛び出して行く。

初美　……。
大村　（若松に）ほんなこつね？　あれが言《ゆ》うたこつは、ほんなこつね。
若松　すんまっしぇん。

と、頭を下げて、走り去って行く。
若松を追いかけて行く木下。

大村　あれが言《ゆ》うとるこつは、ちごうとるやろ……間違《まちご》うとるやろ。
初美　……。

大村　信じとる……わしは、おまえば信じとる……そがんこつ、なかやろ。

初美、涙をごしごし拭きながら、

初美　あたしは、あんたが思うとるような人間やなか。
大村　わしらん間に、あれはのうなっても……あれは、あるやろ……だけん、あれが、あれしても、あれがあればい……。
初美　あればっかりで、わからん……。
大村　ばってん……あればい……。
初美　あんたと、あたしは釣り合わん……別れたほうがよか。
大村　別れん、わしはじぇったい別れん。
初美　後ろ指さされとるとよ。支部長しゃんが韓国女ば囲うとるって……。
大村　言いたかもんには、言わせとけばよか。
初美　なして、あたしね……ほかにも、女はおるでっしゅ。
大村　ばってん……おまえがよか……。
初美　……。
大村　おまえんこつ……愛しとる……。
初美　……。

大村、おずおずと初美を後ろから抱きしめて、

大村　頼む……。
初美　やめて、恥ずかしか……。
大村　頼む……。
初美　……。

裸足の春美が、よろめくようにして、来る。

須美　どがんしたと……。
春美　マッコリ一杯、くれんね。

成勲が奥に入って行く。
須美、春美の手を引いて、床屋椅子に座らせる。

須美　（初美に）姉《あね》しゃん、タオルとって。

初美がタオルをとって、須美に渡す。
須美、春美の汚れた足をタオルで拭きながら、

須美　こがん真冬に裸足で……ほんなこつ、どがんしたとね……。
春美　（うつろな目で）……。

須美、……。
初美 ……。

成勲がマッコリを注いだ茶碗を運んで来る。
春美、マッコリをぐっとあおって、立ち上がる。

春美 （無表情で）行かんとならん……。
須美 どこ行くとね。
春美 警察……。
須美 ……。
春美 昌平しゃんば殺したけん……。
須美 （嗚咽して）……。
春美 （涙も出ない）……。

須美、春美を抱きしめ、背中を叩きながら、

須美 なして……なしてね……。
春美 昌平しゃんが痛《いと》うてたまらん……殺してくれっち言《ゆ》うけん……。
初美 阿呆……。

初美も春美を抱きしめる。

春美　（ようやっと哀しみが押し寄せてきて、泣きながら）もう……もう、これで……苦しまんでもすむばい……。

姉妹三人、抱き合って号泣して……。

洪吉が三人を分けて、

洪吉　早《はよ》う、警察さん行ってこい。昌平しゃんの死体ば早ぅ引き取ってもらわんと……。

春美　（頷いて）……。

成勲　おれがついて行きますけん。

成勲、春美の腕をとろうとする。

春美　ひとりで行くけん。

成勲　……。

春美　ひとりで行かせてくんしゃい。

成勲　（頷いて）……。

洪吉　まっすぐ行くんやぞ。途中で変な気ば起こしたらいかん……生きならん。どがんこつ

春美　があっても、生きなならんとぞ。

洪吉　（頷いて）……。

春美　お父しゃん、成しゃん、須美姉《ねえ》しゃん、初美姉しゃん……どうぞお元気で……。

春美、深々と頭を下げる。

大村　わしは……？　わしは抜けとるばってん……。

大村を無視して、春美を見送る須美たち……。

大村　……。

春美、アリラン峠をゆっくりとのぼって行く。

見送る須美たち……。

溶暗……。

7

初春、昼。

荷物を運んでいる大吉と大村。
長椅子に腰かけて、うたた寝している洪吉。
ソファで話しこんでいる須美と初美。
三輪トラックのエンジンをかけようとしている木下。
車椅子の成勲がそばで見ている。
なかなかかからない……。

大大吉が屋根の上から見ている……。

木下　だめばい、かからんばい。

成勲、たどたどしい口調で、

成勲　英がおらんようになってから、ずっとほったらかしとったけん。
大村　修理ば呼んどる時間はなか……。
木下　リヤカーに積みかえますか。
大村　そがんするかね……。
大吉　え〜、せっかく積んだとに〜。
大村　文句ば言《ゆ》わんと、さっさとせんね。

大吉、渋々、リヤカーを取りに行く。

木下　おれはお先に……。
大村　どこ行くとね？　あてはあるとね。
木下　八幡んドヤ街に知り合いがおるけん、とりあえず、そこに……。
成勲　わざわざすまんね……おれんために、手間とらせて。
木下　どげんね、体は？
成勲　頭痛はいつもんごたる……手足がしびれるようになって、ちゃんと歩けんようなってしもた……ばってん、心配いらん。三十年、坑夫ばやっとった。体は丈夫やけん。
木下　……。
大村　あいつ（若松）は……？　あれっきりか……？
木下　朝起きたら、おらんようになっとったです。
大村　与論に帰ったとやろか。

木下　帰っても仕事がなかけん……。
大村　どこぞで元気でおってくれたらよかとに……。
木下　そんじゃ、そろそろ……。

木下、大村と成勲に頭を下げて、

木下　みなさんのこつば忘れましぇん。
大村　（頷いて）……。
成勲　元気でな……。
木下　（頷いて）……。

木下、アコーディオンで労働歌を演奏しながら、去って行く。

成勲　……。
大村　……。

大吉、リヤカーを運んで来る。

大吉　夜逃げみたいやなか〜。
成勲　わびしかね……。

大吉　せっかくの旅立ちやのに、貧乏くさか〜。

初美と須美が出て来て、

初美　ほら、さっさとせんね。時間がなかよ。

大村　おまえは、茶飲んどったやないか、いまんいままで……。

大村、大吉、荷物を積み替え始める。

初美　リヤカーで行くとね。

大村　車が動かんばい。

初美　こら、先行き悪かね……暗雲、垂れこめとるとよ……。

大村　縁起悪かこつぬかすな。

須美　姉《あね》しゃん、マッコリ、マッコリ。

初美　いけん、いけん、忘れるとこやった……（大吉に）甕ばとって来て。

大吉　なして、うちばっかりぃ〜、うち、力仕事は苦手なんよ〜。

初美　早《はよ》う！

大吉、中に入って行く。

成勲　甕も持って行くとね。
初美　大阪行ったら、また店ば始めるつもりやけん。
大村　今度は、大阪ん人間からむしりとるつもりばい。
成勲　（笑って）……。
初美　あんたん分も稼がんとならんかもしれんやろ。
大村　……。
初美　閉山して、放り出されたけん、もう支部長しゃんでんなんでんなか。ただのおっさん、ただの労働者ばい。
成勲　仕事はあったとですか。
大村　五十過ぎると、再就職はなかなかな……ばってん、万博んために滑走路ばつくる仕事があるらしか。
初美　山ば辞めたひとが、ぐっさり流れてったげな。
大村　あんたらは？　やっぱり、行かんとね……。
成勲　ここば離れたかなかです。
初美　だぁれもおらんようなって、こがんさびしか町で……やっていけるとね。
成勲　ずっとここに暮らしとったけん、ここが一番安心すっとばい。おれにはここしかなか。
初美　ばってん、もともと、ここはあんたん故郷やなかやろ。連れて来られたんやなかとね。
成勲　もうここで暮らして、三十年なるけん……あん坑道には、仲間の魂が眠っとる……いまは、ここがおれん故郷たい。
大村　あん坑道には、ぐっさり石炭も残っとる……石炭ば採掘する機械も、ほったらかされて

初美　……もったいなか……まだまだ石炭は掘れるとに、石油に負けてしもうた……石油がいかんようなったら、次はどげんすっとね……。

大村　あんたがなんぼ愚痴ったって、しょんなか。もう元には戻らんよ。

初美　……。

須美　（須美に）あんたは、まだ裁判があるとやろ。

初美　（頷いて）……。

須美　まだまだ続くとね……。

初美　わからん……ばってん、会社にやられっぱなしで終わるわけいかん。何年かかっても、石にかじりついてもやりとおすしかなか。

大村　（大村を見て）ちいとも助けてくれんとやろ。

大村　わしは、もう関係なか。わしば責めるな。

大吉が甕を運んで来る。

大吉　重か〜。

大村、大吉に手を貸して、甕をリヤカーに積む。

成勲　そうやっとると、親子に見ゆるばい。

大吉　え〜、こん禿げと〜……いや〜、好かん。

大村　わしは禿げやなか、よう見ろ。まだ残っとる。
大吉　モンゴル高原ね。
大村　それは、なんのこつね？　みんなして、言いよるばってん……。
初美　そろそろ行くよ、あんた……（大吉に）引っ張って、ほら。
大吉　えー、うちが～!?
初美　あたりまえやろ、あんたが一番若かけん。

と、大吉の尻を叩く。
大村、拳を握りしめて、

大村　がんばろう！
大吉　がんばりたかなか～……。
須美　元気でね、姉《あね》しゃん。
初美　あんたも……。

須美と初美、抱き合って、

初美　姉妹《きょうだい》ばらばらになってしもうたね……。
須美　……。
初美　裁判で、博多に行ったときには、春美んこつ、訪ねるとやろ。

須美　手紙で様子ば知らせるけん。
初美　情状酌量で早《はよ》う出られるとよかばってん……。
須美　おんなじ弁護士しゃんが手伝《てつど》うてくれとる。心配せんで。
初美　裁判ふたつも抱えて、たいへんやろうばってん、頼んだとよ。
須美　（頷いて）……。
初美　……。
須美　姉《あね》しゃんもお父しゃんのこと、よろしうお願いします。
初美　すっかり忘れとった、お父しゃんのこつ……置き去りにするとこやった。

初美、洪吉を揺り起こして、

初美　お父しゃん、お父しゃん……。
洪吉　（目を覚まして）行くか……。
初美　こんなときに、よう寝れるとね。
洪吉　夢ば見とった……。
初美　よか夢ね。
洪吉　故郷ん夢ばい……秋で……田んぼん稲が黄色うなって……わしはそん田んぼん中ん一本道ばずうっと歩いとって……稲が風に揺れて、カッチが……カササギが鳴いて、田んぼん横には小川が流れとって……空は晴れて、ほんなこつ気持ちようて……わしは、ずうっと、ずうっと歩いとって……（涙ぐんで）それで、そん先に、お父しゃんと、お母しゃんと……妹と弟がおってな……わしが帰ってくるのば待っとるったい……手ば振って……待っとるったい……。

洪吉、涙を拭って、

洪吉 いかん、いかん、歳ばとると、涙もろうなって……さ、行こうか。

洪吉、須美と抱き合う。

洪吉 ……。
須美 ……。

洪吉、成勲を抱きしめて、

洪吉 わしより先に逝ったら、承知せんぞ。
成勲 （朝鮮語で）コンガンハイソ（お元気で……）。
洪吉 ……。
成勲 ……。

初美、あたりを見渡して、

初美　こんアリラン峠とも、お別れやね……。
須美　……。
初美　ずっとここで、こんアリラン峠で暮らしていくもんやと思うてた……。
須美　……。
初美　ここに大勢のひとが住んどらして……ここで笑《わろ》うたり、泣いたり……愛したり、憎んだり、罵ったり、抱きおうたり……いろんなこつあって……いろんな思い出があって……アリラン峠がのうなったら、みんな、忘れられてしまうとやろか……。
須美　大ちゃんが覚えててくれとるよ、あたしらんこつ……。
大吉　……。

須美と大吉、抱き合う。

大吉　（すすり泣いて）須美おばしゃん……。
須美　太かとに、泣くんやなか。
大吉　……。
須美　えらかデザイナーになってくんしゃい。
大吉　（頷いて）……。
須美　……。

三輪トラックのエンジンがかかる。

大村　おい、動いたぞ。
初美　移しかえんね。
大吉　えー、またー！。
初美　ぶつぶつ言《ゆ》うとらんと、ほら、早《はよ》う。雪も降ってきたと。

大吉と大村、荷物を三輪トラックに積む。

成勲　気つけて、行ってくんなっしぇ。

と、頭を下げる。

大吉　さよなら、アリラン峠！　……さよなら、うちん故郷！　……さよなら、うちん少女時代！
大村　男やろが、おまえは……。

大吉、初美、大村、洪吉が三輪トラックに乗り込む。
見送る須美と成勲……。

洪吉　マンセー！

と、アリラン峠の上で叫ぶ。
アリラン峠の向こうに消えて行く初美、大村、大吉、洪吉……。

須美　……。
成勲　……。

須美と成勲、中に入って行く。

須美　みんな、行ってしもうたとね……さびしかね……。
成勲　おまえもほんなこつは行きたかったとやろ。
須美　裁判があるけん、離れられん……安田しゃんは、旦那しゃんば亡くした後も、ずっと裁判に足ば運んどる……あたしだけ、離れるわけいかん。
成勲　おまえは朝鮮人ちゅうより、ほんなこつ九州女ばい。意地っ張りばい。
須美　（笑って）……。
成勲　（苦笑して）……。
須美　あんた、髭が伸びとる……ちぃとあたろうかね。

須美、成勲を車椅子から手を引いて、床屋椅子に座らせる。

雪が舞い始める。

須美　いっぴゃあ降ってきたとね……。
成勲　……。
須美　ボタ山も白う染められて……まっ白ばい。
成勲　……。
須美　あん日も雪が降っとったね……。
成勲　いつん話ね。
須美　あんたがあたしに結婚ば申し込んだ日たい。
成勲　そうやったか……。
須美　忘れたとね。
成勲　忘れた……。
須美　男んひとは、ほんなこつ……。
成勲　（笑って）覚えとる……忘れるわけなかやろ……。
須美　なんちゅうたか覚えとると?
成勲　（頷いて）……。
須美　なんち言《ゆ》ったとね……言《ゆ》うてみて、ほら。
成勲　阿呆……そがん恥ずかしかこつ言えるか。
須美　あたしらふたりきりしかおらんとよ。
成勲　言えん、言えん。
須美　「おれはおまえん味方やけん。いつでん、おまえのそばにおるけん」……。
成勲　やめ……顔が赤《あこ》うなる……。

須美　（笑って）……。

成勲　……。

須美　……。

成勲　ばってん、いまはおれが、おまえに守られとる……。

須美　あたしも、あんたん味方やけん……。

成勲　……。

須美　……。

大吉　義理の父となった大村さんは、大阪に移ったその年、過労からか、あっけなく逝ってしまい……その翌年、ハルベも亡くなりました……ハルベはついに、死ぬまで故郷の土を踏むことはできませんでした……母はすっかり生きる意欲もなくし、店も辞めて……そんな母を支えるため、わたしはファッションデザイナーになる道をあきらめ、韓国系の銀行に就職しました……けれど、就職した途端、大村さんとハルベを追うように母もこの世を去ってしまいました……それでも、わたしは日々の仕事に追われ、哀しみにひたる余裕はありませんでした……時代は高度成長からバブル経済に向かい、人々は狂ったように土地投機に走り、わたしたちもその熱に浮かされていました……そして、バブルも去り、日本経済と政治は混迷を迎え、さらに深い喪失感の中で、わたしはあの町のことを……子どもの頃、あれほどどこか遠くに行くことを夢に見たアリラン峠のことを……あのアリラン峠の人々のことを思い出します……北に帰った英おじさんからは、なんの便りもなく、刑務所を出所した後、春美おばさんは行方知れず……成おじさんも、次第に容態が悪化して、わたしたちがアリラン峠を離れた、ちょうど十年後に、さまざまな合併症を抱えながら、亡くなっていきました……ひとつの事故が、さまざまなひとたちの人生を大きく狂わせてしまいました……人生を無茶苦茶にしてしまいました……たったひとつの救いは、いまも須美おばさんが生きていることです……愛する須美おばさんは、いまもあのアリラン峠の片隅で暮らしています。時々は、近所に住む年寄り相手に鋏を持つこともあるそうです……手が震えるまでは仕事を続けると言っています……死ぬまで、アリラン峠にいると……。

須美、シェービングの泡を成勲に塗る。

須美　静かね……。
成勲　もう誰もおらんけん……。
須美　ふたりきりね……。
成勲　ふたりきりね……。
須美　さびしうなかね。
成勲　さびしうなか……。
須美　……。
成勲　……。
須美　いつか、あたしらも、ここ、離れなならんとやろか……。
成勲　立ち退きになったらな……ここはもともと、会社ん土地なんやけん。

須美　あたしね、どこかほかんところに行ったら、パーマ屋ば始めたか。
成勲　……。
須美　名前も決めてあっと……あたしん名前ばとって、「パーマ屋スミレ」
成勲　よか名前ね……。
須美　……。
成勲　……。

須美、成勲の髭を剃り始める。
成勲、静かに目を閉じて……。
須美、静かに髭を剃り続けて……。
雪が降り続けて……。
大大吉、ふたりの上に、傘を差しかけて……。

（幕）

引用ならびに参考資料
奈賀悟『閉山　三井三池炭坑1889-1997』（岩波書店）
木村英昭『ヤマは消えても　三池CO中毒患者の記録』（葦書房）
『ボタ山のあるぼくの町　山口勲写真集』（海鳥社）
編　毎日新聞西部本社／取材・構成　友田道郎『三池閉山』（葦書房）

金賛汀『在日コリアン百年史』(三五館)

取材協力
奈賀悟
松尾蕙虹
塚本恒生
吉田武史
月野貞信

祭

『パーマ屋スミレ』

（二〇一二年三月五日、新国立劇場）

撮影＝谷古宇正彦

右から
酒向芳
森田甘路

南果歩
松重豊

南果歩
松重豊
酒向芳
根岸季衣
森田甘路

松重豊
南果歩

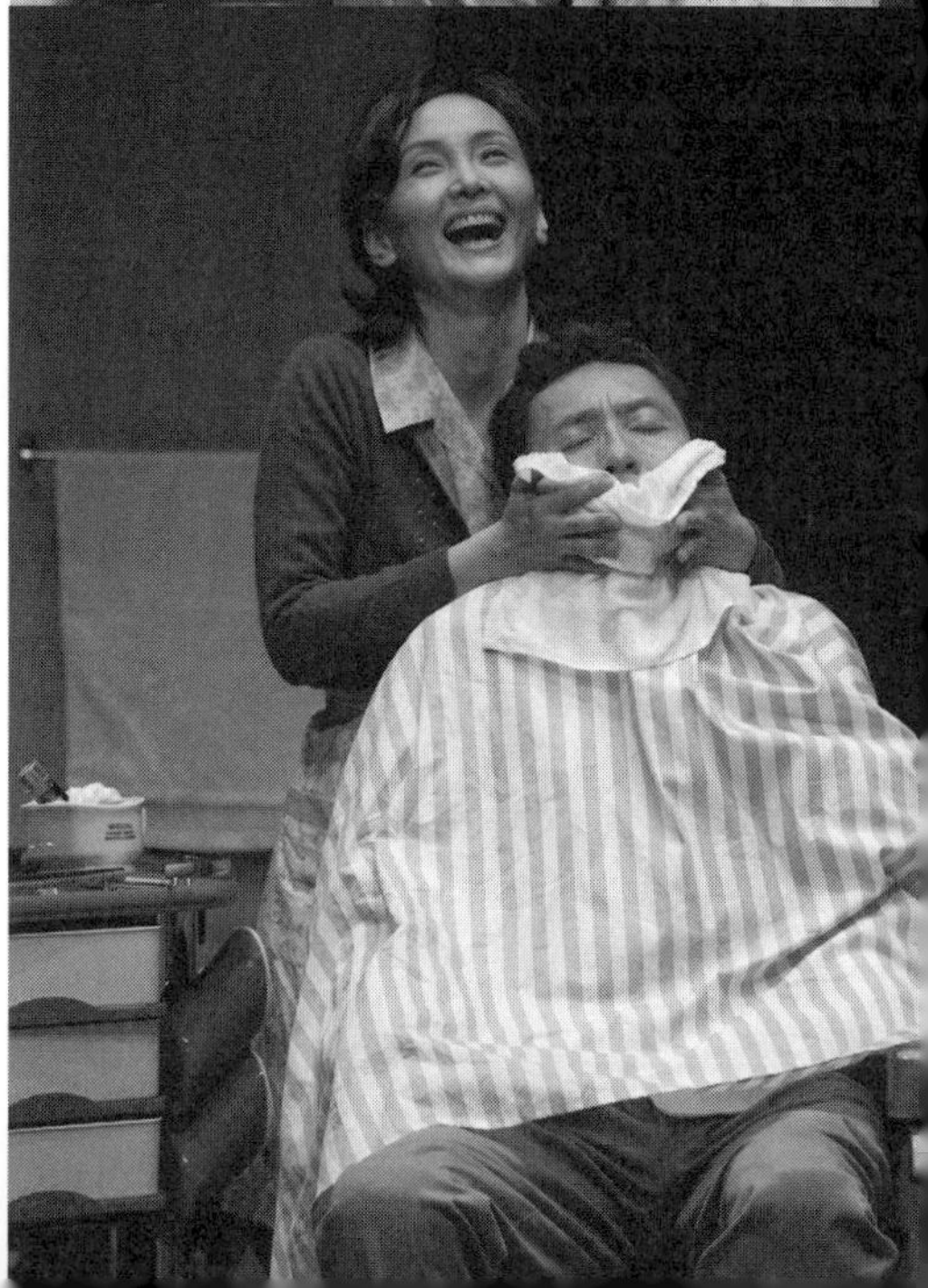

公演記録

『パーマ屋スミレ』

二〇一二年三月五日(月)〜二十五日(日)
新国立劇場小劇場[THE PIT]

作・演出＝鄭義信

キャスト

高山(高)洪吉＝青山達三
高山(高)初美＝根岸季衣
高山(高)須美＝南果歩
高山(高)春美＝星野園美

張本(張)成勲＝松重豊
張本(張)英勲＝石橋徹郎
大村茂之＝久保酎吉
大杉昌平＝森下能幸
大吉＝森田甘路
大大吉＝酒向芳
木下(李)茂一＝朴勝哲

若松沢清＝長本批呂士

美術＝伊藤雅子
照明＝小笠原純
音楽＝久米大作
音響＝福澤裕之
衣裳＝前田文子

ヘアメイク＝川端富生
方言指導＝藤木久美子
韓国語・所作指導＝李知映
擬闘＝栗原直樹
振付＝吉野記代子
演出助手＝城田美樹
舞台監督＝北条孝

作品解説　あとがきにかえて

鄭義信《チョンウィシン》

「たとえば野に咲く花のように　アンドロマケ」

新国立劇場開場十周年を記念した「三つの悲劇」という企画で、僕に依頼されたのは、演出が鈴木裕美さん、題材は「アンドロマケ」だった。鈴木裕美さんとは、それまで組んだことはなく、僕はふたつ返事で引き受けたのだ。

そんなわけで、あらためてエウリピデスの戯曲を読み直してみて、僕は頭を抱えた。

（こら、ごっついな……エウリピデスが描いた世界は一枚の大きな壁みたいやないか……それを切り崩そうとする僕は、爪楊枝くらいしか持っとらんぞ……）

僕は簡単に引き受けたことをちょっと後悔した。

戦争に負けた国の女で、奴隷のような身分になってしまったアンドロマケ、彼女に思いを寄せる戦勝国の男・ネオプトレモス、嫉妬に狂うヘルミオネー、彼女に片思いするオレステス……この狂おしい四角関係を笑えるものにしたいというのが、演出家からの注文だった。

僕はアンドロマケを「在日」朝鮮人女性・満喜に置きかえてみることにした。アンドロマケは他国から連れて来られた女性であり、かつて日本の植民地支配下にあった朝鮮から来た女性になぞらえると、この作品が身近なものになるような気がしたのだ。

その試みがどこまで成功したのかはわからないけれど、「たとえば野に咲く花のように」が、僕にとって「在日」の抱える闇の部分に立ち向かおうとした最初の作品であることは確かだ。

「焼肉ドラゴン」

「たとえば野に咲く花のように」を書いた後、「在日」韓国人・朝鮮人の問題ともっと正面から向き合う時期が来ているんじゃないかな……という思いが強くなっていった。

僕の父親を含めた「在日」韓国人・朝鮮人たちの歴史は、そのまま日本のひとつの裏面史であり、日本経済を支えてきた労働の歴史でもある。だけど、そのことを描いた戯曲は、あたりまえの話だけれど、日本の戯曲の中にはまったく登場してこなかった。誰も書かないなら、僕が書くしかない。僕しかその世界を知らないのだから……。

以前、『信さん 炭坑町のセレナーデ』という映画で、九州の炭鉱について取材したとき、炭鉱が閉山になって、そこで働いていた「在日」韓国人・朝鮮人の多くが、伊丹空港の滑走路建設に流れていったことを知った。また、その後、ブラジルに別の取材で行ったとき、僕が取材した炭鉱の商店街の一画で店を開いていたという爺さんにも会えた。彼は戦後、日本が推し進めた南米移住の一環でブラジルに来ていた。偶然なのか必然なのか、ばらばらのパズルが繋がっていくことに、僕は感慨深いものを覚えた。そんなふうに、日本の裏側の経済は、名も無き労働者や、庶民に支えられ、歴史が動かされてきたことを、僕はあらためて知らされたのだ。

名もなき庶民や労働者の歴史を戯曲に書き留めよう……「記録」しよう……そうすることで、一本の芝居となって上演され、お客さんの記憶にきっととどめられるはず……演劇によって、世界は変えられないかもしれないけれど、歴史認識は変えられるかもしれない……それは「たとえば野に咲く花のように」「パーマ屋スミレ」にも共通する思いである。

「パーマ屋スミレ」

炭鉱の労働争議とCO中毒を取りあげようと思ったのは、東日本大震災時の福島原発事故での企業と政府の対応がきっかけだった。そのお粗末さがあまりにも酷似しているように思えたからだ。

石炭から石油へのエネルギー政策の切り替えにともなって、企業と政府は自分たちの論理で、どんどん人を切り捨てていった。その犠牲となったCO中毒患者の話を「記録」せねばという思いが膨れた。

しかし、いざそのあたりの話を取材し、資料をひもとけばとくほど、気持ちは暗くなっていった。そんな中で、救いとなったのは須美のモデルとなった女性である。もはや八十過ぎであるにもかかわらず、彼女は明るく、バイタリティーにあふれていた。彼女の夫は同僚の炭坑夫を助け出そうとして、坑道を自分から下り、CO中毒となった。CO中毒の特徴のひとつである本人にも抑えられない暴力が彼女と娘の上に容赦なく襲ってきた。夫を布団でおさえて、それでも、どうしようもないときは、家に閉じ込めて、娘ふたりといっしょに夜道をうろついたことも、たびたびあったそうだ。それでも、彼女は夫が亡くなるまで三十年あまり世話を続け、そのかたわらで労働争議の旗を振り続け、娘ふたりもちゃんと嫁に行かせた。

時代の波に庶民は常に翻弄され続けてきたけれど、それでもそれに負けることなく生き続けていることの強さを教えられた気がする。

この三本の作品をもって、「在日韓国人庶民史三部作」と名づける人がいるけれど、まだこれは「在日」の歴史のひと搦いにしかすぎない。埋もれた庶民の歴史を「記録」していく僕の作業はまだ続いていくだろう。

作品の中に登場する人物は、僕の家族や友人たち、これまでの僕の人生の中で深く関わってきた人たちが色濃く投影されている。たとえば「焼肉ドラゴン」の龍吉には、僕の父が常日頃話していたことを語らせている。また信吉には同じ「在日」でもあり、自身が信吉役を演じた朱源実兄が実際に語っていた言葉を使っている。父も朱源実兄も、もうこの世にはいないけれど、作品のなかで生き続けるだろうと信じている。

この作品の登場人物たちが、読んでくださった人たち、上演に関わった人たちに愛され、そして、いつまでも記憶に残っていくことを願っている。

紙上からではありますが、三本の作品の上演に関わったすべてのスタッフたち、出演してくださった俳優たち、この本を出版するにあたって骨を折ってくれた旧友である孫家邦、リトルモアの編集者の加藤基氏、今は亡き朱源実兄、金久美子、それから、父に感謝の言葉をおくります……「ありがとう!」

鄭《チョン》義《ウィ》信《シン》

一九五七年、兵庫県姫路市出身。劇作家、脚本家、演出家。同志社大学中退後、横浜放送映画専門学院（現・日本映画大学）を経て、松竹大船撮影所で美術助手に就く。八三年、劇団黒テントに入団。八七年、劇団新宿梁山泊の旗揚げに参加、九六年退団。九三年初演の『ザ・寺山』で第三十八回岸田國士戯曲賞を受賞。主な戯曲に「千年の孤独」「人魚伝説」「それからの夏」「海のサーカス」「杏仁豆腐のココロ」「線路は続くよどこまでも」「ぼくに炎の戦車を-Bring me my chariot of fire-」など。〇八年初演の本書収録「焼肉ドラゴン」で第十二回鶴屋南北戯曲賞、第十六回読売演劇大賞 大賞・最優秀作品賞、第四十三回紀伊國屋演劇賞個人賞、第八回朝日舞台芸術賞グランプリ、平成二十年度芸術選奨文部科学大臣賞演劇部門を受賞した。映画脚本では九三年公開の『月はどっちに出ている』で第四十八回毎日映画コンクール脚本賞、第六十七回キネマ旬報脚本賞などを受賞。九八年公開の『愛を乞うひと』で第七十二回キネマ旬報脚本賞、第二十二回日本アカデミー賞最優秀脚本賞、第一回菊島隆三賞、第四十五回アジア太平洋映画祭最優秀脚本賞など数々の賞を受賞した。〇二年公開の桐野夏生原作の『ＯＵＴ』では毎日映画コンクール脚本賞、〇四年公開の『血と骨』ではキネマ旬報脚本賞を受賞している。さらに平成十三年度芸術祭賞大賞などを受賞した『僕はあした十八になる』（〇一／ＮＨＫ）などテレビ・ラジオのシナリオでも活躍する。著作にエッセイ『アンドレアスの帽子』（丸善）演劇論集『劇作家8人によるロジック・ゲーム』（共著、白水社）など。

鄭義信《チョンウィシン》戯曲集
たとえば野に咲く花のように／焼肉ドラゴン／パーマ屋スミレ

二〇一三年五月二十九日　初版第一刷発行

著者　鄭義信
編集　加藤基
発行者　孫家邦
発行所　株式会社リトルモア
〒一五一-〇〇五一　渋谷区千駄ヶ谷三-五六-六
電話〇三-三四〇一-一〇四二
ファクス〇三-三四〇一-一〇五二
URL:http://www.littlemore.co.jp
ブックデザイン　鈴木成一デザイン室
印刷所・製本所　シナノ印刷株式会社

Printed in Japan
ISBN978-4-89815-365-9 C0074